그럼 날게, 아리아.
속도가 꽤 있으니까
떨어지지 않게 꼭 껴안고 있어.

아리아는 아까보다 더 확실하게
세리아를 힘주어 껴안았다.
직후, 세리아의 몸이 둥실 땅에서 떠올랐다.

정령환상기

……………

으, 읏……

그야말로 청천벽력이 아닐 수 없었다.
리리아나는 잠시 넋이 나가 할 말을 잃고 말았다.
애써 무슨 말을 하기 위해 입을 움직이려 했지만,
아무 말도 나오지 않았다.
슬픈 얼굴로, 더없이 슬픈 얼굴로 고개를 푹 떨궜다.
그녀의 눈물이 흘러내려 툭 하고 땅을 적셨다.

키타야마 유리
Yuri Kitayama
Illustrator◆Riv

23
❋ 봄의 희곡

정령
환상기

커버 및 본문 일러스트_ Riv

CONTENTS

�֎

플로라
벨트람
벨트람 왕국 제2 왕녀
언니 크리스티나와
함께 행동 중

크리스티나
벨트람
벨트람 왕국 제1 왕녀
조국을 탈출하여 아르보
공작과 대립하고 있다

센도
타카히사
이세계 전이자이며
아키와 마사토의 손위형제
센트스텔라 왕국의
용사로 움직인다

사카타
히로아키
이세계 전이자이며
용사 중 한 명
유그노 공작을
뒷배로 움직인다

시계쿠라
루이
이세계 전이자인
고등학생
벨트람 왕국의
용사로 움직인다

키쿠치
렌지
이세계 전이자이며
용사 중 한 명
국가에 소속되지 않고
모험가로 지냈는데……

리제롯테
크레티아
가르아크 왕국의 공작
영애이자 리카 상회 회장
전생은 고등학생인
미나모토 리카

소라
리오의 전생에 해당하는
용왕의 권속 소녀
용왕으로서 각성한
리오와 함께한다

스메라기
사츠키
이세계 전이자이며
미하루 일행의 친구
가르아크 왕국의
용사로 움직인다

샤를로트
가르아크
가르아크 왕국의 제2 왕녀
하루토에게 적극적으로
호감 표시 중

레이스
거듭 암약하는
정체불명의 인물
계획을 어그러뜨리는
리오를 경계한다

사쿠라바
에리카
성녀의 이름으로 변경
소국에 혁명을 일으킨 여성
리오와의 전투 후
자신의 소망을 이루고 사망

리오(하루토 아마카와)

벨트람 왕국의 고아로 태어난 이 작품의 주인공
용사와의 사투 끝에 초월자 중 한 명인 용왕으로 각성
그 대가로 사람들의 기억 속에서 사라졌다
전생은 일본인 대학생 아마카와 하루토

아이시아

리오를 하루토라고 부르는
계약정령
그 정체는 칠현신 리나가
만들어낸 인공정령.

세리아 크렐

벨트람 왕국의 귀족 영애
리오의 학원시절 은사인
천재 마도사

라티파

정령의 마을에 사는
여우 수인 소녀
전생은 초등학생인
엔도 스즈네

사라

정령의 마을에 사는
은늑대 수인 소녀
현재는 가르아크 왕국에서
미하루 일행과 함께 행동 중

아르마

정령의 마을에 사는
엘더드워프 소녀
현재는 가르아크 왕국에서
미하루 일행과 함께 행동 중

오피아

정령의 마을에 사는
하이엘프 소녀
현재는 가르아크 왕국에서
미하루 일행과 함께 행동 중

아야세 미하루

이세계 전이자인 고등학생
하루토의 소꿉친구이며
첫사랑인 소녀

센도 아키

이세계 전이자인 중학생
오빠인 타카히사와 함께
근신 중이었는데……

센도 마사토

이세계 전이자인 초등학생
성녀 에리카의 사망 후
용사로 각성한다

등장인물소개

이른 아침 가르아크 왕국성.

사츠키 일행이 사는 저택 주방.

아야세 미하루는 아침 식사를 준비하는 손의 움직임을 멈춘 채로 멍하니 서 있었다.

'……그 꿈은 뭐였을까?'

그녀의 머릿속을 스친 것은 어젯밤에 꾸었던 꿈이었다. 꿈의 무대는 알 수 없는 새하얀 공간이었다. 그곳에서 미하루에게 누군가가 말을 걸어왔다.

"넌 언젠가 결정을 내려야 해."

여자 목소리였다.

"중대한, 매우 중대한 결정을 내려야 할 때가 올 거야."

결국은 꿈이다. 현실에서 일어난 일이 아니다. 꿈속의 일 따위를 생각해 봤자 아무 의미가 없다는 걸 알고는 있었다.

"나는 말이지. 절대 아니라고 생각하는 그 선택을 하라고 강력히 권하고 싶어."

하지만 꿈속에서 일어난 일인데 묘하게 기억이 생생했다.

기이할 정도로 인상적인 꿈이었다.

그래서일까?

'……누구의 목소리였을까?'

미하루는 목소리의 주인이 누구일지 무심코 생각하게 되었다.

'저 목소리, 어디선가 들어본 적이 있는 것 같은데······.'

지금 돌이켜보니 문득 그런 생각이 들었다.

분명 모르는 상대였다. 하지만 왠지 묘하게 들은 기억이 있는 것 같기도 했다. 무어라 형용하기 어려운 위화감이 든다고 할까······.

그때였다.

"미하루 언니."

아키의 목소리가 울려 퍼지며 미하루의 사고는 현실로 되돌아왔다.

"응. 좋은 아침, 아키."

친동생처럼 아끼는 아키를 향해 미하루는 인자한 미소를 지어 보였다.

불과 얼마 전까지만 해도 두 사람은 따로 살고 있었다. 하지만 지금은 이렇게 함께 살고 있다.

"응, 좋은 아침······."

마침내 되찾은 미하루와의 평온한 일상. 그것을 상징하는 아침 인사를 이렇게 주고받는다는 것이 기쁜 것인지 아키가 행복한 듯 볼을 붉혔다.

"······이리 와."

부드럽게 입가를 푼 미하루가 포옹하려는 듯 두 팔을 벌렸다.

"어? 부끄럽게……."

그렇게 말하면서도 아키는 쭈뼛거리며 미하루에게 다가 갔다. 미하루도 직접 다가가 아키를 껴안았다. 미하루의 온기에 아키도 몸을 맡겼다. 미하루가 토닥토닥 아기를 달래주듯 아키의 등을 두드렸다.

'……선택이라.'

그런 와중 미하루의 뇌리에 불현듯 꿈속의 말이 떠올랐다.

만약 앞으로 미하루가 중요한 결정을 내린다고 하면, 아키에 대한 일일 것이다. 미하루는 다시는 아키가 슬퍼하는 얼굴은 보고 싶지 않았다. 그러기 위해서라도.

"……내가 정신을 차려야겠어."

미하루는 스스로를 타이르듯 결의가 담긴 말을 중얼거렸다.

"어?"

뭐라고 했어? 하고 아키가 미하루의 얼굴을 올려다본다.

"아니, 아무것도 아니야."

미하루는 사랑스럽다는 듯 아키를 꼭 껴안았다.

정령환상기

〖 제 1 장 〗 ✦ 두 사람의 여행

　벨트람 왕국 영내, 가르아크 왕국과의 국경 부근에서의 일이다. 세리아가 방문한 성채에서 수백 미터 떨어진 곳.

　"《엔드리스 포스》.""《초과잉 마력충전(오버로드)》."

　등에서 빛의 날개를 띄워 비상하는 세리아와 레이스에게 안겨 하늘을 나는 렌지. 그 두 사람이 지금 이곳에서 각자의 필살기를 날렸다.

　"블리자드!""《성검참격마법(듀란달)》."

　다음 순간 냉기의 참격과 빛의 참격이 맞부딪치고, 일대 시야를 뒤덮을 정도의 거대한 충격파와 빛이 흩뿌려졌다.

　"큭……?!"

　"꺄악?!"

　공중에 뜬 렌지와 세리아는 불어오른 폭풍에 날려 자세가 크게 흔들렸다. 시야는 빛으로 가려져서 상하좌우의 평형 감각은커녕 충격의 부하로 의식마저 잃을 것 같았다.

　'웃, 정신 똑바로 차려!'

　그런 상황에서 세리아는 필사적으로 의식의 끈을 놓지 않으며 머리를 회전시켰다.

　최악의 경우는 자신이 여기서 전투 불능이 되어 레이스나 아르보 공작의 손에 떨어지는 것이다. 마력 소비가 심한 성검참격마법을 위력까지 강화하여 사용한 탓에 남은 마력량이 위태로웠다. 이 상황에서 다음에 두어야 할 최선의 수는 하나뿐이었다.

'빨리 도망가야 해…….'

도주하는 것. 그렇지 않아도 수적으로 불리한 상황이다. 실력을 가늠할 수도 없는 강자 두 명을 상대로 이길 수 있다고 생각할 정도로 세리아는 자만하지 않았다.

'이 기세를 이용해서……!'

세리아는 폭풍의 기세를 거스르지 않고 그 흐름을 타 렌지와 레이스에게 크게 거리를 벌리려는 시도를 했다.

"윽…….."

가까스로 지면의 방향을 확인하고 자세를 조정한 세리아는 빛의 날개를 펄럭여 남은 마력을 몽땅 추진력으로 바꿨다. 그대로 가르아크 왕국의 국경을 향해 일직선으로 가속을 개시했다.

'……어쩔 수 없군요.'

레이스도 폭풍까지 거스르면서 무리하게 세리아를 추적하려 하진 않았다. 그는 세리아와는 정반대 방향으로 내려가며 충격파의 기세를 죽였다. 그대로 단숨에 아르보 공작 일행이 대기하는 성채 부근까지 돌아갔을 때야 기세가 완전히 사그라들며 멈췄다.

그렇게 멈추는가 싶더니 레이스는 렌지를 안은 채 다시 폭심지로 향했다. 폭풍의 기세를 몰아 그대로 도망쳤을 가능성도 있지만, 기절했거나 행동 불능 상태에 빠져 근처에 몸을 숨기고 있을 가능성도 있다고 생각했기 때문이다.

아직 일대의 기류는 거칠었다. 흙먼지가 날리고 시야도 나빴지만 레이스 정도의 실력이라면 비상하지 못할 정도는 아니었다.

"……젠장, 무슨 일이 일어난 거야? 그 여자는? 죽인 거야?"

그런 와중 렌지가 왼손으로 눈가를 보호하면서 연달아 질문을 던져댔다. 신장인 할버드는 오른손에 잡은 채다.

"글쎄요."

레이스는 폭심지를 바라보며 무표정하게 답했다.

"……그 여자, 도대체 뭘 한 거야?"

렌지도 시간이 흐르며 냉정을 좀 되찾은 것인지 이번에는 차분한 목소리로 물었다. 서로 공격하고 충돌한 것은 아주 찰나의 일이었다. 그 순간 무슨 일이 일어났는지까지는 육안으로 보지 못한 것일까. 아니면 육안으로도 보고도 믿지 못했던 것일지도 모른다.

"렌지 씨와 거의 동등한 일격을 가해 공격을 상쇄시켰습니다."

"……정말로?"

"네, 틀림없습니다."

레이스는 망설이지 않고 단언했다.

"……내 엔드리스 포스 블리자드는 이 세계 최상급 공격 마법을 훨씬 능가하는 위력이 있다고 하지 않았나?"

렌지는 불만을 억누르며 물었다. 섬멸에 특화된 광범위한 최상급 공격 마법을 동시에 몇 발을 쏴도 렌지의 공격을 막을 수 없다며, 이전에 레이스에게 확답을 들은 적도 있었다. 그런데 세리아는 대체 어떻게 맞설 수 있었단 말인가?

"이 세상에는 최상급의 공격 마법보다 더 큰 위력을 가진 공격 마법이 존재하니까요."

레이스가 차분히 대답했다.

"웃기는 소리! 그럼 최상급이라고 할 수 없잖아! 신장의 일격과 맞설 수 있는 마법이 존재한다고?! 무슨 마왕 위에 대마왕이 있다는 전개도 아니고, 그딴 망할 설정이 튀어나오는 게 어디 있어!"

그러자 렌지는 불만을 감추지 못하고 격분했다. 세리아가 자신의 전력과 동등한 공격을 던져왔다는 것은 렌지에게는 그 정도로 큰 문제였다.

선택된 용사만이 가질 수 있는 최강의 무기가 바로 신장인 것이다. 신장 이외에 그와 동등한 힘을 지닌 무언가가 존재하게 되면 신장의 특별함이 희미해져 버린다. 그것은 곧 신장을 다루는 용사의 특별함도 희미해진다는 뜻이 된다. 렌지의 정체성이나 자존심과도 직결되는 문제다.

"……하하하."

레이스는 보기 드물게 눈을 동그랗게 뜨고는 유쾌한 웃음을 터뜨렸다.

"야, 뭐 하자는 거야! 웃을 일이 아니잖아!"

"실례. 렌지 씨는 가끔 정말 재미있는 말을 하는군요. 최상급이라는 건 어디까지나 지금 이 세계에 현존하는 마법 중에 최상급이라는 의미입니다. 아주 옛날, 그야말로 과거의 용사들이 존재하던 시절에는 더욱 강한 마법이 존재했다고 알려져 있죠."

"……그 여자가 사용한 마법이 그런 마법이라는 뜻이야?"

"네, 강력한 고대 마도구일 가능성도 완전히 제로는 아니지만, 그런 무구를 갖추고 있는 것처럼 보이진 않았거든요."

"……납득할 수 없어. 그럼 그 여자는 현존하지 않는 마법을 썼다는 거잖아."

"그렇지요. 어떻게 그녀가 그런 마법을 다룰 수 있는지는 저도 잘 모르겠군요."

"……."

렌지는 아직 뭔가 더 묻고 싶은 얼굴이었지만, 그대로 잠시 입을 다물었다.

"……언제까지 이러고 있을 생각이야?"

그리고는 못마땅한 얼굴로 레이스에게 물었다.

이미 폭심지로는 돌아왔다. 세리아를 찾고 있는지 레이스는 일대를 빙빙 돌고 있었다. 공중을 비상하고 있는 상황상 렌지는 여전히 그에게 안겨 있었다. 수상한 남자에게 계속 안겨 있는 상황이 영 내키지 않는 듯했다.

"이거 실례했군요. 렌지 씨도 슬슬 자력으로 비상하는

법을 배울 때일지도 모르겠네요. 지금의 당신이라면 이제 도주할 염려도 없겠지요."

렌지의 도주를 언급한 이유는 애초에 레이스와 렌지가 우호적인 관계가 아니었기 때문이다.

루비아 왕국의 왕녀 자매인 실비와 에스텔을 둘러싸고 대립하는 형태로 만났고, 렌지가 루시우스에게 패배하게 되며 지금에 이르렀다.

당연히 레이스로서는 도주를 경계할 필요가 있었다. 하지만 레이스의 지도를 받으면 효율적인 수행이 가능하다는 것을 알았기 때문인지 렌지는 협조적인 자세를 보이고 있었다. 비상 정령술을 사용할 수 있는 자는 현격한 기동력을 얻게 되지만, 지금이라면 렌지에게 그 기동력을 줘도 도주할 우려는 낮다고 판단한 것 같았다.

'물론, 지금의 렌지 씨라면 언제 자력으로 비상할 수 있게 되어도 이상하진 않겠지만요.'

자력으로 습득할 수 있을 정도이니 신뢰의 증거도 내보일 겸 굳이 알려주는 형태를 취해서 빚을 달아두려는 생각이었다.

"……흥."

렌지는 가볍게 콧방귀를 뀌더니 쌀쌀맞게 레이스에게 지시했다.

"내려줘, 난 지상을 보고 올 테니까. 너는 이대로 상공에서 탐색해."

"그렇군요. 그럼 잘 부탁드립니다."

레이스는 휙 손을 놓았다. 현재 날고 있는 곳은 지상에서 20미터 정도의 높이였다. 일반적인 인간이라면 평범하게 죽을 수 있는 위치였지만 지금의 렌지는 신장의 효과로 신체 능력뿐만 아니라 육체의 강도까지 강화할 수 있었다.

"……."

덕분에 렌지는 별다른 항의도 없이 기세 좋게 낙하해 지상으로 가뿐히 내려왔다.

렌지가 폭심지에 내려앉았을 무렵.

'……따라오지는 않는 것 같네.'

세리아는 성채에서 몇 킬로미터 떨어진 지점까지 대피해 사각지대인 숲속에 몸을 숨긴 채 도망쳐온 방향을 바라보고 있었다. 안도감에 가슴을 쓸어내렸지만 저쪽이 수색을 포기했다고 확신할 수 없는 이상 아직 방심할 수는 없다. 원래라면 이런 곳에 잠복하지 않고 그대로 비상해 성채와 더 거리를 벌리고 싶었지만 현재 세리아의 마력은 텅 비어 있었다.

'《초과잉 마력충전, 성검참격마법》, 소비되는 마력이 터무니없이 높아. 오로지 내 마력만을 썼다면 한 번조차 발동하지 못했을 거야…….'

엄밀히 말하자면 리오에게서 받은 정령석이 있으니 거기서 마력을 끌어내면 마법을 발동시킬 수는 있다.

하지만 만일 정령석에 100의 마력이 깃들어 있다고 하고 술자가 정령석의 마력을 연료로 하여 순식간에 마법을 발동시키려고 하면 거의 반드시 2, 30%의 마력 로스가 발생한다. 정령석에 깃든 100의 마력을 조금도 낭비하고 싶지 않다면 시간을 들여 정령석에 깃든 마력을 술자의 몸속에 흡수시키는 과정이 필요한 것이다.

누군가 새로 마력을 주입하지 않는 한 정령석이 잃은 마력은 돌아오지 않는다. 세리아가 리오와 아이시아에 관한 기억을 되찾았을 때 습득한 고대 마법은 연비가 좋지 못한 것들이 많았다. 그 바람에 조금 전 전투에서 상당한 마력을 소비하고 말았다.

'리오에게 받은 정령석에 아직 마력이 깃들어 있긴 하지만……'

세리아는 결심한 듯한 얼굴로 벨트람 왕국으로 이어지는 하늘을 응시했다.

'우선은 아망드로 돌아가야 해. 해보자……!'

그리고 손에 든 정령석으로부터 얼마간 마력을 흡수했다.

《광익비상마법(포스윙)》.

고대의 비상 마법을 영창하며 다시 한번 등에 빛의 날개를 만들어 낸 세리아는 가르아크 왕국의 국경을 넘은 곳에 자리한 아망드를 향해 날아올랐다.

◇ ◇ ◇

리제롯테가 대관을 맡고 있는 아망드까지는 지금의 세리아라면 수십 분도 걸리지 않아 도착할 수 있는 거리였다.

가는 도중 레이스와 렌지가 추적해오는 일도 없이 세리아는 무사히 아망드에 도착했다. 근교의 숲에 착지한 뒤 거기서부터는 걸어서 도시를 목표로 했다. 향하는 곳은 물론 리제롯테의 대관 저택이다.

성녀 에리카에 의한 유괴 소동으로 인해 리제롯테는 일시적으로 대리를 선정해 아망드 대관 임무에서 손을 놓고 있었다. 하지만 지금은 그 임무에 복귀한 상태다. 리카 상회 회장으로서의 일도 본격적으로 재개되어 바쁜 일상을 되찾아가고 있었다.

리제롯테는 그 정도의 인물이다. 그렇지 않아도 귀족을 상대로 약속 없이 방문하는 것은 실례되는 행동이었기에 면회를 거절당해도 불평할 수 없었다.

하지만 세리아는 리제롯테의 소중한 친구였다. 게다가 홀로 저택을 찾아왔기 때문인지 면회는 실로 원활한 흐름으로 이루어졌다.

세리아의 오랜 친구인 아리아도 리제롯테의 종자로서 함께했다. 그렇게 세리아와 리제롯테는 응접실 소파에 앉아 얼굴을 마주했다.

세리아는 대략적인 경위를 간추려 설명하기로 했다.

크리스티나의 사자로서 방금 전까지 벨트람 왕국으로 향했다는 것. 아르보 공작에게 포박당할 뻔했지만 어떻게든 역할을 완수하고 아망드까지 왔다는 것. 가능한 한 빨리 왕도에 있는 크리스티나와 프랑수아에게 상황을 보고하고 싶다는 것 등등. 보고가 끝난 뒤엔 리제롯테에게 전언을 부탁했다.

"……그렇게 되어서, 가르아크 왕국성에 계신 크리스티나 님께 말씀을 전해주실 수 있을까요? 갑자기 들이닥쳐서 이런 부탁을 드리는 게 정말 무례하다는 건 알지만……."

"저기……."

하지만 당연하게도 이야기 진행이 너무 빨라서 리제롯테는 당황했다. 어떻게 세리아가 지금 이렇게 무사히 아망드에 있는 것인지, 개요만 들어서는 이유를 전혀 알 수 없었다.

아무리 세리아가 천재적인 마도사라 해도 기사들에게 둘러싸이면 포박당하는 모습밖에 안 떠오른다. 그 밖에도 궁금한 것은 많이 있었다.

"……일단 상황을 좀 정리할게요. 세리아 씨는 크리스티나 님이 주신 서한을 전달하기 위해 가르아크의 왕도를 떠나 아르보 공작이 있는 벨트람의 성채까지 갔다. 잡힐 뻔하긴 했지만 어떻게든 도망쳐 왔다. 지금은 거기서 돌아오는 길이라는 거죠?"

리제롯테는 이마를 손으로 누르며 사실에 오류가 없는지 확인했다.

"네."

"그렇군요……."

세리아가 진지한 얼굴로 고개를 끄덕였지만, 그렇다고 해서 리제롯테의 표정에서 곤혹스러움이 사라지지는 않았다. 세리아가 거짓말을 할 사람이라고 생각하지는 않았지만, 그렇다고 그 말을 그대로 받아들이기에는 너무 믿기 힘든 부분이 많았기 때문이었다.

"……전언하는 건 상관없지만, 세리아 씨는 가르아크의 왕도로는 돌아가지 않는 건가요?"

리제롯테는 세리아의 말이 사실이라는 전제하에 우선적으로 이야기를 먼저 진행시켰다.

"네. 저는 다시 벨트람 왕국으로 돌아가려고 합니다."

"……이대로 가르아크의 왕도로 돌아가는 게 좋지 않을까요? 왜 다시 벨트람으로 돌아가시는 거죠?"

간신히 벨트람 왕국에서 살아서 도망쳐 온 상황에서 다시 벨트람 왕국으로 돌아가겠다는 것이다. 앵무새처럼 같은 질문이 나오는 것도 무리는 아니었다.

"이번 사태를 친가에도 보고해두고 싶습니다. 크리스티나 님이 마음을 써주신 덕분에 아버님께 손을 대기 어려워지긴 했지만, 아르보 공작이 어떤 수를 써 올지 모르니까요……."

세리아는 불안한 얼굴로 친가로 돌아가려는 이유를 말했

다. 당연하다면 당연했다. 아무리 크리스티나가 여왕 즉위를 표명하고 이론이 있다면 크렐 백작 가문의 인간을 통해 항의하라고 선언하긴 했지만, 그렇다고 친가의 부모에게 손을 안 댈 것이라고 마냥 안심할 수는 없는 상황이었다.

"가족들이 걱정되시는 거군요?"

"네."

리제롯테도 세리아의 심정은 이해했다. 보고할 수 있다면 보고하는 것이 가장 나은 선택지임에는 분명했다.

"……세리아 씨는 아리아뿐만 아니라 저에게도 소중한 친구입니다. 가능하다면 마도선을 보내 크렐 백작령까지 바래다 드리고 싶은데, 로다니아가 함락된 지 얼마 되지 않아 리카 상회의 배도 벨트람 왕국으로의 입국이 제한돼서……."

레스토라시온이 로다니아에 거점을 두고 있을 때는 양국 간을 자유롭게 오갈 수 있었다. 하지만 그 레스토라시온이 로다니아라는 거점을 잃게 된 후 벨트람 왕국은 가르아크 왕국에 대한 쇄국 체제를 강화했다. 현재는 일부 도시로의 상품 수입을 제외하고 리카 상회의 배도 출입이 불가능한 상황이었다.

상품 입고가 허가된 도시라면 리카 상회 마도선을 보낼 수는 있지만, 그중에 세리아의 친가가 있는 크렐 백작령의 도시는 포함되어 있지 않았다. 인근 도시까지 바래다준다고 해도 밀입국을 하지 못하도록 현지에서 삼엄한 감시가 이뤄지고 있다는 보고가 올라오고 있다.

자칫 잘못하면 국제 문제로 발전할 수 있는 이상 리카 상회의 마도선을 이용해 세리아를 벨트람 왕국으로 보내는 것은 리스크가 큰 행위였다.

만일 실행한다면 영주이자 아버지인 크레티아 공작은 물론 국왕인 프랑수아의 승낙도 얻어야 하는 안건이다.

"감사합니다. 하지만 신경 쓰실 필요 없어요. 저 혼자 갔다가 돌아올 수 있으니까요."

협력은 필요하지 않다는 말을 세리아가 선뜻 전했다.

"그건…… 좀 무모하지 않을까요?"

세리아 혼자 그것이 가능할까. 리제롯테는 방 한쪽에 서 있는 아리아에게 은연중에 그런 뜻을 담아 시선을 보냈다. 아리아도 주인과 같은 생각인지 의아한 얼굴로 고개를 갸우뚱했다.

"그렇게 생각하는 것도 무리는 아니죠. 하지만 괜찮아요. 실제로 이렇게 벨트람 왕국에서도 혼자 돌아왔으니까요."

세리아는 여전히 가벼운 어조로 문제가 없음을 어필했다.

"그렇게 말씀하셔도……."

리제롯테가 세리아를 믿지 못하는 것은 아니다. 하지만 그렇다고 "그럼 괜찮겠네요"라고 하며 세리아를 홀로 벨트람 왕국으로 보낼 수는 없었다. 이유는 뻔하다. 걱정스러웠기 때문이다. 그 사실은 세리아에게도 잘 전해졌다.

"……여기서만 하는 이야기인데, 다녀오기만 하는 거라면 왕복 3일 이내에 아망드로 돌아올 수 있을 거예요."

세리아는 리제롯테가 안심할 수 있는 만한 정보를 제공하기로 했다.

"사, 삼일 이내요?"

아망드에서 세리아의 친가가 있는 크레이아까지 걸어서 이동하면 분명 월 단위의 시간이 걸린다. 말을 써도 단축할 수 있는 시간은 빨라야 반 정도. 그런데 왕복만 하면 3일 이내에 가능하다고 하니 리제롯테가 놀랄 만도 했다. 그리핀을 사용해서 나는 것보다 빨리 도착하는 셈이다.

다만 그것은 세리아의 마력이 소진되지 않았을 때라는 조건이 붙는다. 오늘 실전에서 비상마법을 써본 결과, 속도를 내면 낼수록 마력의 소비가 심해질 것이라고 세리아는 확신했다. 천천히 날아간다면 모를까, 정령석 없이 세리아의 마력량으로는 편도만큼의 마력을 짜내기도 어려울 것이다.

"현재 저 이외의 사람은 다룰 수 없지만, 실은 마술로 하늘을 날아서 이동하는 방법을 습득했습니다. 그래서 국경을 넘어 바로 아망드까지 날아온 거고요."

"벨트람에서 오자마자 갑자기 제가 있는 곳에 오셨다기에 뭔가 이상하다고는 생각했습니다만…… 동행인도 없고."

아망드는 가르아크 왕국 중에서도 벨트람 왕국 국경과 상당히 근접한 위치에 자리하고 있었다. 물론 그렇다고는 해도 국경을 넘어 아망드에 도달하는 길 사이에는 국가가 관리하고 있는 성채도 있다.

세리아가 벨트람 왕국에서 가르아크 왕국으로 돌아온 것이라면 먼저 그곳을 방문했어야 했다. 공적인 사자로 나간 것임에도 호위가 동행하지 않았다는 것도 부자연스러운 이야기였다.

"갈 때는 샤를로트 님이 수배해주신 기사분들이 국경까지 함께해 주셨는데, 아르보 공작의 요구로 저 이외의 동행자는 허락받지 못한 것도 있어요……."

"……그럼 호위하시는 분들은요?"

"사실 국경 부근의 성채에 대기하고 있습니다. 입장상 그분들은 제가 성채로 돌아오면 가르아크 왕국까지 데려오라는 샤를로트 님의 명령을 받았을 테니까요."

세리아가 돌아오지 않을 가능성도 컸기 때문에 잠시 기다려 보고 돌아오지 않으면 왕도로 돌아갈 채비를 하겠지만, 지금은 아직 성채에 호위하는 자들이 대기하고 있을 것이다.

만일 세리아가 성채로 먼저 돌아가 샤를로트가 수배한 호위들에게 벨트람 왕국의 친가로 돌아가고 싶다는 말을 털어놓았더라면 절대 허락해주지 않았으리라. 그렇지 않으면 돌아온 세리아를 안전하게 왕성으로 데려오라는 샤를로트의 명령을 어기는 것이나 다름없기 때문이었다.

왕국을 섬기는 기사인 이상 명령에 거스를 수도 없으며 마음대로 판단할 수도 없다.

"그래서 저한테 오신 거군요."

리제롯테는 상황을 이해하고는 고민스러운 얼굴로 숨을 내쉬었다. 판단을 내리는 데 필요한 정보라고 생각해 상황을 파악한 것이지만, 아니나 다를까 까다로운 상황이었다.

"……저기, 폐를 끼치게 돼서 정말 죄송합니다."

세리아는 진심으로 송구스럽다는 얼굴로 고개를 숙였다.

"아니요, 의지해 주신 건 친구로서 정말 기뻐요. 하지만 그 얘기를 들은 이상 저 역시 더더욱 세리아 씨를 성으로 모셔다드려야 할 것 같아요."

그렇지 않으면 이번에는 리제롯테가 샤를로트의 뜻을 거스르게 되는 상황이 생길 수 있었다. 다만 친가에 서둘러 정보를 전하고 싶은 세리아의 마음도 알기 때문에 리제롯테는 양가적인 감정을 안고 머리를 싸맸다.

크리스티나는 세리아에게 아르보 공작에게 서한을 전달하는 것 이상의 역할은 맡기지 않았다. 그러니 목적을 달성했음을 빠르게 크리스티나에게 알려야 한다. 친가에 돌아가고 싶다는 것은 완전한 세리아의 독단이었다. 그렇기 때문에 리제롯테를 의지하는 것이었지만 본인 역시 상당한 무리수라는 자각은 있을 것이다.

"그렇, 겠죠……. 하지만 그 부분을 어떻게든 부탁할 수 없을까요? 아르보 공작이 곧바로 어떤 행동을 취할 우려가 있습니다. 이쪽도 당장이라도 출발하고 싶은 상황이에요."

세리아는 정말이지 면목 없다는 얼굴로 고개를 숙였다.

"……알겠습니다. 왕도 쪽의 보고는 맡겨주세요. 성채에 계신 호위병분들께 전할 사정 설명도 이쪽에서 준비해 두겠습니다."

"감사합니다!"

"하지만 조건이 있습니다."

기뻐하는 세리아를 향해 리제롯테가 검지를 치켜세우며 말했다.

"조건이라는 건……?"

"호위로 아리아를 데려가 주세요."

리제롯테가 선 채 실내에 대기하고 있던 아리아에게 시선을 돌렸다.

"네? 하지만……."

세리아의 시선도 아리아를 향했다. 그리고 곧바로 아리아가 자신과 동행하면 안 되는 이유를 말하려고 했다.

"위험이 있다는 것을 아는데도 세리아 씨를 혼자 보내다니, 친구로서 절대 할 수 없습니다. 샤를로트 님께도 혼날 거예요. 그러니까 이 부분은 양보할 수 없습니다."

하지만 세리아가 뭐라고 말하기도 전에 리제롯테가 기선을 제압했다.

"그렇지만 리제롯테 씨가 협조해 주셨다는 것이 만일 상대측에게 알려지면 국제 문제가 될 수도 있지 않을지……."

"그러니 필요 최소한의 인원으로서 아리아를 동행시키는 겁니다. 아리아의 실력은 세리아 씨라면 잘 아시겠죠? 아리아는 벨트람의 전 귀족이니 모습을 보인다 해도 둘러

대기도 수월할 테고요."

"……그럴, 지도 모르지만 아리아는 리제롯테 씨의 심복이신데, 없으면 경호에 지장이 있지 않을까요?"

"아리아만큼은 못 미쳐도 실력 좋은 사람은 또 있습니다. 아리아가 사라지는 만큼 더 삼엄한 경비를 하게 하면 될 일이에요. 그렇게 됐으니 아리아, 세리아 씨와 동행해서 호위를 맡아줘."

리제롯테는 세리아가 이 이상 무슨 말을 하기 전에 아리아에게 명령했다.

"……알겠습니다."

아리아는 한숨을 내쉬며 고개를 끄덕였다.

"괘, 괜찮아, 아리아? 리제롯테 씨를 지켜주지 않아도."

순식간에 결정된 이야기에 세리아가 황급히 아리아에게 물었다.

"주인님께서 그렇게 말씀하신 이상 저는 더 할 말이 없습니다."

자신에겐 결정권이 없다는 듯 아리아가 고개를 저으며 대답했다.

"제 경호 상황을 걱정해 주시는 거라면 제가 세리아 씨를 걱정하는 이유도 이해해 주시겠죠?"

"으, 네……."

리제롯테에게 아픈 곳을 찔린 세리아는 어색하게 고개를 끄덕였다.

"그럼 빨리 돌아와 주세요."

"……노력하겠습니다."

"기다리고 있겠습니다. 그리고 제가 도와드릴 만한 것이 또 있을까요? 마술을 이용하여 하늘을 날아다닌다고 하셨는데, 이동용 그리핀을 빌려드리거나 마력 결정을 드릴 수도 있습니다만……."

마술을 이용해 하늘을 날 수 있다고 해도 연료가 되는 마력이 유한한 이상 오랜 시간 날기는 어려울 것이란 판단 하에 나온 제안이었다.

"……감사합니다. 받도록 할게요. 그렇다면 마력 결정을 융통해 주실 수 있을까요? 그리고 가능하면 호신용 검 하나도요."

"알겠습니다. 아리아, 이제 내려가도 좋으니 출발 준비를 하고 와. 내친김에 마력 결정과 세리아 씨가 쓰실 만한 검도 준비해 놓고."

"알겠습니다."

그리하여 아리아는 일단 내려가게 되었다.

수십 분 뒤.

드디어 출발 준비가 완료되었다.

저택의 정원에는 출발하는 세리아와 아리아, 그런 두 사람을 배웅하는 리제롯테, 그리고 코제트, 나탈리, 클로에 같은 시녀들의 모습이 있었다.

시녀복이던 아리아는 모험자를 연상시키는 가벼운 옷차림으로 갈아입은 뒤 허리에는 리제롯테가 빌려준 마검을 차고 있었다.

"제가 없을 때도 잘 부탁합니다."

아리아가 시녀장으로서 부하들에게 말을 건네고 있었다.

"그래, 그래. 이쪽 일은 우리한테 맡기고 아리아도 조심해…… 아니, 너라면 그런 걱정은 필요 없으려나?"

시녀들 중에서도 가장 사교적인 성격을 가진 코제트가 가벼운 어조로 대답했다.

"그래, 오히려 네가 더 걱정이야."

성실한 나탈리가 옆에서 투덜거렸다.

"나?! 여기선 아직 신입인 클로에를 걱정해야지."

"클로에는 부지런하니까요. 아직 서투른 부분도 있지만 보고도 꼼꼼해서 안심하고 일을 맡길 수 있습니다."

"가, 감사합니다……!"

코제트의 지목을 받았지만, 시녀장인 아리아에게 칭찬을 받자 클로에가 황송해하며 고개를 숙였다.

"어쨌든 좋은 기회입니다. 제가 없을 때 업무에 지장은 없는지, 평소 업무와 차이가 생기는지, 뭔가 잠재적인 문제를 품고 있지는 않은지 각자 잘 생각해서 일지로 상세히 보고하도록 하세요."

"켁."

귀찮은 업무가 늘어서일까, 숙녀답지 않은 목소리를 낸 것은 코제트였다. 아리아가 굳이 '상세히'라고 말한 이상 이유가 있을 거라 생각한 것이다. 다시 말해 이런 것이다.

"귀찮다고 '아무런 변화가 없었습니다' 같은 식의 막연한 한마디로 적당히 때우는 일은 없도록. 각자가 필요에 따라 상의를 해도 상관없으니 현재의 업무 체제를 확실하게 다시 점검해 보도록 하세요. 리제롯테 님의 경호 체제에 관해서는 특히 더."

얼마 전에는 리제롯테 유괴 소동이 있었던 직후였다. 이미 평온한 일상을 되찾았다고는 하지만 긴장을 늦추지 말라고 생각했을지도 모른다.

"······알겠습니다."

리제롯테 경호와 관련한 이슈가 나오자 시녀들의 표정도 단번에 굳어졌다. 그리고 시녀들 바로 옆에서는 세리아와 리제롯테도 출발 전 대화를 나누고 있었다.

"정말 괜찮을까요, 아리아를 저와 동행하게 해도······."

세리아가 불안한 얼굴로 물었다. 물론 아무리 단독으로 비상할 수 있게 되면서 행동 범위가 단번에 넓어졌다고는 해도 혼자 여행을 하는 것은 아직 불안했다. 오랜 친구이자 강자인 아리아가 있어준다면 세리아로서는 더할 나위 없이 믿음직스럽긴 할 것이다.

다만 아리아가 부재하게 되면 리제롯테 쪽 업무에 지장

이 생기는 것은 아닐까. 세리아는 그 부분을 걱정하고 있었다.

"네. 오히려 이쪽에도 이득이 있는 이야기이니 그렇게 신경 쓰지 마세요."

"그런가요?"

"……평온한 일상은 되찾았지만 최근 아리아는 지나치게 신경이 곤두서 있는 것처럼 보이거든요."

아마도 리제롯테 유괴 소동을 아직도 마음에 담아두고 있는 것이리라. 그것이 가시밭의 가시가 피부를 파고들듯 아리아의 마음을 괴롭히고 있는지도 모른다.

"그렇다면 더더욱……."

아리아를 리제롯테 곁에서 떨어뜨리지 않는 편이 좋지 않을까. 세리아는 시선으로 리제롯테에게 물었다.

"아니요, 저를 잊을 정도로 확실하게 부려먹어 주세요. 아리아가 없어도 업무가 돌아간다는 것을 보여주고 싶거든요."

리제롯테는 오랜 친구인 세리아와 행동을 함께하며 아리아의 기분이 조금이나마 회복하길 바라는 듯했다.

"……알겠습니다. 아무 일 없으면 갔다 오는 것뿐이겠지만, 그런 거라면 사양하지 않을게요. 감사합니다."

"네."

세리아가 가볍게 인사했고, 고개를 끄덕인 리제롯테와 시선을 맞췄다.

"후후."

이 상황이 우스운지 누가 먼저랄 것 없이 미소가 흘러나
왔다. 그때 세리아가 아리아를 불렀다.

"아리아, 갈까요?"

"네."

아리아가 시녀들과의 대화를 멈추고 세리아 옆에 섰다.

"아, 하늘을 날아서 이동한다고 말하긴 했는데 높은 곳
은 괜찮지? 내가 옮길 건데……."

"네, 문제없습니다. 이전에도……."

자연스러운 말투로 응한 아리아였지만 도중에 말문이
막혔다.

"예전에도 무슨 일이 있었어?"

세리아가 궁금하다는 얼굴로 물었다.

"아니요. 예전에 누군가가 안아서 하늘을 날아간 적이
있었던 것 같은데, 그런 기억은 없거든요. 그래서 좀 묘한
느낌이…… 데자뷰라고 할까요."

아리아는 의아한 얼굴로 고개를 갸우뚱했다.

'……리오를 말하는 거겠지.'

세리아는 왜 아리아에게 데자뷰가 일어났는지 알아차렸다.

"아리아도? 나도 그런 생각이 들었는데…… 이상하네."

아무래도 리제롯테에게도 데자뷰가 있었던 것 같다. 성
녀 에리카에게 납치되었다 리오에게 구출된 기억의 잔재가
아직 남아 있는 것일지도 모른다. 그것이 플래시백된 것인

지 리제롯테도 의아한 얼굴로 물음표를 띄우고 있었다.

"그리핀 같은 걸 탔을 때의 기억이 떠올랐던 거 아닐까요?"

리오에게 안겨 하늘을 날아본 적은 없었던 코제트가 다른 의미에서 신기하다는 얼굴로 이야기에 가세했다.

"……그럴지도 모르겠네요. 도중에 말을 멈춰서 죄송합니다."

아리아도 기억을 떠올리지 못하고 결국 생각하는 것을 중단했다.

"아니야."

세리아는 조금 쓸쓸한 얼굴로 머리를 흔들었다.

"그렇다면 어떻게 이동하는 편이 좋을까요? 세리아 님 근력이라면 마법으로 신체 능력을 강화하지 않는 한 저를 들어 올리긴 어려울 것 같은데……."

아리아가 세리아를 내려다보며 물었다.

"그러게. 신체 능력을 강화하면서 하늘을 날면 마력 소비가 심할 테니까 나를 끌어안는 편이 낫…… 겠지? 등에서 열을 가진 마력 에너지가 방출되니까 닿지 않도록 주의해."

"그렇군요……. 그럼 이런 식으로 안으면 될까요?"

아리아는 별다른 주저함 없이 세리아에게 다가가 정면으로 껴안았다. 껴안았다기보단 쪼그리고 앉아 허리에 매달렸다는 표현이 더 적절했다.

"응, 괜찮은 것 같아."

몸집이 작은 세리아와 훤칠한 모델 체형의 아리아. 껴안는 쪽이 세리아였다면 그나마 봐줄 만한 모습이 되었겠지만 그 반대가 되니 퍽 우스워 보였을 것이다.

"후, 후후. 이런…… 크흠."

코제트가 웃긴지 웃음을 흘렸다. 하지만 아리아가 힐끗 시선을 보내자 과장되게 헛기침을 하며 얼버무렸다.

"일단 날아보고 문제가 있으면 다시 바꾸자."

"알겠습니다."

"그럼 날개를 꺼낼게. 《광익비상마법》."

세리아가 주문을 영창했다. 그 직후 등에서 마법진이 떠오르며 조금 늦게 빛의 입자가 날개 모양으로 튕기듯이 생성되었다. 그런 그녀의 모습은 천사처럼 보이기도 했다.

"……어머나."

리제롯테 일행이 모두 숨을 삼켰다.

"그럼 다녀오겠습니다. 왕도 쪽의 연락도 잘 부탁드릴게요."

"아, 네. 맡겨주세요."

세리아가 말을 건네자 리제롯테가 화들짝 놀라며 답했다.

"그럼 날게, 아리아. 속도가 꽤 있으니까 떨어지지 않게 꼭 껴안고 있어."

"알겠습니다."

아리아는 아까보다 더 확실하게 세리아를 힘주어 껴안았다. 직후 세리아의 몸이 둥실 땅에서 떠올랐다.

"그럼 이만."

세리아는 리제롯테 일행을 향해 그 한마디만을 남기고는 가속하여 상공으로 날아 올라갔다.

"끝내준다……."

리제롯테 일행은 숨을 삼키면서 작아져가는 세리아들을 올려다보았다.

◇ ◇ ◇

반면 시간을 조금 거슬러 올라가서.

세리아가 아망드에 도착하기 조금 전.

레이스와 렌지는 세리아의 수색을 마치고 아르보 공작과 샤를이 대기한 성채로 돌아가고 있었다.

"레, 레이스 공!"

렌지를 안은 레이스가 성채 안으로 내려오자 샤를이 가장 먼저 달려왔다.

"안타깝게도 세리아 크렐은 도망친 것 같습니다."

레이스는 평시와 다름없는 차분한 목소리로 보고했다.

물론 레이스가 보기에 서로의 공격이 부딪치면서 발생한 폭발로 인해 세리아의 육체가 흔적도 없이 소멸했을 가능성도 제로는 아니었다. 하지만 한없이 제로에 가깝다고 생각한 것인지 거기까지는 말하지 않았다.

"그, 그래……. 아, 아니 그게 아니지! 대체 무슨 짓을 한 거야?!"

안도한 듯 보였던 샤를이 곧장 레이스에게 덤벼들었다.

"무슨 짓이라뇨?"

레이스는 전혀 짐작조차 가지 않는다는 얼굴로 고개를 갸우뚱했다. 마침 이 타이밍에 아르보 공작도 걸어왔다.

"돌아가려고 한 사자를 죽이려고 했으니 이야기가 복잡해진다."

"음? 애초에 돌려보낼 생각은 없었던 것 아닙니까? 일을 복잡하게 만들기 위해 그녀를 이 성채로 불러냈다. 아닙니까?"

"그건……! 크리스티나 왕녀가 왕위 즉위를 선언한 이상 사정이 달라졌습니다. 이쪽의 입장이 안 좋아질 만한 행동은 되도록 피해야 하지 않겠습니까?"

자신의 주장이 옳다는 것을 뒷받침하고 싶은지 샤를이 아버지인 아르보 공작을 바라보며 말했다.

"그렇지만 그녀의 신병을 확보하려고 했던 시점에서 더 이상 발뺌할 여지는 없습니다. 귀국하여 쓸데없는 말을 흘리게 하지 않기 위해서라도 더더욱 신병을 확보했어야 합니다. 아닙니까?"

"그, 그렇다고 우리 영토에서 제멋대로 날뛰어도 곤란하죠! 저런 규모의 공격을 국경 근처에서 발동시키면……!"

레이스의 반론에 반박할 말이 없다고 느꼈는지 순간 말문이 막힌 샤를이 말의 논점을 바꿔버렸다.

"그 점에 대해서는 죄송하게 생각합니다. 하지만 그렇게라도 하지 않았다면 확실하게 도망쳤을 겁니다. 어쨌든 등에서 빛의 날개까지 만들어서 하늘을 날고 있었으니까요. 포박할 수 없다면 차선책으로 입을 막아둬야겠다고 생각했을 뿐입니다. 만일 그녀가 죽었다고 해도 구체적으로 무슨 문제가 있는 거죠?"

세리아를 죽여야만 했는가, 설령 죽였다고 해도 무슨 문제가 있는가. 레이스는 즉각 논점을 바로잡았다.

"그건……!"

샤를은 이번에야말로 말문이 막혔다.

"애초에 약혼자였다고는 해도 뭔가 특별한 감정을 품고 있던 것도 아니지 않습니까?"

레이스가 던진 물음은 다소 무신경하다고 할지, 인간미가 느껴지지 않는 내용이었다.

"윽……!"

그래서 그랬던 걸까. 세리아에 대해 실제로 어떤 감정을 품고 있는지는 둘째치고, 샤를이 불쾌한 듯 인상을 찌푸렸다.

"기분이 상했다면 사과드리죠. 하지만 레스토라시온과 체결한 협정 따위는 진작에 어겼습니다. 크리스티나 왕녀가 왕위 즉위를 선언했다고 해서 이제 와서 체면에 신경을 쓴다는 건 어불성설이죠. 아닙니까?"

"……."

샤를은 씁쓸한 표정으로 입을 다물었다.

"정식 즉위를 하려면 대관식을 거쳐야 합니다. 설마 그것을 인정하실 생각은 아니겠지요?"

레이스는 눈앞에 서 있는 샤를이 아니라 곁에 서 있는 아르보 공작을 보고 물었다.

"……물론 즉위 따위는 인정 못 해. 인정받을 리가 없어."

아르보 공작이 못마땅하다는 듯 얼굴을 찌푸리며 무거운 입을 열었다.

"그렇다면 하는 일에 변함은 없습니다. 레스토라시온이라는 조직을 무너뜨리기 위해 필요한 일을 하면 되는 거죠. 그 정도의 실력을 가진 여자가 여자가 크리스티나 왕녀 곁에 있다는 건 또 다른 의미에서 좋지 못한 상황이니까요."

"그래, 없앨 수만 있다면 없애두는 것보다 더 좋은 일은 없지. 계집애 한 명의 숨통을 끊는다고 무슨 문제가 있겠어."

아르보 공작은 그렇게 말하며 레이스의 의견에 찬동했다.

"하, 하지만 아버지……! 죽이려고 했다가 죽이지 못하면 이쪽의 체면만 구기는 꼴입니다. 이쪽이 불리해질 만한 정보를 저쪽에 흘리기라도 하면 돌아서는 자가 나올 위험도……."

샤를이 득달같이 아버지에게 이의를 제기했다.

"네놈 전 약혼자 이외에 이 성채에서 일어난 일을 목격한 사람은 없다. 무슨 내용을 떠든다 해도 사실과 다르다고 의연하게 대응하면 그만이야. 정치나 외교에 있어 사실 같은 건 아무런 의미가 없다. 오랜 시간 포로로 잡혀 있으면서 그런 것도 잊은 거냐?"

국가 간 다툼에서는 강자의 주장이야말로 사실로 받아들여지는 법이라며 아르보 공작이 아들을 질책했다.

"읏……."

"국내 귀족의 압도적 다수를 좌지우지하고 있는 것은 여전히 이쪽이다. 이제 와서 무슨 소리를 내든 잡음에 불과할 뿐이야. 설령 레갈리아를 이용해 왕위 즉위를 선언한다고 해도……."

그렇게 말하면서도 아르보 공작은 이를 악물었다. 크리스티나가 왕위 즉위를 선언한 것이 거슬리는 일임에는 확실했기 때문이었다.

벨트람 왕국의 제1 왕위 계승권을 가진 크리스티나가 레갈리아를 점유한 상태에서 왕위 즉위를 선언한 이상, 그 정통성을 부정하고 싶다면 국법에 정해진 절차를 거쳐야 한다. 즉위의 정통성을 부정할 수 있을 때까지는 잠정적으로 크리스티나를 정식 왕으로서 대우해야 하는 것이다. 이는 비록 국왕이라도 쉽게 손댈 수 없는 국가 최고 법령에 그렇게 기록되어 있기 때문이었다.

만일 아르보 공작이 그 규칙을 어기고 절차를 밟지 않은 채 크리스티나를 억지로 왕위에서 끌어내리는 짓을 한다면 정통성을 위반하고 모반을 일으킨 대역죄인이라는 오명을 쓰게 될 수도 있었다.

즉, 본래 국왕인 필립 3세와 새로 즉위를 선언한 딸 크리스티나. 절차만 거치면 즉위의 정통성을 부정할 수 있다고는 하지만 지금의 벨트람 왕국에는 잠정적으로 두 국왕이 존재하는 것이나 다름없었다. 이러한 이두정치는 벨트람 왕국의 역사상 유례가 없는 일이었다.

"정말이지 괘씸하군……. 그놈들, 아무리 궁지에 몰려도 절묘하게 목숨을 이어나가고 있어."

아르보 공작이 머리를 싸매는 것도 무리가 아닌 사태였다.

"확실히. 마치 신의 가호로 보호를 받는 것 같군요. 말 그대로 **모든 것을 내다보는 힘을 가진 신이 편애라도 하는 것처럼**……."

레이스가 날카로운 표정으로 말했다.

"흥, 신 같은 게……."

어디 있냐며 반사적으로 비웃으려던 아르보 공작. 하지만 그 말을 다 잇지는 않았다. 육현신이라는 신앙의 힘을 이용해 지배체제를 유지하고 있는 만큼 대외적으로 신의 존재를 부정하는 발언을 하는 것은 꺼려졌을지도 모른다.

"만일을 위해 확인할 것이 있습니다. 설마 즉위의 정통성을 부정하지 못한다거나 하는 일이 일어나진 않겠지요?"

레이스가 아르보 공작에게 물었다.

"물론이지. 즉위의 정통성을 부정하기 위해 필요한 4분의 3의 투표권은 이곳 파벌에 소속된 귀족들이 보유하고 있다. 거점을 잃고 인원도 잃은 레스토라시온의 썩은 동아줄로 갈아탈 만한 배짱을 가진 놈이 있을 리도 없고. 크리스티나 왕녀의 여왕 즉위는 불가능해. 이런 건 단순한 시간 벌기일 뿐이야."

지금의 아르보 공작파는 투표권을 가진 귀족의 무려

90% 이상을 휘어잡고 있다. 일부 미심쩍은 사람들은 있지만 지금 상황에서 크리스티나 편을 드는 사람은 그리 많지 않았다. 만약 그렇게 되면 아르보 공작의 압력을 받는 것을 넘어서서 이후의 귀족 생명이 끊길 수도 있다.

"그 말씀을 들으니 안심이 되는군요. 하지만 더욱 만전을 기하고 싶은 게 사람 마음 아니겠습니까. 제게 한 가지 생각이 있습니다만……."

레이스는 박수를 치고 칭찬하더니 아르보 공작에게 제안을 하려고 했다.

"……크렐 백작 관련인가?"

"맞습니다. 지금 이 상황에서 저쪽에 가장 큰 이익을 가져다줄 만한 것이 그의 가문 사람들이니까요. 크리스티나 왕녀가 크렐 백작가를 지키고 싶어 하는 것이 눈에 빤히 보이니 손대지 않을 이유가 없지요."

물론 벨트람 왕국 본국과 레스토라시온 사이에 크렐 백작 가문을 중립적인 입장으로 세우자는 협정을 맺긴 했다. 하지만 로다니아를 습격하여 세리아의 신병까지 확보하려 했던 지금으로서는 완전히 의미를 상실한 이야기였다.

문제가 있다면 크리스티나가 왕위 즉위를 선언하면서 다시금 크렐 백작을 협상의 창구로 삼았기 때문에 즉위의 정통성을 부정할 수 있을 때까지는 백작 본인에게 손을 대기 어렵다는 것인데…….

"딸 세리아가 도망친 이상 다른 가족을 포섭하고 싶다고 생각한 참이다. 백작은 애처가로도 알려져 있으니 아내 쪽이 적당하겠지."

아르보 공작은 레이스의 말을 들을 필요도 없다는 듯이 크렐 백작 가문에 손을 댈 생각이 있었음을 밝혔다.

"이거 정말, 빈틈없는 모습에 안심했습니다."

레이스는 다시 한번 박수를 치며 탁탁 건조한 소리를 울렸다.

"문제는 세리아 크렐이군. 대체 무슨 마술인지 마법인지는 모르겠지만, 그런 기동력으로 친가에 돌아가면 선수를 빼앗길 가능성이 있다."

"그렇습니다. 지금 당장이라도 크렐 백작령으로 향해야겠죠. 지금부터 마도선으로 출발하면 내일 오전 중에는 도착할 겁니다. 물론 저희도 동행하겠습니다."

레이스는 렌지, 루치, 알레인 세 사람을 보며 당연하다는 듯이 크렐 백작령의 동행을 제의했다.

"……샤를."

아르보 공작은 무슨 생각을 했는지 값이라도 매기듯 레이스의 얼굴을 물끄러미 바라보더니 아들의 이름을 불렀다.

"네."

"지금 얘기는 다 듣고 있었겠지? 네가 부대를 이끌고 크렐 백작령으로 향해라. 백작 부인의 신병을 압류하고 내 쪽으로 데려와. 나는 일단 왕도로 귀환하마."

물론 인질로 쓸 생각이었다. 아르보 공작이 포박을 명령했다.

"알겠습니다."

"서둘러라, 마도선으로 이동한다고 해도 뒤처질 수도 있어."

"네."

"……아니면 레이스 공도 어떤 구조인진 몰라도 하늘을 나는 것 같던데, 그걸로 앞서가는 것도 가능한가?"

레이스가 하늘을 날 수 있다는 것을 처음 알게 된 아르보 공작이 가늠하는 듯한 눈빛으로 레이스를 바라보며 말을 걸었다.

"그렇습니다. 저 혼자 가거나 렌지 씨 둘이서 앞서가는 것은 가능합니다. 신용해주신다고 하면 앞서가는 것도 상관은 없습니다만."

레이스는 별다른 표정의 변화 없이 단독 선행을 허락해줄 것인지 되물었다.

"……우리나라 영토 내의 문제다. 일단 샤를과 동행하는 형태로 백작령으로 향해줬으면 하는군. 현지에서 전투가 벌어질 것 같으면 그 힘을 마음껏 발휘해줬으면 하네."

아르보 공작도 레이스를 완전히 믿지는 않는지 크렐 백작령을 향한 단독 선행을 허락하지는 않았다.

"알겠습니다. 그럼 저와 렌지 씨가 동행하죠. 이쪽 용병 두 사람에겐 잠시 개별 행동을 시킬까 합니다."

레이스는 선뜻 승낙하고 루치와 알레인을 바라보았다.

"일단 확인하겠는데 어디로 보낼 생각이지?"

루치도 알레인도 본인들의 그리핀을 갖고 있다. 국내에서 무슨 쓸데없는 짓을 저지르지 않을까 경계했는지 아르보 공작이 물었다.

"사실 가르아크 왕국의 동태를 살피고 있는 또 다른 용병이 있거든요. 그쪽과 합류한 뒤 크렐 백작령까지 와달라고 할 생각입니다."

"그렇군."

"그렇습니다. 루치 씨, 알레인 씨. 당신들은 일단 가르아크로 먼저 향했다가 크렐 백작령으로 와주세요."

"······네."

예정에 없는 지시였던 걸까.

루치와 얼굴을 마주 보고 나서야 알레인이 고개를 끄덕였다.

"그렇지, 그쪽에 있는 그들에게 이걸 전해주세요."

레이스가 품속에서 손바닥에 쏙 들어갈 정도로 작은 주머니를 꺼내더니 알레인에게 다가가 건네주었다. 그리고 입가에 훗 하고 가벼운 미소를 지었다.

"엇갈리면 곤란하니 백작령까지 서둘러서 와주세요."

그런 말도 덧붙였다. 알레인은 주머니 틈으로 내용물을 살짝 확인했다. 들어 있는 것은 그들도 잘 아는 마도구인 마력 결정이었다. 즉, 일회용 전이 결정.

"······알겠습니다."

알레인은 레이스의 의도를 헤아렸는지 여유롭게 미소 지으며 고개를 끄덕였다.

"부탁합니다."

그렇게 말하고 레이스는 알레인의 어깨를 툭툭 쳤다.

"그녀가 먼저 올 것 같으면 없애주세요. 다만 최대한 소란을 일으키지 않는 형태로."

알레인에게만 들리도록 속삭이고는 대답을 기다리지 않고 돌아섰다. 그리고 샤를에게 시선을 돌렸다.

"그럼 서두를까요, 샤를 씨?"

"⋯⋯예."

이리하여 레이스와 샤를은 마도선을 타고 크렐 백작령으로 향하게 되었다.

𝕂 막간 𝕁 ✳ 흔들림

가르아크 왕국성에서 내어준 객실 거실.

리리아나는 소파에 앉아 센트스텔라 왕국 사절단 대표를 맡은 남성 귀족이 찾아오기를 기다리고 있었다.

'······용사님에 관해 긴히 할 이야기가 있다고.'

별로 좋지 않은 화제를 가져올 것 같은 불길한 예감이라도 드는 것일까. 리리아나는 창밖을 내다보며 근심 섞인 한숨을 내쉬었다.

얼마 전까지만 해도 센트스텔라 왕국의 용사라고 하면 타카히사를 말했다. 하지만 지금은 타카히사의 동생인 마사토도 용사가 되었다. 그래서 센도 타카히사와 센도 마사토 둘 중 하나에 관한 화제임은 확실할 것이다.

다만 신경이 쓰이는 것은 센트스텔라 왕국 사절단이 가르아크 왕국에 온 지 어느 정도 시일이 지났다는 점이다. 중요한 이야기였다면 가르아크 왕국에 찾아와 리리아나와 합류한 뒤 얼마든지 할 기회는 있었다.

그런데 이제 와서 중요한 얘기가 있다며 말문을 열었다. 사절단의 대표를 맡고 있는 인물은 센트스텔라 왕국의 재상을 맡고 있는 실력파 남성이었기에, 그런 인물이 가벼운 마음으로 중요한 이야기를 들고 올 것이라는 생각은 들지 않았다.

'……마사토 님과 타카히사 님을 저울질해본 거겠죠.'

리리아나는 그렇게 짐작했다.

마사토가 어느 나라에 소속될지는 아직 정해지지 않았지만, 현재 상황은 센트스텔라 왕국이나 가르아크 왕국 둘 중 한 나라에 두 용사가 동시에 소속될 수도 있는 천재일우의 기회였다.

그리고 한 조직에 같은 직책을 가진 사람이 여럿 있으면 당연히 비교 대상이 된다. 그렇지 않아도 타카히사는 그동안 툭하면 이런저런 문제를 일으켜왔다. 센트스텔라 왕국의 상층부 입장에서 마사토가 타카히사보다 더 다루기 쉬운 용사라면 마사토 쪽을 원하게 될 것은 불 보듯 뻔한 일이었다.

리리아나도 센트스텔라 왕국의 제1 왕녀인 이상 자국의 이익을 최우선으로 생각하고 행동할 의무가 부여된다. 총명한 그녀도 물론 알고 있었다. 마사토를 자국에 끌어들여야 한다는 것을.

그랬다. 해야 할 일은 명확하다.

"……."

하지만 창밖을 내다보는 리리아나의 표정은 무언가 망설임을 안고 있는 것처럼 보였다.

"리리아나 님."

누군가 리리아나의 이름을 불렀다.

"리리아나 님."

다시 한번 누군가가 리리아나의 이름을 불렀다.

"……리리아나 님?"

이번에는 상태를 걱정하는 듯한 목소리로 리리아나의 이름을 불렀다. 그제서야 리리아나는 비로소 사고의 바다에서 벗어날 수 있었다.

"……실례했습니다. 잠시 멍하니 있었군요."

리리아나는 소파에서 일어나 말을 걸어온 인물에게 응했다.

"피곤하신 모양이군요."

그곳에 서 있는 사람은 센트스텔라 왕국의 재상이자 이번 가르아크 왕국에 방문한 사절단의 대표를 맡고 있는 인물이었다. 이름은 리베르토 토스카나 공작. 외모로 보이는 나이는 40살 전후. 바로 옆에는 리리아나의 호위를 맡고 있는 앨리스라는 소녀의 모습도 있었다. 나이는 아키나 라티파의 또래 정도일까.

앨리스에겐 공작이 오면 그대로 실내로 들여도 된다고 전해둔 상태였다. 아마 시킨 대로 실내로 안내한 것 같았다.

"잠시 생각을 하고 있었을 뿐입니다. 걱정하지 마세요."

"……저희 딸이 전하께 또 무슨 심려를 끼친 겁니까?"

토스카나 공작이 자신을 안내해준 앨리스를 바라보며 불안한 얼굴로 물었다. 그래, 앨리스는 공작의 딸이었다.

"아, 아빠?! 폐 안 끼쳤어!"

묘한 의심을 받은 앨리스가 화들짝 놀라 이의를 제기했다.

"……아버지, 겠지. 그리고 폐를 끼치지 않았습니다, 다."

"네, 네에."

앨리스의 김빠진 대답을 들은 토스카나 공작은 머리가 아픈지 이마를 매만졌다.

"앨리스는…… 가끔 마음이 풀어질 때도 있지만 잘해주고 있어요. 저의 소꿉친구인 데다 지금도 사이가 좋으니까요. 앨리스가 있어서 자리의 분위기가 누그러지는 경우도 많으니 더 많이 칭찬해 주세요."

그 모습을 본 리리아나가 앨리스를 칭찬했다.

"거봐……."

이겼다는 듯 미소 짓는 앨리스였지만, 아버지의 싸늘한 눈빛에 움찔 떨며 자세를 바로잡았다.

"피로가 쌓여 있는 것은 공작 쪽인 것 같군요."

리리아나가 재밌다는 얼굴로 지적했다.

"면목없습니다. 막내라고 너무 오냐오냐 키운 것 같습니다."

토스카나 공작은 피로를 내비치며 한숨을 내쉬었지만, 금세 마음을 다잡고 딸에게 지시를 내렸다.

"앨리스. 리리아나 님과 중요하게 할 이야기가 있다. 넌 나가 있어라. 어지간한 손님이 아닌 이상 들이지 말도록."

"예!"

앨리스가 힘차게 경례를 하고 퇴실했다.

"일단 앉으세요."

"실례하겠습니다."

리리아나의 권유에 토스카나 공작은 맞은편 소파에 앉았다.

"드세요."

리리아나의 시종인 프릴이 곧바로 테이블에 차를 내려 두었다.

"프릴, 너도 옆방으로 나가 있으렴."

"네."

프릴은 꾸벅 인사를 하고 조용히 떠났다. 그렇게 실내에 리리아나와 토스카나 공작 두 사람이 남자, 리리아나가 단도직입적으로 화제를 던졌다.

"용사님에 관해 중요하게 할 말이 있다고 하셨죠."

"국왕 폐하의 지시라고 할지 전언이라고 할지……. 상태를 보고 난 뒤에 전하라는 부탁은 받았습니다만, 슬슬 적당한 시기일 것 같아 말입니다."

"……그렇군요. 역시 아버님의 말씀이셨네요."

그렇다면 토스카나 공작이 앞으로 할 이야기는 재상으로서의 발언이 아닌 국왕으로서의 말이라는 뜻이었다.

"예상하고 계셨나 보군요. 역시 예리하십니다."

"내용은…… 마사토 님과 관련된 것인가요?"

"네. 정확히는 리리아나 님도 관련되어 있지요."

"……다시 한번 말씀드리지만, 마사토 님의 소재에 관한 이야기라면 우리나라와 가르아크 중 어느 쪽에 소속될 것인지에 대한 결론을 재촉할 수는 없습니다."

리리아나는 재차 못을 박듯이 말했다. 국왕의 지시라면 마사토와 관련하여 자신에게 무언가 시킬 것이 분명했다. 그 경우 리리아나의 머릿속에 가장 먼저 떠오른 것이 마사토를 향한 자국 권유 행위였던 것이다.

"물론입니다. 폐하께서도 그 부분에 이론은 없으십니다."

"……그럼 아버지는 제게 뭘 하라고 부탁하신 건가요?"

"곧바로 뭘 하라는 건 아닙니다. 나라의 장래를 내다보고 드리는 이야기지요."

"나라의 장래를 내다본다고요? 꽤나 완곡한 표현을 쓰시는군요."

리리아나는 숨기지 않고 쓴웃음을 지었다.

"그만큼 전하기 어려운 이야기라는 걸 알아주셨으면 합니다."

토스카나 공작도 마찬가지였다.

"상관없어요. 말씀해주세요."

"……그럼, 바로 전해드리겠습니다."

리리아나의 재촉에 토스카나 공작은 비로소 무거운 입을 열었다.

"폐하께서는 리리아나 님의 약혼 상대로 마사토 님을 생각하고 계십니다."

공작의 입을 통해 전해진 국왕의 전언은 리리아나의 약혼 상대에 관한 이야기였다.

"······그렇군요."

리리아나가 맞장구를 치기까지 몇 초의 시간이 걸린다.

"이론이 없다면 앞으로는 그것을 전제로 마사토 님을 대해달라고 하셨습니다."

"······."

침묵을 유지하는 리리아나. 이론을 입 밖에 내진 않았지만 고개를 끄덕이지도 않았다.

"혹 이론이 있으십니까?"

토스카나 공작이 꿰뚫어 보듯 물었다. 리리아나가 순순히 고개를 끄덕이지 않으리라는 것을 예상했는지 실로 차분한 목소리였다.

"······이론은 없습니다. 저에게 혼인의 자유는 없으므로 폐하께서 결정하신 상대와 혼인을 맺는 것이 저의 책무입니다. 그렇지만······."

"뭔가 궁금하신 거라도?"

"몇 가지 있습니다."

리리아나는 깊이 고개를 끄덕였다.

"말씀하세요."

토스카나 공작은 오른손을 들어 리리아나의 발언을 재촉했다.

"······하나는 마사토 님과 저의 나이 차이입니다. 설령 이쪽이 혼인을 원한다 해도 마사토 님이 거절하시면 이야기는 거기서 끝입니다. 저로서는 상대가 되지 않을 우려가 있습니다."

우선은 자신과 마사토의 나이차를 언급하는 리리아나.

"그렇게 말씀하셔도 나이 차이는 한 자릿수 아닙니까?"

마사토는 12살이고 리리아나는 16살.

나이 차이는 네 살이다.

"네 살이나 나이가 많은 여자는 기피당한다는 말을 들은 적이 있습니다."

"……남성 귀족 사이에 그러한 풍조가 있다는 것은 부정하지 않겠습니다. 하지만 개인적으로는 찬동하기 어렵군요. 실제로 제 아내도 저보다 4살 많지만 저는 아내를 진심으로 사랑합니다. 아이도 다섯 명이나 있고요. 게다가……."

토스카나 공작은 아내를 향한 자신의 사랑을 뜨겁게 주장했다. 그러더니 잠시 말을 끊고 맞은편에 앉는 리리아나를 물끄러미 바라보았다.

"……게다가?"

"이건 두 분에 관한 이야기입니다만, 마사토 님은 리리아나 님을 싫어하시지 않는 것처럼 보였습니다만."

"그건 공작의 착각이겠죠."

리리아나는 눈을 살짝 뜨더니 웃으며 가볍게 흘려 넘겼다.

"그렇습니까? 전하와 마사토 님이 동석하시는 장면에 저도 여러 번 있었습니다만, 마사토 님이 전하께 일정 수준 이상의 호의를 품고 있다는 것이 느껴질 만한 언동이 있었던 것 같은데 말입니다."

"그렇다면 그 역시 공작의 착각입니다. 마사토 님은 매우 신사적인 분이니까요."

"마사토 님의 호의를 리리아나 님이 눈치 못 채셨을 리가 없을 텐데……."

토스카나 공작이 조금씩 포위망을 좁혀갔다.

"그렇게 말씀하시니 마치 제가 마성의 여자 같군요."

리리아나는 역시 농담처럼 가볍게 흘리려 했다.

"이거 실례. 뭐, 첫 번째 우려는 알겠습니다만, 두 분의 혼인에 직접적인 지장이 갈 만한 문제는 아닙니다. 리리아나 님의 노력 여하에 달려있다고 볼 수 있겠지요."

"……그렇군요."

"그래서, 다른 우려 사항은?"

처음에는 리리아나의 입장이나 심경을 고려해 이야기하길 꺼렸던 공작은 역시 허투루 재상을 맡고 있는 것은 아니었다. 이야기가 본론으로 넘어가면서 직무 스위치가 켜진 것인지 왕족을 상대하면서도 참으로 스스럼없이 발언을 이어갔다.

"……제가 혼인을 맺을 상대는 본래 타카히사 님이었습니다. 사실 저는 오늘 이날까지 그런 마음으로 타카히사 님을 대해왔습니다. 그 이야기는 백지화되는 건가요?"

리리아나는 탄식하며 공작에게 물었다.

"네, 그렇게 생각해 주셔도 상관없습니다."

"그럼 제 혼인 상대를 마사토 님으로 변경하게 된 이유에 대해서는요? 제 여동생과 마사토 님이라는 선택지도 있을 텐데…….”

“설마 리리아나 님께서 정말 그 이유를 모르시진 않겠지요? 리리아나 님의 혼인 상대로 누가 적합한지는 우리나라 왕실 전체를 놓고 생각해야 하는 문제입니다.”

센트스텔라 왕국은 슈트랄 지방 안에서도 보수적인 체제를 강하게 지닌 폐쇄적인 국가다. 때문에 제1 왕녀인 리리아나와 그 여동생은 신분적인 대우에서도 차이가 난다. 그리고 그 차이는 혼인 상대에게도 적용된다. 간결하게 설명하자면 리리아나의 혼인 상대와 여동생의 혼인 상대는 장래 왕국 내 대우에도 차이가 생긴다는 뜻이었다.

그러니 리리아나보다 여동생의 혼인 상대가 더 중요한 인물이 되는 일은 없어야 했다. 보다 조건이 좋은 혼인 상대가 있다면 리리아나가 받아들여야 했다. 토스카나 공작이 말하고 싶은 것은 그런 것이었다. 그것을 감안한다면 이런 결론이 도출된다.

“……폐하께서는 타카히사 님을 포기하셨다, 혹은 타카히사 님보다 마사토 님을 우대한다는 건가요?”

“포기한 것은 아닙니다. 타카히사 님도 용사인 이상 우리나라에 중요한 분이라는 사실에는 변함이 없습니다만…….”

“뭐죠?”

“타카히사 님이 좋아하시는 건 리리아나 님이 아니라 미하루라는 이름의 소녀지요? 지금도 그 소녀가 있는 저택에 연일 드나들고 있고요."

토스카나 공작이 정확한 지적을 던졌다.

"……네."

고개를 끄덕이는 리리아나의 표정은 조금 쓸쓸해 보이기도 했다.

"그렇다면 보다 가능성이 높은 상대를 리리아나 님의 혼인 후보로 선택하는 것이 맞습니다. 지금 이 상황에서는 마사토 님이야말로 리리아나 님의 혼인 상대에 적합하죠. 타카히사 님의 호의가 리리아나 님을 향한다면 또 이야기가 바뀔 여지는 있습니다만."

그럴 가능성은 낮다. 토스카나 공작은 그렇게 판단을 마친 것 같았다.

"그렇죠."

애초에 그런 것은 총명한 리리아나도 이해하고는 있었다. 그럼에도 리리아나는 선뜻 고개를 끄덕이지 못했다.

"그리고 이런 말씀은 좀 그렇지만……."

토스카나 공작이 리리아나의 심정을 헤아린 것인지 그녀의 눈치를 살피며 말을 덧붙이려 했다.

"사양하거나 신경 쓰실 필요 없어요."

공작이 아무 말도 하지 않자 리리아나가 그 뒤를 재촉했다.

"굉장히 말씀드리기 어렵습니다만, 타카히사 님의 정서는 다소 불안정해 보입니다. 반전적인 사상이 너무 강한 것도 그렇지만 그런 부분의 균형 감각이라고 할까요. 나라를 이끄는 데 있어서 더욱 적합한 소양을 겸비했다고 보이는 것은 오히려…….”

“……마사토 님, 이라는 거군요.”

“네. 뭐, 정서가 불안정한 이유에 대해서는 짐작 가는 바가 있고, 반전적인 사상 역시 배움을 통해 개선은 가능하겠지만…….”

적어도 그런 점이 개선되지 않는 한 타카히사가 리리아나의 약혼자 후보로 돌아올 일은 없다. 토스카나 공작은 그런 뜻을 담아 말했다.

“……알겠습니다.”

리리아나는 아직 망설임이 남은 기색으로 고개를 끄덕인다.

“아직도 걸리는 것이 있으십니까?”

“마사토 님과 혼인을 맺는다. 그것이 아버님의, 폐하의 생각이시라면 마사토 님이 돌아보실 수 있도록 노력은 하겠습니다. 하지만 경우에 따라서는 마사토 님의 마음을 불편하게 할 수도 있습니다.”

“그렇게 말씀하심은?”

“오늘 이 날까지 저는 타카히사 님을 보필하는 역할을 해왔습니다. 마사토 님이 용사가 되었다고 드러내놓고 교체하는 듯한 짓을 하면 어떻게 생각하실지…….”

바람직하지 못한 행동이라고 생각하는지 리리아나는 내키지 않는 표정으로 얼굴을 흐렸다.

"……그 부분은 폐하께서도 염려하셨습니다. 그래서 마사토 님과 혼인을 맺을 것을 염두에 두시면서도 겉으로 보이는 변화는 서서히, 리리아나 님의 판단에 따라 적절히 표현해 달라고 하셨습니다."

"……참 쉽게 말씀하시네요."

리리아나는 피곤한 것인지 자조 섞인 기색을 내비쳤다.

무리도 아니다. 혼인을 맺을 마음으로 있으라는 지시는 그 자를 사랑하라는 것과 같은 말이다.

얼마 전까지만 해도 타카히사와 혼인을 맺을 마음으로, 타카히사를 사랑하기 위해 노력해왔다. 혼인의 자유가 없는 리리아나에게 첫사랑은 타카히사였다고 볼 수도 있었다.

그런데 지금 당장 마음을 돌려 마사토를 사랑하라고 해봤자 곧바로 마음이 돌아설 만큼 사람은 재주가 좋지 못하다.

"마음이 따라가지 못하는 것은 이해하지만 나라를 위해서입니다."

하지만 리리아나 센트스텔라는 왕족이다. 나라를 위해 자신을 희생해야 하는 위치인 것이다.

"……알고 있습니다."

마사토에 대해서인지, 아니면 타카히사에 대해서인지 리리아나는 역시나 내키지 않는다는 얼굴로 고개를 끄덕였다.

정령환상기

𝄞 제 2 장 𝄢 ❀ 가르아크 왕국성에서

세리아가 홀로 벨트람 왕국으로 향하던 날 오전.

가르아크 왕국성 훈련장.

스메라기 사츠키, 센도 마사토, 사카타 히로아키, 센도 타카히사. 총 4명의 용사가 한자리에 모여 있었다. 네 사람의 바로 옆에는 고우키와 카요코도 함께 얼굴을 맞대고 있다.

아무래도 무언가를 시작하려는 분위기였다. 떨어진 곳에는 크리스티나와 리리아나가 있었고 국왕 프랑수아와 유그노 공작, 그 밖에도 극소수의 왕후 귀족들이 견학을 하고 있었다. 히로아키의 보좌관이라는 입장에 있어서 그런지 코우타나 레이의 모습도 있다.

"이미 들으셨겠지만, 이번에 정식으로 사츠키 공과 마사토 공의 무술 지도역을 맡게 되었습니다. 그래서 마침 좋은 기회라는 생각에 다른 두 분도 초대한 겁니다."

함께 저택에서 살고 있는 사츠키와 마사토에게는 직접 이야기를 전했을 것이다. 고우키가 저택 사람이 아닌 히로아키와 타카히사를 보며 가볍게 경위를 설명했다.

"이 자리에 오셨다는 것은 각자 강해지고 싶다는 의지를 품고 있는 것이라 생각해도 될까요?"

그가 히로아키와 타카히사 두 사람을 보고 물었다.

"……아, 뭐 강해지고 싶은 건 맞는데. 난 나보다 약한 놈에게 가르침을 받을 생각은 없어."

네가 용사의 무술 지도역을 맡을 자격이 있느냐. 마치 그렇게 묻듯이 히로아키가 당당하게 되물었다.

"……고우키 씨는 당신보다 훨씬 강할 거예요. 이 자리에 있는 용사 네 명이 동시에 덤벼도 이길 수 없을 겁니다."

사츠키가 어이없다는 눈빛을 히로아키에게 향했다. 사츠키나 마사토와는 저택에서 함께 지내는 동안 몇 번인가 대련을 했지만 한 번도 이긴 적이 없었다.

"뭐? 설마. 과장이 좀 심한 거 아냐? 눈치 보느라 빈말하는 거 아니야?"

믿을 수 없다는 얼굴로 의심하는 히로아키.

"하하하! 무엇이든 의심하는 마음은 중요한 법. 그렇다면 백문이불여일견이죠. 본인이 지도 역할을 할 수 있는지 대련이라도 한번 해보시겠습니까?"

고우키가 히로아키에게 대련을 청했다.

"호오……"

히로아키에게서 나오던 혼란스러움이 곧 잦아들고 그 대신 경계심이 피어올랐다.

'……이 아저씨가 강하다는 것쯤은 알고 있어.'

그는 자신보다 고우키 쪽이 더 강하고, 싸우면 질지도 모른다는 것을 어렴풋이 알고 있었다.

본인이 어디까지 자각하고 있는지는 몰라도 지금까지의

히로아키는 자신의 입장이 우위이거나 승산이 높아 보이는 안전한 상황에서만 강경한 태도를 고수해 왔다. 그것은 대부분 단순한 허영심에 의한 것이었지만, 남에게 지고 싶지 않다, 무시당하고 싶지 않다는 두려움도 있기 때문이었다. 어떻게 보면 신중함의 반전된 형태라고도 할 수 있었다.

하지만 지금의 히로아키는 패배를 알았다. 로다니아에서는 기쿠치 렌지라는 같은 용사 소년을 상대로 더할 나위 없는 굴욕을 겪었다. 지고 싶지 않다, 무시당하고 싶지 않다, 그런 마음은 지금도 있었기에 표면적으로는 강경한 태도를 무너뜨리지 않았다.

"……좋아. 해보자고."

하지만 히로아키는 고우키와의 대련을 받아들였다. 지금까지의 히로아키라면 자신이 질지도 모르는 상황에서는 창피를 당하고 싶지 않다는 생각 때문에 더 강경한 태도를 취하거나 비꼬는 말을 했을지도 모른다. 하지만 지금의 히로아키는 더 이상 아무 말도 하지 않았다. 긴장한 것인지 표정도 굳어 있었다.

"좋습니다. 그럼, 카요코. 심판을 부탁하지."

고우키는 히로아키의 심정을 마치 꿰뚫고 있다는 듯 훗하고 입매를 씰룩였다.

"그러죠."

그렇게 고우키와 히로아키는 훈련장 중앙으로 이동했다. 카요코만 심판으로 따라갔고 사츠키 일행은 일단 끝으로 자리를 이동해 두 사람의 대련을 관전하기로 했다.

"히로아키 공이 다루는 신장인 야마타노오로치…… 였던가요? 거기에 흥미도 좀 있었습니다. 본인의 카마이타치와 비슷하게 만들어진 것 같았거든요."

고우키는 그렇게 말하며 엘더드워프인 도미니크가 만들어 준 애도 카마이타치를 허리춤의 검집에서 뽑았다.

"나도 아저씨 물건엔 흥미가 있었어. 이 세계의 도검 같은 거잖아. 카마이타치라니, 이름도 거창하게 붙였군."

히로아키도 자신의 신장인 도검, 야마타노오로치를 어디선가 실체화시켜서 손에 쥐었다.

'일본도와 가까운 무기를 다루는 이 아저씨가 보기에 내가 싸우는 방식이 어떻게 비치는지 봐야겠어.'

지금까지 히로아키는 누군가에게 싸움의 가르침을 받은 일이 없었다. 사제 관계가 되어 누군가의 밑에 들어가기 싫었다는 점도 있지만, 슈트랄 지방에는 도검이라는 무기가 존재하지 않기 때문이었다. 서양식 검을 다루는 기사들에겐 도검을 이용한 전투법을 배울 수 없을 것이라 지레짐작하고 있었다.

하지만 렌지에게 패배하고 강해지기를 바라고 있는 지금, 야구모 지방에서 오랫동안 도검이라는 무기를 다뤄온 고우키라는 무인은 히로아키가 전투법을 배우는데 안성맞춤인 상대였다.

"신체 강화 이외의 기술 사용은 금지. 서로의 검술만으로 승패를 가리는 것으로 어떻습니까?"

"좋아."

히로아키가 드물게 의욕을 보였다.

"그럼 양쪽 모두 준비가 되셨다면 시작하겠습니다."

"음." "그래."

양쪽 다 거리를 두고 중단에 검을 겨눴다. 고우키의 자세와 무게중심이 큰 나무를 연상시킬 정도로 안정되어 있는 반면, 히로아키의 자세는 땅에 박힌 가지처럼 불안정해 보였다.

"시작!"

곧 카요코가 선언했고, 고우키와 히로아키의 대련이 시작되었다.

"간다앗!"

시작과 동시에 히로아키가 고우키를 향해 일직선으로 돌진했다.

"웃?!"

하지만 기선을 제압하듯 거리를 단숨에 좁혀오는 고우키의 모습에 히로아키가 걸음을 멈췄다. 그러자 고우키도 걸음을 멈추고 몇 미터 거리에서 서로 마주했다.

"본인의 기선을 제압하기 위해 처음부터 곧장 달려든 것까진 좋았습니다만, 움직임이 훤히 다 보이더군요. 이쪽에서 달려들 거라고는 생각하지 못한 탓에 이렇게 반대로 기선을 제압당했고요. 예상 밖의 일이라고 해도 움직임을 멈추는 것은 좋지 않습니다."

고우키는 시작하자마자 히로아키에게 지적을 날렸다.

"웃, 걸음을 멈춘 건 아저씨도 똑같잖아!"

히로아키가 발끈하여 반박했다.

"하하, 반박할 말이 없군요. 그럼……."

말이 끝나자마자 고우키가 움직였다.

"……으웃?!"

그러나 히로아키의 반응은 늦었다. 계속 고우키 쪽에 시점을 맞추고 있었는데도 움직였다는 것을 알아차리지 못한 것이다. 정신을 차리고 보니 눈앞까지 다가와 있었다. 히로아키는 황급히 검을 들어서 막으려 했다.

"윽……."

고우키의 검이 히로아키의 검을 깔끔하게 제압하고는 그대로 목 언저리에 검 끝을 들이댔다. 대련 종료라고도 할 수 있는 상태였지만, 고우키는 곧바로 검을 내리고 뒤로 물러났다.

"여기서 끝나면 아쉽겠죠. 좀 더 계속해 봅시다. 본인은 공격하지 않을 테니 그쪽에서 먼저 공격해 보세요."

그가 히로아키에게 말했다.

"……무시하는 거냐! 젠장!"

히로아키가 다시 힘차게 고우키에게 달려들어 검을 휘둘렀다. 그러나 고우키는 자신의 검을 겨누는 일조차 없이, 가볍게 움직여서 틈새 사이로 빠져나갔다.

"본인에게 공격이 맞을까 걱정하는 거라면 사양할 필요 없습니다만?"

"……대단한 배짱이군!"

히로아키의 투쟁심이 한층 불타올랐다. 그때부터 고우키는 완전히 수동적인 자세로 돌아섰고 히로아키가 공격하는 시간이 계속되었다.

고우키는 히로아키의 검날을 보기 좋게 간파해내며 연속으로 피했다. 그러면서 "흠" 혹은 "과연, 그렇군요"라고 중얼거리며 히로아키의 움직임을 관찰했다.

"하아, 하아……."

이윽고 호흡이 조금씩 흐트러지기 시작한 히로아키가 움직임을 멈췄다.

'훌륭할 정도로 하류의 검, 형편없는 수준이군. 웬만한 사람이라면 이 신체 능력만으로 압도할 수 있겠지만, 정말이지 아까워. 이건 가르칠 보람이 있겠구나.'

고우키가 흐뭇하다는 듯 입가에 미소를 지으며 히로아키를 평가했다.

'이 아저씨, 내 움직임을 전부 간파하고 있어. 내가 검을 휘두르려는 시점에서 어떻게 검을 휘두를지 꿰뚫고 있는 느낌이다.'

예상했던 것 이상으로 실력차가 있다는 것을 절감했는지, 히로아키가 초조한 기색으로 고우키를 바라보았다.

"역시 힘은 좋습니다. 공격을 맞게 하려고 머리를 쓰는

것도 엿보이고요. 하지만 움직임에 낭비가 많군요. 그 도신의 길이는 본래 양손으로 잡아 휘두르는 것을 전제로 한 것입니다. 어설프게 휘둘렀다가는 움직임을 쉽게 간파당할 거라 생각하는 편이 좋습니다."

고우키가 멈춰 선 채 히로아키에게 추가로 지적을 덧붙였다.

'칫…… 내 움직임을 읽을 수 있다면!'

호흡을 가다듬는 척하면서 고우키에 대한 대책을 생각하던 히로아키. 잠시 후 묘안이 떠오른 듯했다. 움직임을 읽을 수 있다면 읽어도 대처할 수 없는 속도로 간격을 좁히면 된다. 그렇게 생각한 것인지 오늘 중 가장 빠른 속도로 고우키에게 달려들었다.

"오오……."

——더 빨라졌군요.

고우키는 눈을 부릅떴다. 하지만 눈동자에 떠오른 놀라움과는 달리 고우키의 몸은 실로 냉정하게 움직였다. 그대로 앞으로 달려들어 손에 든 검을 휘두른다.

"읏……."

다음 순간, 히로아키가 쥔 신장 검이 튕겨 나가며 허공을 날았다. 검은 땅에 꽂히자 정령이 영체화하듯 그대로 빛의 입자가 되어 사라졌다.

"……."

히로아키는 자신의 손에서 검이 튕겨 나간 것도 모른 채

검을 휘두르는 듯한 포즈를 취했다. 그러나 곧 위화감을 느꼈는지 자신의 손에서 검이 없어진 것을 깨닫고 망연히 멈춰섰다.

"……말도 안 돼."

그 아득한 실력에 압도당한 히로아키의 입가에 웃음이 터졌다. 그 시선은 야마타노오로치를 잃은 양손에 고정되어 있었다.

"역시 움직임에 군더더기가 많군요. 지금의 돌격도 만일 히로아키 공이 배로 빨리 움직였다 해도 대처할 수 있었을 겁니다."

고우키는 조금 전과 다름없는 어조로 평온하게 히로아키에게 말을 전했다.

"아아, 그러냐."

히로아키는 검을 잃은 오른손으로 박박 머리를 긁었다.

"계속할까요?"

고우키가 물었다.

"아니, 내가 졌어."

히로아키는 자신의 패배를 깨끗이 인정했다.

"호오. 그럼 본인이 지도를 맡아도 괜찮다는 뜻입니까?"

"그래, 인정할게. 내 무술 지도는 당신한테 부탁하지. 아니, 지도를 부탁할 상대한테 '당신'이라고 하는 건 좀 그런가……. 고우키 나리라고 불러줄까?"

"하하하! 뭐, 좋을 대로 불러주시죠."

고우키는 유쾌한 얼굴로 웃음을 터뜨렸다.

◇ ◇ ◇

대련이 끝나자 사츠키, 마사토, 타카히사가 다가왔다. 관전하고 있었으니 결과는 어느 정도 짐작하고 있었을 것이다.

"어땠어요?"

사츠키가 고우키에게 물었다.

"무사히 인정받았습니다."

고우키가 힘차게 고개를 끄덕였다.

"그렇군요. 그럼 이 자리에 있는 네 명의 지도역으로 고우키 씨를 정식으로 임명해도 될까요?"

사츠키의 시선이 타카히사를 향했다.

그뿐만 아니라 마사토나 히로아키도 타카히사에게 시선을 돌렸다.

전쟁이나 살인 같은 행위에 대한 기피감이 유달리 강한 것이 타카히사다. 그래서 얼마 전에는 다른 용사 세 명과 언쟁을 벌이기도 했다. 그런 그가 이 자리에 와서 싸우는 법을 배우려고 하는 진의를 가늠하기 어려웠다.

"타카히사 공도 괜찮으시겠습니까? 본인이 지도역을 맡게 된다면 보다 실전을 감안한 싸움 방식이나 마음가짐도 단단히 주입시킬 생각입니다. 그야말로 사람을 죽이기 위

Sleeping Beauty

정령
환상기

까칠한 잠자는 숲속의 공주

이것은 또 다른 세계의 이야기.

장소는 일본. 도내 한 고등학교에서 방과 후 학생회실에 현 학생회장인 스메라기 사츠키와 회계를 맡고 있는 아마카와 하루토 두 사람이 있었다.

하루토가 학생회 비품인 포트를 이용해 차를 우려내면서 사츠키에게 말을 걸었다.

"이번 연극도 무사히 결정돼서 다행이네요."

사츠키나 하루토를 비롯한 학생회 임원은 봉사활동을 겸해 학교나 지역에서 어떤 행사가 있으면 연극부와 협력하여 다양한 극을 선보이고 있다. 그리하여 이번에 하게 된 것은 동화 『잠자는 숲속의 공주』였다.

다만 불만이라고 할지, 심기가 불편하다고 할지, 사츠키의 표정은 좋지 못했다. 그 이유는 바로——.

"공연이 원만하게 결정된 건 좋은데 말야. 공주 역할은 나보다 미하루가 더 어울릴 것 같은데."

사츠키가 중얼거렸다. 그랬다. 잠자는 숲속의 공주의 주인공이자 공주님역을 맡은 것이 바로 다른 누구도 아닌 사츠키였기 때문이었다. 아무래도 자신에게 공주 역할이 어울리지 않는다고 생각하는 것 같았다.

"하루토도 미하루의 공주님 모습이 보고 싶지? 이왕 왕자님을 연기할 거면 미하루가 공주님인 편이 낫잖아."

사츠키가 입을 삐쭉이며 하루토에게 물었다.

"보기 싫다고 하면 거짓말이겠지만, 사츠키 씨에게 공주님이 어울리느냐는 별개의 문제죠. 잘 어울릴 거라 생각해요, 무척."

하루토는 쓴웃음을 지으면서도 자신의 생각을 전했다.

"무슨……."

사츠키가 당황하여 뺨을 붉혔다.

"그, 그렇게 면전에 대고 잘 어울린다는 소리 하지 마."

그리고는 부끄럽다는 얼굴로 항의한다.

"정말로 그렇게 생각하니까요."

하루토도 조금은 멋쩍은 듯 오른손으로 뺨을 긁적였다.

"……."

윽, 하고 사츠키가 못마땅한 눈빛으로 리오를 노려보았다.

"으음……."

하루토가 난처한 얼굴로 당황했다.

"뭐야. 난 미하루한테 역할을 바꿔달라고 할 생각이었는데, 그럴 마음도 없으면서 그렇게 의미심장한 말을 하면……."

얼굴이 짜증날 정도로 잘생겨서 더더욱 질이 나쁘다며 사츠키가 하루토에게 들리지 않을 정도의 목소리로 조용히 중얼거렸다.

"……사츠키 씨?"

무슨 말을 하고 있는 것일까. 하루토가 조심스럽게 사츠키의 얼굴을 살폈다.

"흐응, 그래? 하루토 군은 내 공주님 모습을 보고 싶구나. 내가 공주님인 게 좋다고? 그렇게까지 말한다면 책임지고 하루토 군도 내 왕자님역을 맡아줘야겠어."

사츠키의 공주 모습을 보고 싶다는 소리도, 사츠키가 공주님인 게 좋다는 소리도 하지 않았는데, 사츠키는 뻔뻔한 미소를 지으며 그렇게 말했다.

"아하하. 저기, 가능하면 상냥하게 부탁드리고 싶은데……."

"안 돼. 말해두겠지만 내 잠자는 숲속의 공주는 가시가 많거든. 어설픈 연기를 했다간 금방 아프게 찔리고 말걸? 나중에서야 역시 미하루로 바꾸는 편이 좋았을 거라 생각해도 늦어. 각오해."

사츠키는 그렇게 말하더니 장난을 치듯 자신의 손가락을 가시처럼 세우고 쿡쿡 하루토의 어깨를 찌르기 시작했다.

"잠깐, 간지러워요, 사츠키 씨."

하루토는 사츠키의 손을 피하기 위해 몸을 비틀었지만, 사츠키의 가시는 쭉쭉 기운차게 뻗어나갔다. 실로 평화로운, 온화한 방과 후의 한때였다.

한 기술도 말이죠."

고우키가 일부러 부추기는 듯한 말을 하며 타카히사에게 물었다.

"나는……."

무어라 말하기 위해 입을 열었지만, 타카히사의 말은 이어지지 못했다.

"그건 나도 궁금했어. 전쟁도 살인도 반대. 싸움을 피하기 위해 싸울 도구를 손에 든다는 건 말도 안 된다는 게 네 입장 아니었냐?"

너는 왜 여기 있는 거지?

마치 그렇게 말하듯, 히로아키가 혐오감을 담아 타카히사에게 물었다.

"……."

타카히사가 와락 얼굴을 구겼다.

"히로아키 씨, 그렇게 단정 짓고 이야기의 논점을 흐리기보단 우선 타카히사 군의 의견을 들어봐요. 그때 이후로 생각이 바뀌었을 수도 있잖아요."

분위기가 험악해진 것을 알아차린 사츠키가 부드럽게 히로아키를 타일렀다.

"흥, 학교 반장이냐. 논점을 흐린 건 애잖아? 나는 전쟁 반대인 이 녀석한테 매번 방해받으면서 배워야할 걸 못 배우게 되는 게 싫을 뿐이야. 수행의 진도가 늦어지는 건 사양이라고."

"거기는 뭐, 이해는 하지만……. 그렇게 처음부터 단정 짓고 시비조로 말하면 타카히사 군도 솔직하게 의견을 말하기 어렵지 않을까요."

사람의 생각은 변하는 법이라며 그때그때 상대방의 이야기를 잘 받아들여 주는 것이 사츠키의 매력이기도 했다. 한편, 히로아키는 한 번 상대를 단정 지으면 그 기준만으로 판단해버리는 성격일지도 모른다.

어느 쪽이 옳고 어느 쪽이 틀리다고 말할 수는 없다. 대화의 자세를 관철하여 문제가 해결되는 경우도 있고, 반대로 문제가 틀어지는 경우도 있다. 처음부터 단정 짓고 움직이지 않으면 문제를 해결할 수 없는 국면도 있을 것이다. 어쨌든 사람들은 자신이 믿고 싶은 것을 믿는 경향이 있다.

그리고 지금, 어떤 입장에서 타카히사를 대하는 것이 정답인지 알고 있는 사람은 없다. 있다면 신 정도일 것이다.

"그렇다면 살인 같은 건 하기 싫어도 폭력을 휘두르는 야만적인 바보들이 있다면 있는 힘을 다해서라도 격퇴한다. 그렇게 생각하는 게 절대적인 조건이다. 그게 아니라면 지금 당장 떠나."

히로아키가 타카히사에게 요구했다.

"……그만하세요. 전 그저 리리의 부탁으로 왔던 겁니다. 방해가 된다면 제가 가겠습니다."

타카히사는 쓸쓸하게 말하고는 그 자리에서 바로 떠나

버렸다.

"아⋯⋯."

사츠키가 손을 뻗어 무어라 말을 걸려고 했지만 곧 멈췄다. 타카히사의 생각이 예전과 달라진 것이 없다면 히로아키의 말처럼 이 자리에 남아도 의미가 없다고 생각했기 때문이었다.

"저거 봐. 생각 같은 건 변하지 않았다고."

후련한 얼굴의 히로아키가 콧바람을 거칠게 몰아쉬며 말했다.

"⋯⋯."

마사토는 형의 이 일에 대해서는 완전한 노터치를 관철할 생각인지, 타카히사 쪽은 보려고도 하지 않았다.

"정말이지⋯⋯."

선배로서 형제의 관계를 좀 더 잘 이끌어줄 순 없을까 고민하고 있던 사츠키는 안타까운 듯이 탄식했다.

"뭐, 떠난 자는 쫓지 말라. 억지를 부려서 될 일은 아니니까요. 수련은 저희끼리 하도록 합시다. 마침 답답함을 풀기에 딱 좋은 타이밍이니 이번에는 셋이서 합을 겨뤄볼까요? 각자의 실력을 파악하고 경쟁의식도 가질 수 있을 테니 말입니다."

고우키는 손뼉을 치며 세 사람의 의식을 전환시켰다. 이리하여 이번에는 사츠키, 마사토, 히로아키 세 사람이 대련을 하게 되었다.

◇ ◇ ◇

"타카히사 님."

훈련장에서 홀로 떠나가는 타카히사를 향해 리리아나가 드레스 자락을 잡고 종종걸음으로 달려왔다.

"리리…… 미안해, 역시 나는 참가하지 않게 됐어."

훈련에 참가하지 않게 되어서인지 타카히사는 불편한 듯 시선을 돌렸다. 이어서 멋쩍은 얼굴로 사과한다.

"……아니요, 저야말로 무리한 부탁을 드려 정말로 죄송했습니다. 제 고집을 들어주셔서 감사해요."

리리아나도 힘없는 미소를 지으며 미안하다는 듯 사과했다. 그랬다. 타카히사가 그 자리에 있었던 것은 리리아나가 참가해 보지 않겠느냐고 권유했기 때문이었다. 타카히사도 처음에는 거절했지만, 드물게 평소 이상으로 강하게 부탁해 오는 리리아나의 모습에 참가만이라도 해 본 것이었다. 그러나 결과는 이렇다.

"아니, 뭐…… 됐어, 신경 쓰지 마. 그것보다 미하루가 있는 곳에 가려고 하는데 리리도 갈래?"

어색한 것인지 뺨을 긁으며 화제를 바꾸는 타카히사. 화제를 돌리고 싶은 마음도 있었겠지만 미하루를 만나러 가고 싶다는 마음이 더 컸을 것이다.

왕후 귀족들도 견학을 와 있는 상황상 미하루 일행은 이 훈련장에 오지 않고 저택에 남아 있었다. 혼자서는 만나러 가기 힘들었기에 리리아나도 동행해주길 바라는 것 같았다.

"……죄송합니다. 마사토 님이 훈련에 참가하셔서 저는 아직 이곳에 남아 있을 생각입니다."

리리아나는 투기장에서 이제 막 히로아키와 대련을 시작한 마사토를 바라보며 타카히사의 권유를 거절했다.

"어…… 아, 그렇구나."

당연히 리리아나라면 승낙해 줄 것이라 생각했는지 타카히사의 언동에서 당혹감이 묻어났다. 통찰력이 뛰어난 리리아나라면 당연히 그러한 것도 이미 간파했을 것이다.

"괜찮으시다면 혼자 방문해 보시는 건 어떨까요? 마사토 님이 돌아가시면 저도 나중에 따라갈 테니까요."

리리아나가 제안했다.

"……아니, 그럼 나도 같이 견학할게. 끝나면 같이 가자."

역시나 혼자 미하루가 있는 저택을 방문할 용기는 없는 듯했다. 타카히사는 무척 내키지 않는 얼굴로 대안을 말했다. 미하루도 이 훈련장에 와 있고 견학을 하고 있었다면 평범하게 말을 걸었을지도 모른다. 하지만 과거의 실수도 있는 이상 홀로 저택에 간다면 단번에 문턱이 높아질 것이었다.

"……알겠습니다."

리리아나는 타카히사의 이런 대답을 예견하고 먼저 그런 제안을 한 것일까? 정답을 아는 사람은 본인 외에는 없었다.

◇ ◇ ◇

훈련장 견학 공간 일각에서는 가르아크 왕국의 제2 왕녀 샤를로트와 벨트람 왕국의 제1 왕녀 크리스티나가 어깨를 나란히 하고 앉아 있었다. 바로 조금 전에는 리리아나까지 있어서 왕녀 셋이 함께 앉아 있었지만, 지금 그녀는 타카히사에게 말을 걸러 간 상태였다.

플로라는 로아나와 함께 조금 떨어진 곳에 앉아 있었다. 다른 왕후 귀족은 없었기에 샤를로트와 크리스티나의 대화가 주위에 들릴 염려는 없다.

"크리스티나 님. 아니, 이제 크리스티나 여왕 폐하라고 불러야 할까요?"

그렇게 훈련장에서 대련 중인 용사들의 모습을 두 사람이서 바라보고 있을 때, 문득 샤를로트가 크리스티나에게 말을 걸었다.

"지금은 아직 왕녀예요. 여왕이라 칭할 수 있는 것은 대관식을 거친 이후이니까요."

쓴웃음을 지으며 대답하는 크리스티나.

"더 이상 같은 왕녀가 아니라고 생각하니 쓸쓸하긴 해도 크리스티나 님의 치세가 빛을 발하기를 간절히 바라고 있답니다. 정식 축사는 나중에 다시 드리겠지만, 정말 축하

드려요."

"감사합니다."

미소를 지으며 인사하는 크리스티나지만, 근심 어린 눈빛을 띠고 있는 것처럼 보이기도 했다.

"역시 세리아 님이 신경 쓰이시나요?"

그 이유를 샤를로트가 짐작했다. 크리스티나는 현재 레스토라시온에서 벨트람 왕국 본국 정부로 향하는 사자로서 아르보 공작에게 세리아를 혼자 보낸 상태였다.

"……네."

크리스티나는 숨기지 않고 고개를 끄덕였다.

"괜찮아요. 세리아 님이라면 꼭 돌아오실 거예요."

샤를로트는 조금도 주저함 없이 말했다. 결코 가벼운 마음으로 말한 것은 아니었다. 세리아를 신뢰하니 의심하지 않겠다는 강한 의지가 눈동자에 깃들어 있었다.

"……강하시군요, 샤를로트 님은."

크리스티나는 샤를로트의 옆모습을 힐끗 보고는 존경스럽다는 듯 심정을 토로했다.

"아니요, 아마도 관계성의 차이에서 기인하는 거겠죠. 크리스티나 님 입장에서 세리아 님은 여전히 은사라는 마음이 남아 있겠지만, 제 입장에서는 대등한 친구잖아요."

"그렇군요……."

"확실하게 약속도 했고요. 무사히 돌아올 거라고. 그러니까 크리스티나 님도 믿어주세요. 세리아 님이 무사히 돌아올 거라는 걸."

그것이 위에 선 자의 의무라는 말을 하지는 않았다.

"……네."

하지만 샤를로트의 말이 힘을 불어넣은 것인지 크리스티나가 천천히 고개를 끄덕였다.

"게다가 세리아 님이 돌아오시면 다른 분들께 말도 안 하고 출발한 것에 대해 혼날 예정이잖아요? 그때는 온갖 말을 다 동원해서 잔뜩 곤란하게 만들어드릴 거예요."

"부디 살살 해주세요."

장난을 꾸미는 귀여운 소악마 같은 미소를 짓는 샤를로트를 보며 크리스티나는 난처한 듯 입가에 보조개를 만들었다.

한 시간 후.

대련을 마친 사츠키 일행이 견학 공간으로 이동했다.

"후우, 힘들다, 힘들어."

이날은 첫날이라 관람객도 많아 일찍 마무리했지만, 모두 기분 좋은 땀을 흘렸는지 제법 후련해 보이는 표정을 짓고 있었다.

"고생하셨어요, 히로아키 씨."

"그래."

히로아키가 오른손을 들어 마중 나온 레이와 코우타에게 답했다.

"어? 형, 아직 남아 있었어?"

마사토가 리리아나와 함께 있는 타카히사를 발견하고 의외라는 얼굴로 말을 걸었다.

"……아아, 뭐. 마사토가 걱정되기도 했고."

타카히사가 마사토에게서 시선을 돌리며 답했다.

"흐음."

마사토가 쌀쌀맞게 대꾸했다. 의견 차이로 대립하는 일도 있지만 걱정해 준 것은 기뻤는지, 조금 쑥스러워 보이기도 했다.

"고생하셨습니다, 마사토 님. 좀 드세요."

그때 리리아나가 차가운 음료를 쟁반에 얹어 마사토에게 건넸다.

"오오, 감사합니다, 리리아나 공주님!"

공주님이 직접 음료를 가져다주었다는 사실에 놀란 마사토가 정중한 몸짓으로 쟁반에 든 잔을 받았다. 하지만 그 후로는 정말로 갈증을 참기 힘들었는지 그대로 기세 좋게 쭉 들이켠다.

"캬아, 살 것 같다!"

그리고는 목욕 후에 술이라도 마신 남자 같은 대사를 꺼냈다.

"아저씨 같아, 마사토 군."

사츠키가 마사토를 보고 피식 웃었다.

"사츠키 님도 드세요."

샤를로트가 리리아나와 마찬가지로 사츠키에게 음료를 주었다.

"고마워, 샤를."

"고우키 님과 카요코 님 것도 준비되어 있습니다."

"오오, 이거 고맙군요."

"감사합니다."

고우키와 카요코도 감사를 표하고 샤를로트의 종자에게 음료를 받아들었다.

"이봐, 너희들은 시원한 음료수 하나 준비 못 했냐?"

"아니, 그게……."

히로아키는 빈손인 레이와 코우타 보좌관 콤비를 보고는 눈치 없는 놈들이라며 못마땅한 얼굴로 탄식했다.

"받으세요, 히로아키 님."

로아나가 다가와 쟁반에 올린 차가운 음료를 히로아키에게 내주었다.

"훗, 역시 로아나야. 고마워."

"그러니까 이건 말이죠. 시키면 저희한테 음료수를 받아 봐야 기쁘지 않을 거라 생각해서 로아나 씨에게 맡긴 거라고요."

레이가 곧바로 히로아키에게 해명했다.

"뭐, 그런 걸로 해둘게."

히로아키는 씩 웃으며 음료수를 입에 가져갔다.

"아, 사카타 씨."

사츠키가 문득 생각났다는 듯 히로아키에게 말을 걸었다.

"……왜?"

훈련도 끝났으니 서로 더는 볼일이 없었다. 그런 상황에서 사츠키가 말을 걸 줄은 몰랐는지 히로아키가 의아한 기색으로 답했다.

"오늘 밤 크리스티나 왕녀랑 플로라 왕녀도 불러서 저녁 모임을 가질 예정인데 괜찮으시다면 히로아키 씨도 어떠세요?"

"……뭐?"

무슨 바람이 분 거냐는 듯 히로아키가 수상쩍은 얼굴로 사츠키를 바라보았다.

"뭐예요, 그 눈빛은? 앞으로 셋이 함께 고우키 씨한테 지도를 받게 됐으니 친목회라도 갖자는 의미로 말한 것뿐이에요. 모처럼이니 로아나 씨랑 사이키 군, 무라쿠모 군도 함께요."

사츠키는 히로아키에게 말을 건 용건을 말했다.

"친목회라. 아……."

딱히 내키지도 않고 난 괜찮아. 히로아키가 그렇게 말을 꺼내려고 했다.

"잠깐, 히로아키 씨."

그때 레이가 히로아키의 팔을 쭉 잡아당겼다.

"앗, 야, 왜 그래, 레이?"

"지금 거절할 생각이었죠?"

사츠키에게 등을 돌린 채 레이가 속닥거리며 이야기를 시작했다.

"응? 아아, 뭐."

"바보. 히로아키 씨는 바보예요."

"엉? 뭐냐, 레이. 너 가고 싶냐?"

"가고 싶어요! 사츠키 씨 일행이 사는 저택에는 미소녀들만 모여 산다는 소문이 자자하다고요! 사라 씨, 오피아 씨, 아르마 씨도 오랜만에 보고 싶…… 은 게 아니라 감사의 인사를 드려야 하고요. 크리스티나 왕녀나 플로라 왕녀도 오는 거죠?"

레이가 적극적으로 히로아키를 설득했다.

바로 옆에 있는 로아나나 코우타에게는 대화 내용이 대놓고 들렸다. 조금 떨어진 곳에서 다른 왕후 귀족과 이야기를 나누던 크리스티나와 플로라도 자신들의 이름이 나온 것을 눈치챘는지 무슨 일인가 하고 고개를 갸웃거리고 있었다.

"……아니, 넌 로자라는 약혼자가 있잖아?"

히로아키가 어이없다는 눈빛으로 레이에게 물었다.

"그건 그거고 이건 이거! 놀고 싶다고요! 전 아직 17살이에요!"

약혼자는 있어요. 하지만 난 17살이에요. 그러니 놀고 싶어요. 레이는 17살이라는 나이에 마치 정당성이라도 있는 것처럼 말도 안 되는 3단 논법을 설파했다.

"아, 뭐, 글쎄다……."

히로아키의 반응은 미묘했다.

"그런 건 히로아키 씨답지 않아요. 전혀 답지 않다고요. 전 흥 많은 히로아키 씨가 보고 싶어요. 예전에는 아가씨들이랑 다과회 같은 것도 열어서 신나게 놀았잖아요?"

레이가 고집을 부렸다.

"그렇, 긴 한데……."

확실히 듣고 보니 신기했다. 예전의 히로아키라면 미소녀가 모이는 모임에는 적극적으로 참가해 그 자리의 주역이 되려고 했을 것이다. 시간이 지나 객관적으로 되돌아봐서 그런지 히로아키 본인도 조금의 자각은 있는 듯했다.

'도저히 마음이 동하지 않는다고 할까…… 남친 있는 여자한테 관심이 안 생기는 것 같은 느낌인가?'

히로아키는 자신이 내키지 않는 이유를 생각했다. 하지만 딱히 사츠키 일행에게 약혼자가 있다는 이야기는 들어본 적도 없다. 적어도 히로아키가 알기로는 저택의 주민들은 모두 프리였다. 그래서 더더욱 레이가 물고 늘어지는 것이기도 했다.

그 후 히로아키는 몇 초 정도 궁리하는가 싶더니 불현듯 사츠키를 바라보고는 결론을 내렸다.

'아아, 성가신 사츠키 녀석이 있어서 그런가.'

히로아키와 시선이 마주친 사츠키가 고개를 갸우뚱하며 귀찮다는 얼굴로 대답을 재촉했다.

"……왜요? 출석할 거예요, 안 할 거예요?"

"잠깐만 기다려. 지금 정할 거니까."

"웃…… 빨리 결정해주시면 고맙겠네요."

사츠키가 경직된 미소를 지은 채 화답했다. 히로아키의 말에 짜증이 났지만 참은 듯했다. 그러자 로아나가 미안한 얼굴로 꾸벅 고개를 숙였다.

'왜 이렇게 착한 아이가 이런 남자에게 헌신하고 있는 걸까.'

사츠키는 이해할 수 없다는 얼굴로 한숨을 내쉬며 안타깝게 고개를 저었다.

"자자, 사츠키 씨가 기다리잖아요. 얼른 출석하겠다고 대답하자고요."

"어차피 선배라면 그 저택에 있는 애들이 상대도 안 해줄 텐데요."

히로아키에게 출석을 졸라대는 레이를 보며 코우타가 나직이 중얼거렸다.

"시끄러워, 요즘 자기 혼자 미카엘라랑 분위기 좋다고 유세는. 리얼충은 조용히 해라."

참고로 미카엘라라는 것은 레이의 약혼자인 로자의 친구로, 벨트람 왕국의 하급 귀족 집안에서 태어난 소녀를 말했다.

"아, 아니, 딱히 그런 사이 아니에요."

"뭐? 야, 난 그런 소리 못 들었는데, 코우타."

"아니, 그러니까 그런 사이 아니라니까요, 딱히 말할 것도 없는…….."

"제 말 좀 들어보세요, 히로아키 씨. 이 자식이 기다리면서 비겁하게…….."

그런 식으로 남자 셋이서 점점 이야기가 달아올랐다.

"저기 히로아키 님."

보다 못한 로아나가 히로아키의 이름을 불렀다.

"응, 왜?"

"저기, 계속 사츠키 님을 기다리시게 하면 실례가 되니, 빨리 답을 해주시는 편이 좋지 않을지…….."

"아아, 그러면 갈까. 이봐, 사츠키. 여기 있는 전원 출석이다."

어차피 예정도 없었기에 히로아키가 간신히 대답을 내놓았다. 기다리던 사츠키를 향해 출석 의사를 표시한 것이다.

"네, 네. 그럼 이따 보죠."

사츠키는 손을 휙휙 흔들며 발길을 돌렸다.

"좋았어! 아싸!"

레이가 오른쪽 주먹을 꽉 움켜쥐고 혼신의 승리 포즈를 취했다.

"좀 도가 지나치신 것 같다고 나중에 로자에게 말할까요?"

로아나가 싸늘한 눈빛으로 레이에게 중얼거렸다.

"다, 당연히 아니죠, 로아나 씨……."

레이가 금세 기가 죽었다. 한편 타카히사는 그런 남자 셋과 공작령 영애 한 명의 대화를 곁에서 바라보고 있었다.

"오늘 저녁에 식사 모임 같은 게 있었어?"

그러더니 담소를 나누던 마사토와 리리아나에게 질문을 던졌다.

"그리고 보니 말씀을 못 드렸네요."

"……아아, 형도 오고 싶으면 올래?"

마사토도 리리아나도 친목회 이야기는 이미 들은 것 같았다. 그보다는 이미 출석할 예정인 듯했다.

'훈련장에 오기 전에도 대화 나눌 시간은 있었는데, 좀 더 일찍 알려주지…….'

타카히사는 약간의 소외감을 느꼈다.

"응, 참가할게."

하지만 거절할 이유는 없었다. 그렇긴커녕 참가하고 싶을 것이다. 그가 두말없이 고개를 끄덕였다.

"그럼, 일단 방에 돌아가서 옷을 갈아입고 오는 편이 좋겠네요."

지금의 타카히사는 훈련에 참가하기 위해 옷감이 두꺼운 크로스아머를 착용한 상태였다. 움직이기 편한 사복으로 갈아입는 게 어떻겠느냐고 리리아나가 제안했다.

"그럴까. 그럼……."

성까지 함께 돌아가자, 타카히사가 그렇게 권유하려고

했다.

"네, 이따 뵐게요. 저는 마사토 님과 함께 먼저 저택으로 가 있겠습니다."

타카히사 님은 나중에 와주세요, 하고 리리아나가 먼저 말을 잘랐다.

"어…… 아, 응."

타카히사는 넋이 완전히 나간 얼굴로 소심하게 고개를 끄덕였다. 리리아나가 본인 이외의 다른 누군가와 행동하는 것을 우선시했다는 것이 예상 밖이었을지도 모른다.

"……그럼 가시겠어요, 리리아나 공주님?"

마사토도 리리아나가 타카히사를 방치한 것이 조금 의외라는 듯 살짝 눈을 크게 떴다. 다만 형에게는 좋은 약이라고 생각했는지 그 흐름에 응했다.

"네, 마사토 님."

그리고 당연하다는 듯이 어깨를 나란히 하고 걸어가는 리리아나와 마사토. 예전 같으면 타카히사가 마사토의 위치에 있었을 것이다. 아니, 리리아나가 타카히사 옆에 있었다.

'어째서……?'

나 말고 마사토 옆에 있는 거야?

리리아나에게 이렇다 할 의도는 없을지도 모른다. 굳이 세세하게 따지고 들 필요는 없는 일일지도 모른다.

하지만 어쩐지 자신이 멸시당한 듯한 고립감이 느껴져

서……. 놓은 적이 없는 것 같은데도 잃어버린 것 같은 상실감이 솟아나서……. 높은 곳에서 추락하는 듯한 초조감에 사로잡혀 버린 것일까.

"……."

타카히사는 멍하니 선 채 두 사람의 등을 하염없이 바라보았다.

그리고 그날 저녁.

사츠키 일행이 사는 저택에 많은 손님이 몰려들었다. 친목회는 입식 형식이었고 식당에 놓인 테이블 위로는 갖가지 음식이 놓여 있었다. 물론 서서 이야기하다가 피곤할 것 같으면 착석도 가능했다.

"어이, 마사토. 다음에는 안 질 거다."

"헤헤, 바라던 바예요. 저도 다음에야말로 사츠키 누나를 이길 거예요."

"내 말이. 설마 이 여자한테 질 줄은 몰랐는데……."

"상성 문제예요, 상성. 제 신장은 장병기인데다 나기나타도 계속 배웠었거든요."

그런 식으로 훈련에 참가한 히로아키, 마사토, 사츠키의 대화가 오가고 있었다. 참고로 세 사람의 대화에서 알 수 있듯이 대련의 결과 사츠키는 마사토와 히로아키에게 승리했고, 마사토는 히로아키에게 승리했으며 히로아키는 사츠키와 마사토 모두에게 패배하는 결과로 끝났다.

꺼낸 신장을 휘두르는데 서로가 미숙했기에 공격하는 데 주저하게 되는 장면도 있었지만, 현시점에서 서로의 실력을 파악할 수는 있었다. 덕분에 히로아키와 마사토는 좋은 느낌으로 라이벌 의식을 갖게 된 듯했다.

"……."

한편 같은 용사이지만 훈련에 참여하지 않았던 타카히사는 대화에 끼지 못했다. 다른 용사들을 그저 바라볼 수밖에 없는 상황에 어색한 소외감을 느끼고 있었다.

"역시 타카히사 님도 훈련에 참가하시는 게 어떠세요? 공통된 화제도 생길 테고요."

리리아나가 마음이 쓰인 것인지 옆에서 타카히사에게 제안했다.

"아니, 나는…… 됐어."

자신의 생각을 굽힐 생각은 없는지, 타카히사는 벌레를 씹은 듯한 표정으로 고개를 저었다.

"야, 조용히 해라, 레이."

"아얏, 잠깐! 잠깐만요, 히로아키 씨."

레이가 히로아키에게 무슨 장난이라도 친 것인지 헤드록을 당하고 있었다. 연신 탭을 하며 항복을 선언한다.

"하하하, 재미있네, 형들."

마사토가 그 모습이 우스운지 웃고 있었다.

"흐아, 괜찮을까요?"

레이를 걱정하는 플로라. 왕족으로 자란 그녀가 보기엔 상당히 과격한 장면으로 비쳤을 것이다. 실제로도 귀족끼리 저런 짓을 했다간 자칫하면 집안의 문제로도 이어질 수 있었다.

"괜찮아요. 저 또래의 남자들은 다 저러니까요. 저희가 있던 세계의 학교에서는 일상적인 풍경이에요."

또래의 유치한 남학생들이 생각났는지 사츠키가 고개를 저으며 말했다.

"그, 그런가요?"

"네, 이 세상에 온 뒤로 오랜만에 봐서 그런가, 왠지 그립네요."

지구에 있던 시절이 생각났는지 사츠키가 피식 미소 지었다.

"저도 처음에는 놀랐지만, 히로아키 님이나 다른 분들 세계에서는 또래의 친구들끼리 저렇게 스킨십을 한다고 하더군요."

평소 히로아키 일행과 행동을 함께하는 경우가 많은 로아나가 플로라에게 설명했다.

"그렇군요……."

플로라가 신기하다는 얼굴로 납득했다.

"아니, 너무 그렇게 격식 차린 설명을 하니까 묘하게 의미가 다른 것 같은데. 그보다는 그냥 유치하게 노는 것뿐이랄까…….”

　묘한 오해가 생겼다고 생각했는지 사츠키가 난처한 표정으로 설명을 보충하려 했다.

　“히, 히로아키 씨, 코우타 쪽은 괜찮아요? 미카엘라 이야기도 들어봐야죠.”

　레이가 화살의 표적을 코우타에게 돌리려 했다.

　“아아, 맞다. 코우타, 너 자세히 얘기해 봐. 기다리는 게 뭐가 어떻다고?”

　“잠깐만요, 정말 아무것도 없었다니까요.”

　“뭐, 쑥맥인 네가 뭘 할 수 있을 거라는 기대는 나도 안해. 하지만 미카엘라 쪽에서 뭔가 해 올 가능성은 크다고 본다. 그런 거지, 레이?”

　이런 대중적인 이야기에 관해서는 꽤 날카로운 감각을 가지고 있는지, 정확하게 추측해낸 히로아키가 레이를 향해 물었다.

　“바로, 그거예요!”

　“아니, 정말 아무 일도 없다고요!”

　필사적으로 이야기를 마무리하려는 코우타.

　“뭐가 있는지 없는지는 네가 판단할 일이 아니야. 이 내가 판단한다.”

　히로아키가 그제서야 간신히 레이를 해방해 주더니 엄지손가락으로 자신을 척 가리켰다.

　“불합리해요…….”

"하하, 나도 코우타 형 이야기 듣고 싶은데."

"마사토 군까지."

마사토가 흥미진진한 얼굴로 손을 들자 코우타가 난처한 기색으로 어깨를 움츠렸다.

"좋아, 용사 2명의 리퀘스트다. 그러니 얘기해 봐, 레이."

"예썰!"

레이가 오버스럽게 경례 포즈를 취하고는 코우타와 미카엘라 사이에서 일어나고 있는 최근의 일을 이야기하기 시작했다.

"저런 이야기로 분위기가 고조되는 걸 보면 세상이 바뀌어도 정신적인 성숙도엔 큰 차이가 없을지도 모르겠네요."

그런 일본 소년들의 대화를 바라보며 크리스티나가 흐뭇한 얼굴로 말했다. 확실히 이런 보잘 것 없는 이야기에도 쉽게 들뜨는 일은 세계가 바뀌어도 마찬가지인 듯했다.

"그럴지도 모르겠네요."

사츠키가 피식 웃으며 동의했다. 정신을 차리고 보니 지구 출신의 남성들과 그 이외의 여성들로 그룹이 자연스럽게 형성되어 있었다.

로아나도 평소 같으면 히로아키 곁에서 멀지도 가깝지도 않은 위치를 유지하고 있었겠지만, 마음을 터놓은 남자들의 대화에까지 개입하는 것은 눈치 없는 짓이라 생각했는지 지금은 크리스티나와 플로라의 곁에 서 있었다.

예외라면 연장자로서 카요코와 함께 젊은이들의 모습을

지켜보고 있는 고우키와 타카히사 정도일까. 타카히사는 같은 세계 출신으로 나이대가 비슷함에도 히로아키 일행에게 거리를 두고 있어서 붕 떠 있는 느낌이 강했다.

소거법에 따라 그는 자연스레 리리아나 곁에 서 있었기 때문에 배치상으로는 여성들 그룹에 섞여 있었다. 하지만 그렇다고 여성들 그룹에 동참하는 것은 아니고, 이 자리에는 없는 미하루를 걱정하고 있었다.

"저기, 리리. 미하루는 뭐 하고 있는지 알아?"

"……저희를 환영하기 위해 직접 요리를 하고 계신 것 같아요. 이 자리에는 다른 분들과 함께 나중에 동참하신다고."

그랬다. 미하루는 조리 담당으로 뒤쪽에 자리하고 있었다.

참고로 라티파, 사라, 오피아, 아르마에 더해 고우키와 카요코, 코모모를 제외한 야구모 쪽 사람들도 조리나 서빙을 맡고 있었다. 이 저택에서는 기본적으로 성의 하인 등을 들이지 않고 직접 할 수 있는 일은 자발적으로 하고 있기 때문이었다.

"……그렇구나. 나도 뭔가 도와줄까?"

연일 저택에 드나들고 있는데도 미하루와의 관계를 회복하지 못하고 있다는 초조함 때문일까. 아니면 이 자리에 적응하지 못하고 있다는 소외감 때문일까. 타카히사는 완전히 마음이 이곳을 떠났는지 기어이 미하루가 있는 부엌으로 향하려 했다. 지금 행동을 함께하고 있는 리리아나의 모습은 시야에 들어오지 않았다.

"그러지 마세요. 타카히사 님은 내빈으로 이 자리에 계신 거니까요."

리리아나는 부드럽게 타카히사에게 충고했다.

"하지만 내가 여기 있어도 할 일도 없는데……."

결국 타카히사가 그런 말을 꺼냈다.

그렇다면 왜 이 친목회에 참석한 것인가?

그런 얘기였다

그 물음은 누구나 가장 먼저 떠올릴 것이다.

하지만 거기서 생산적인 대답이 돌아올 거라는 생각이 들진 않았다. 게다가 굳이 물을 필요도 없이 리리아나는 그 답을 알고 있다.

미하루가 있기 때문이다. 미하루가 이 저택에서 살고 있기 때문에 타카히사는 이 친목회에 자진해서 참석하려고 했던 것이다. 역시 지금도 타카히사는 미하루밖에 보이지 않았다. 리리아나도 그것을 모르지는 않았다.

"……그렇지 않아요. 타카히사 님이 이 자리에 계신 의미는 분명히 있습니다."

"그런가? 여기 내가 없다고 해도 아무도, 아무것도 변하지 않을 것 같은데……."

타카히사는 아직도 미련이 남는다는 얼굴로 주방 쪽을 바라보며 자조하듯 답했다. 그러다가 문득 시선을 떼고 회장을 둘러보았다.

"야, 마사토, 부럽다. 평소에 예쁜 여자애들한테 둘러싸여 살고 있는 거지?"

"아니, 레이 님한테도 예쁜 약혼자가 있잖아요?"

"선배, 기어이 초등학생 남자애한테까지 질투를……."

그런 식으로 완전히 히로아키 일행과 잘 어울리고 있는 마사토의 모습이 타카히사의 시야에 비쳤다. 자신과는 대조적인 모습을 보여줬기 때문일까.

"……나 같은 건 이 자리에 없는 것 같아. 처음부터 아무도 나를 기억하지 못하는 것처럼. **아무도 나 같은 건 보고 있지 않아.** 나를 제대로 봐주는 건 아키 정도지만, 그런 아키도……."

지금은 미하루 일행과 함께 있다. 타카히사는 다시 미하루가 있는 주방 쪽을 미련이 남은 얼굴로 바라보았다.

"그거야말로 더더욱 맞지 않는 말입니다. 이 자리에 있는 의미가 없다뇨, 아무도 타카히사 님을 보고 있지 않다뇨, 저는…… 보려고도 하지 않는 건……."

리리아나가 드물게 감정이 담긴 어투로 타카히사에게 이론을 주장하려 했다. 하지만 무어라 말하려다가 도중에 끊어지고 만다.

발언으로 미루어 보아 아무도 타카히사를 본 적이 없다, 자신 같은 것이 없다고 해도 아무도, 아무것도 변하지 않는다는 타카히사의 말이 예상 이상으로 마음에 박힌 것일지도 모른다.

그도 그럴 것이 오늘 이날까지 리리아나는 타카히사를

계속 봐왔던 것이다. 그런데 타카히사는 미하루밖에 보지 않았다.

——저는 계속 타카히사 님을 봐왔습니다. 하지만 당신은 저를 본 적이 없죠……. 저야말로 당신 곁에 있었던 의미가 있었을까요?

마치 그렇게 말하고 싶다는 듯한 눈빛으로 리리아나는 타카히사의 얼굴을 물끄러미 바라보았다. 그렇게 잠시 두 사람의 시선이 겹쳤다.

"왜 그래?"

하지만 타카히사는 아무것도 모르는 것일까. 말해 주지 않으면 모르겠다는 듯 고개를 갸우뚱했다.

"……아니요, 타카히사 님을 보고 있는 사람은 분명히 있었습니다. 부디 그 사실을, 지금은 모르더라도 기억해 주세요."

리리아나는 단념한 듯 숨을 내쉬며 천천히 고개를 저었다.

"두 분 다 무슨 일 있나요?"

코모모가 말을 걸어왔다. 타카히사와 리리아나의 모습이 조금 이상하다고 생각했는지 신경 써서 말을 걸어준 것 같았다. 몇 살이나 연하인 여자아이의 배려를 받은 것이 부끄러웠던 것일까.

"아뇨, 부끄럽지만 조금 답답한 기분이었거든요. 이제 괜찮습니다."

리리아나는 조금 전까지 흐렸던 표정을 거짓말처럼 지

우고는 아름다운 미소를 지어 보였다.

【 제 3 장 】 ❖ 귀성

벨트람 왕국 동부의 한 도시. 해가 지고 땅거미가 질 때 즈음 여관으로 들어가는 여자 두 명이 있었다. 세리아와 아리아다.

시간대가 시간대라 방이 꽉 찬 여관들이 많았던지라 몇 곳을 전전하다가 운 좋게 오늘 밤 잠자리를 확보했다.

"방을 무사히 잡을 수 있어서 다행이다."

방에 들어선 세리아가 침대에 앉아 숨을 내쉬며 피로를 털어냈다

"그러게요. 장거리 이동을 하시느라 고생 많으셨습니다."

"아리아도."

"저는 당신에게 붙어 있었을 뿐인걸요."

피곤할 만한 이유는 딱히 없었다며 아리아는 고개를 저었다.

"하지만 승차감이랄까…… 운반감? 아니, 포옹감? 은 별로 좋지 않았잖아. 속도도 꽤 빨랐고."

결국 아망드에서 이 도시까지 비행하는 동안 아리아는 계속 세리아를 껴안고 있었다. 어떤 말을 선택하는 것이 정확한지 알 수 없는 세리아가 고개를 갸우뚱하며 말했다.

"아뇨, 세리아의 몸은 훌륭한 포옹감이었습니다."

그러자 아리아가 피식 웃으며 답했다.

"······정말, 놀리지 마."

세리아는 뺨을 붉히며 고개를 숙이고 말았다.

"놀린 게 아니에요. 하지만 확실히 속도는 굉장했죠. 그 것보다 더 대단한 건 그 정도로 가속하는데도 공기 저항을 거의 느끼지 못했다는 점인데······."

물체가 공기 중을 이동하면 공기와 충돌하면서 이동하게 되므로 진행 방향과는 반대 방향에서 오는 공기에 저항을 받게 된다. 이것이 이른바 공기 저항이다.

"빛의 날개가 펼쳐지면 사용자 주위에 공기 저항을 중화하는 바람의 결계가 전개되는 것 같아. 어느 정도의 속도까지 견딜 수 있을지는 아직 모르지만······."

세리아 본인도 아직 새로이 습득한 《광익비상마법》을 빠짐없이 모두 이해하고 있는 것은 아니었다. 다만 리오가 정령술로 비행하고 있을 때는 공기 저항이 줄어들도록 본인의 주위에 결계를 치고 있다고 했으니 이 마법에도 비슷한 결계가 쳐져 있을 것이라고 판단한 것이다.

"그럼 속도를 더 올릴 수 있었던 건가요?"

"응, 사용자가 담을 수 있는 마력량에 따라 달라. 다만 속도를 내려고 하면 할수록 연비는 나빠지니까 내 마력량으로 장거리를 이동하려면 그 정도가 한계일 거야."

리오라면 더 속도를 내더라도 휴식 없이 계속 날 수 있겠지만, 그건 리오의 마력량이 비정상적이라 그런 것뿐이었다.

"그렇군요……. 이대로라면 내일 오전 중에는 크레이아에 도착할 수 있을 것 같은데 마력 유지는 가능할 것 같나요?"

"응, 리제롯테 님께서 주신 마력 결정도 있고. 일단 오늘 밤은 잘 자서 푹 쉬고, 그걸로 회복하지 못한 마력은 출발 전에 돌을 이용해서 보충할게."

컨디션에 따라 미묘한 증감은 있지만 일반적으로 사람의 마력은 밤에 수면을 취하면 30% 정도 회복된다고 알려져 있다. 깨어 있는 동안에는 마력의 회복 속도가 떨어지므로 소비한 마력을 자연스럽게 빨리 회복시키고 싶다면 잠을 자는 것이 최고였다.

"알겠습니다. 필요하면 마물을 사냥해서 마석을 모아올 테니 말씀해 주세요."

"고마워. 그래도 일단은 괜찮아. 아리아도 푹 쉬어."

"알겠습니다."

한편, 세리아 일행이 여관에 들어갔을 무렵의 일이다.

장소는 바뀌어 벨트람 왕국의 크렐 백작령, 영도 크레이아. 백작 저택을 순회하는 순찰의 눈을 피해 부지 밖에서 움직이는 용병들이 있었다.

"여, 알레인. 다른 녀석들은 담당한 곳에 다 도착했다."

과거 루시우스 오르귀가 이끌던 천상의 사자단에 소속

된 자들이다. 루치라는 이름의 덩치 큰 사내가 동료 알레인에게 다가가 말을 걸었다. 그 허리춤엔 루시우스의 유품인 칠흑의 마검을 차고 있다.

완전히 날도 저물고 어둑어둑해진 야외에서 알레인이 지시했다.

"좋아, 그럼 레이스 님 일행이 올 때까지 대기로군. 교대로 잔다. 네가 먼저 자둬."

하지만 루치는 그 자리에 우뚝 선 채 백작 저택으로 시선을 돌리고 있었다.

"……이봐, 알레인. 레이스 님의 목적은 백작 부인이지? 그렇다면 우리가 먼저 가서 신병을 확보하면 되는 거 아냐?"

레이스의 도착을 기다릴 필요도 없이 먼저 나서서 행동을 취하면 되지 않겠느냐고 제안한다.

"바보냐. 우리는 성채를 떠나 가르아크 왕국으로 향한 걸로 돼 있잖아. 먼저 크렐 백작령에 잠입해서 신병을 구속했다고 하면 그다음엔 어떻게 할 건데? 신병을 확보해뒀습니다, 하고 바보처럼 솔직하게 보고하고 넘겨줄 거냐?"

알레인이 어이없다는 얼굴로 루치에게 물었다. 아들인 샤를은 몰라도 아버지인 아르보 공작은 수완가다. 레이스를 완전히 신뢰하고 있지도 않다. 독단적으로 행동에 나섰다는 것이 알려진다면 최소한의 신용마저 잃을 수 있었다.

설사 능숙하게 뒤처리를 끝내고 백작 부인의 신병을 아르보 공작에게 넘긴다고 해도 상황상 레이스가 의심을 받을 가능성은 높았다.

"말이 꼬이는 걸 막기 위해서라도 우리가 먼저 움직여서 선수를 치는 건 위험해. 레이스 님 일행이 오기를 기다린 뒤에 정식 절차를 따라 샤를에게 신병을 넘기는 게 제일이다."

알레인이 말을 덧붙였다. 애초에 그들로서는 세리아가 크렐 백작령으로 향했는지 어떤지도 알 수 없었다. 설사 온다고 해도 백작 부인을 데려가려고 할지는 알 수 없다. 레이스보다 빨리 올 수도 있고 오지 않을 수도 있다.

아무 문제 없이 백작 부인의 신병을 확보할 가능성이 있는데 굳이 일이 복잡해지는 짓을 하면서까지 알레인 일행이 행동을 해 신병을 구속할 필요성이나 시급성이 있느냐는 얘기였다. 행동을 한다면 말을 맞출 수 있을 만한 방법으로 해야 한다.

"……그렇지만 만약 그 여자가 온다면 그때는 행동을 해야 하잖아?"

"그래. 그 여자가 마도선에 탄 레이스 님보다 빨리 모습을 드러낼 것 같으면 되도록 없애라는 지시를 받았으니까. 우리 짓이라는 건 모르게 말이지."

"즉, 우리의 임무는 그 꼬마 여자애의 처리이지 백작 부인의 신병을 확보하는 건 포함되어 있지 않다는 뜻인가?"

"아아, 우리가 그 여자를 처치할 수 있다면 결과적으로 그 여자가 백작 부인을 어디론가 데려가는 것도 막을 수 있을 테니까."

"그런 거군……. 뭐, 그 여자와 싸울 수 있다면 좋겠네."

루치가 호전적인 미소를 지었다.

성채에서 검을 겨뤘을 때의 세리아와 다시 싸우고 싶은 것이다.

"이봐, 저쪽의 준비가 만전인 상태에서 굳이 정면 승부를 하진 않을 거야. 뭐 때문에 가르아크에 있는 무리들까지 증원으로 데려와서 이렇게 저택 주위를 감시한다고 생각하는 거야?"

"그 여자를 확실하게 붙잡기 위해서잖아?"

"뭐, 따지면 그렇긴 하지만…… 그 여자를 먼저 알아차리기 위해서지. 그리고 뭐 때문에 먼저 알아차려야 하냐면……."

"그 여자가 이상한 마법을 부리기 전에 죽여야 하니까?"

알레인이 모두에게 말하기도 전에 루치가 재미없다는 얼굴로 추측했다.

"맞아, 잘 알고 있네. 어떤 구조인지는 모르지만 성채에서 사용한 그 묘한 마술인지 마법인지 하는 것만 쓰지 않는다면 그 여자의 힘은 평범한 여자와 별반 다르지 않다. 마법만 쓰지 않아도 위협될만 한 건 없어."

그러니 세리아가 마법을 쓰기 전에 죽인다. 그런 것이었다.

"암살은 재미없단 말이지."

어디까지나 정면 승부로 완전한 상태의 세리아와 싸워 때려눕히고 싶은 것이다.

"그런 점은 네가 제일 단장님을 닮은 것 같군."

루치의 투덜거림에 이제는 죽어버린 루시우스가 생각났는지 알레인이 불쑥 말했다.

"……핫. 하지만 현 단장은 너다. 정신 차려, 알레인. 나는 네가 세운 작전대로 움직일 거니까."

"그건 내가 할 대사야. 단의 관리는 내가 하기로 결정했지만, 단장의 마검을 물려받은 너야말로 우리의 간판이다. 그걸 잊지 마."

한 치의 양보 없는 눈빛으로 서로를 마주보는 두 사람.

"……아아. 이 검에 부끄러울 만한 일은 없을 거다."

루치는 허리의 검에 손을 대고 조용히 고개를 끄덕였다.

그리고 다음 날. 이른 아침 도시를 출발한 세리아 일행은 오전 이른 시간에 크렐 백작령의 영도 크레이아에 도착했다.

곧바로 문을 지나 도시 속을 나아갔다. 예전에 왔을 때도 그랬지만 거리에는 일자리를 잃은 것처럼 보이는 자들의 모습이 눈에 띄었다.

세리아도 나중에 들어서 알게 된 것이지만, 아르보 공작이 손을 써서 친왕파 귀족들의 영지로 이민자가 몰려들고 있는 모양이었다. 그 면면은 과거 유그노 공작파 영지에서 일하며 일자리를 얻었던 자들이라고 했다.

치안의 악화를 막기 위해서라도 로랑이 임시직을 마련해 가능한 한 대응하고 있는 것 같지만 상황은 좋지 못했다.

"……."

그런 거리의 모습을 세리아는 근심 섞인 얼굴로 둘러보았다. 다만 그렇다고 해서 지금의 그녀가 할 수 있는 일은 아무것도 없었다. 그녀가 작게 한숨을 내쉬었다.

"거리의 모습이 신경 쓰이시나요?"

그러자 옆에 있던 아리아가 물었다.

"어……? 응, 몇 달 전에도 왔었는데…… 그때도 도시의 모습은 거의 둘러보지 못했었거든."

마지막으로 온 건 리오와 함께 왔을 때였다. 그때 일이 떠올랐는지 세리아의 눈동자가 쓸쓸하게 흔들렸다.

"그렇다면 돌아오는 길에 살짝 구경해 봐도 좋겠네요. 너무 빨리 이동하는 바람에 여행다운 일도 못 했고, 게다가……."

"게다가?"

"저도 가끔은 편안하게 휴가를 보내고 싶거든요. 친한 옛 친구도 함께하면 더 좋을 것 같고요."

아리아는 옛 친구의 마음을 헤아린 것인지 아쉽다는 얼굴로 그런 말을 했다.

"……그래. 그럼 돌아갈 땐 좀 여유롭게 갈까? 내 볼일에 함께해 준 답례로 나도 네 휴가 때 함께해 줄게."

세리아가 기쁜 얼굴로 미소 지었다

"그러면 서둘러 용무를 끝내죠. 아르보 공작에게 선수를 뺏긴다면 웃을 수 없을 테니까요."

"그러게. 가볼까?"

고개를 끄덕이며 표정을 다잡는 세리아.

"그 전에 잠시. 아르보 공작의 손길이 이미 뻗쳐 있을 수도 있으니, 제게 한 가지 생각이 있습니다."

"……생각이라면?"

그렇게 가벼운 미팅을 마친 두 사람은 곧바로 백작 저택을 목표로 했다.

그리고 크렐 백작 저택.

알레인과 루치는 부지 밖에 숨어서 정면 출입구 문으로 이어지는 길을 감시하고 있었다. 그러다 저택 부지에 접근하는 자를 포착했다.

"……이봐."

먼저 발견한 것은 알레인이었다.

저택에 다가오는 사람의 수는 한 사람.

"……맙소사, 끝내주는 미인이군."

루치는 저택으로 접근하는 인물을 보고 눈을 크게 떴다.

대상은 모험가스러운 옷차림을 한 묘령의 여성이었다. 머리색은 금발. 꽤 단련한 것인지 늘씬하고 다부진 몸을 하고 있으면서도 여성적인 살집도 탄탄하게 느껴지는 글

래머러스한 육체의 소유자였다.

　무엇보다 가장 눈에 띄는 것은 조각처럼 단아한 외모였다. 거리에서 스쳐 지나가면 얼굴을 본 남자는 물론이고 여자라도 멈춰 서서 호의적인 시선을 보낼 것이라 단언할 수 있을 정도로 아름다운 얼굴을 하고 있었다.

　그 여자의 정체는 세리아의 오랜 친구인 아리아였다.

　"바보 녀석. 그것보다 허리를 봐."

　아리아의 외모로만 모든 의식이 쏠린 루치를 본 알레인이 그에게 주의를 주었다.

　"아아, 확실히 허리 라인도 좋군. 상대를 부탁하고 싶을 정도야."

　"아니. 검 말야. 상당한 물건이다, 저건."

　"어……? 아아, 마검인가?"

　그제서야 루치의 시선이 아리아가 허리에 걸린 마검으로 향했다.

　"방문객인 것 같긴 한데, 어느 귀족가 출신 기사인가? 어디선가 본 적이 있는 느낌인데……."

　알레인은 기시감을 느낀 것인지 아리아를 물끄러미 응시했다.

　"내가 알아봐 줄까?"

　헌팅이라도 하려는 듯한 모습으로 루치가 제안했다.

　"장난치지 마."

　"쳇, 다른 감시자도 있으니까 딱히 상관없잖아."

아리아가 그 정도로 매력적이었던 것일까. 루치가 아쉽다는 눈빛을 보냈다.

"다른 사람들은 다른 곳을 감시하고 있어."

그러는 사이에 아리아는 정문을 통해 당당하게 저택 부지로 들어가고 있었다.

"어쩔 수 없지……."

아쉬워하면서도 루치는 한숨을 내쉬며 포기했다.

그 후 10분 정도가 지났을까. 저택 정원을 돌아다니는 경비병이나 하인들의 모습은 보였지만 별다른 이변은 일어나지 않았다.

다만 저택으로 이어지는 길을 걸어오는 인물이 새로이 한 명 더 나타났다. 용병 두 명의 이목이 그쪽으로 옮겨갔다.

"……칫, 후드 뒤집어쓰지 말라고."

루치가 혀를 찼다. 말 그대로 찾아온 인물이 외투인 후드를 깊숙이 뒤집어쓰고 있기 때문이었다. 그들이 숨어 있는 곳에서는 얼굴을 확인할 수 없다.

"……저 체격, 뭔가 수상한데."

알레인이 불쑥 중얼거렸다.

"확실히, 그 꼬맹이 여자의 체격이랑 똑같네."

루치도 매서운 눈초리로 대상을 노려보았다.

"검을 차고 있어. 싸구려는 아닌 것 같지만 딱히 자주 쓴다는 느낌도 아냐."

알레인과 세리아의 거리는 족히 70미터는 되었다. 실로 예리한 관찰력이었다.

"흥, 그 꼬맹이 여자가 자기 검이라도 새로 맞춰서 친가에 돌아왔다는 건가?"

"가능성은 있겠지."

"그렇다면 이번에야말로 정답이야? 어떻게 할까? 만약 그 꼬맹이 여자가 맞다면 저택에 들여보내면 일이 복잡해지잖아? 바로 죽여버릴까?"

"……."

루치의 질문에 즉답하지 않는 알레인. 그 이유는 만일 후드를 쓴 인물이 세리아가 아니라면 시체 처리를 하는 번거로움이 늘어나 귀찮아지기 때문이었다. 경비병에게 목격될 위험도 적지 않았다.

하지만 루치가 말하는 대로 다가온 것이 세리아고, 저택에 들어간다면 더더욱 일이 복잡해진다. 확실하게 잘 보이는 곳에서 일방적으로 공격할 수 있는 절호의 기회는 지금뿐이다.

"어쩔 수 없다. 처리하자. 내가 여기서 마법으로 공격한다. 너는 동시에 거리를 좁혀서 죽인 다음 본인 확인을 해라. 그리고 바로 돌아와. 그 여자가 아니라면 시체 수거도 잊지 말고."

알레인이 결단을 내렸다.

"오케이."

"……좋아. 가라, 루치!《광탄마법》."

지시를 내림과 동시에 알레인이 세리아를 향해 손을 들었다. 그리고 주문을 외웠다.

"오우."

루치도 대답을 한 시점에 이미 루시우스의 마검을 뽑아 몸을 강화하고 후드를 쓴 인물을 향해 달려가고 있었다. 이 시점에서 루치와 세리아의 거리는 60미터. 마검으로 육체를 강화한 루치라면 불과 2, 3초 만에 좁힐 수 있는 거리였다.

"……컥?!" "아?"

수중에 마법진이 떠오르며 이제 막 공격을 사출하려던 알레인이 묘한 목소리를 냈다. 루치가 배후의 이변을 느끼고 재빨리 뒤돌아보았다.

"도대체 여기서 뭘 하시는 거죠?"

그곳에는 마검을 쥔 채 알레인을 기절시킨 아리아가 서 있었다.

세리아가 저택으로 이어진 길을 걸어갔다.

루치와 알레인이 예상한 대로 후드를 깊숙이 뒤집어쓰고 저택으로 접근하는 인물의 정체는 세리아가 맞았다. 6 ,70미터 정도 떨어진 장소, 그러니까 지금 아리아가 루치 일당을 돌격한 장소.

'조용하네…….'

하지만 세리아는 그것을 몰랐다. 아리아에겐 사전에 최대한 주위를 살피는 내색을 하지 말고 저택으로 향하라는 지시를 받았기 때문에 저택으로 접근할 생각만 하며 발걸음을 옮기고 있었다.

참고로 저택으로 향하기 전 두 사람이 세운 작전은 이랬다. 아르보 공작이 손을 먼저 뻗쳤을 가능성은 부인할 수 없다. 그러니 저택 주위에 적이 숨어 있을 경우를 상정해서 우선은 아리아가 저택으로 향한다.

저택으로 들어간 아리아가 백작 부부에게 사정을 간결하게 설명하고 뒷문을 통해 밖으로 나와 주변을 탐색한다. 그 사이에 세리아는 정문으로 저택을 방문하고, 아리아는 습격자가 숨어서 무슨 수작을 부리지 않는지 상황을 살핀다. 결과적으로 적이 있다면 반대로 기습을 가해 제거하고 없으면 저택으로 돌아와 세리아와 합류한다. 그런 계획이었다.

아리아가 저택에 들어간 지 십여 분. 세리아가 온다는 사실은 문지기에게도 전해진 것인지 그대로 안으로 안내받았다.

그렇게 저택으로 다가간 세리아는 현관 안에서 바깥의 동태를 살피고 있는 부모님의 모습을 발견했다.

"읏……."

곧바로 달려가고 싶은 충동에 사로잡혔지만, 꾹 눌러 참았다.

만일 지금 이 광경을 보고 있는 사람이 있고 여기서 세리아가 저택으로 달려간다면 좋지 않은 여지를 주게 될지도 모를 일이었다.

그래서 최대한 평정을 가장하고 현관까지 다가가 안으로 들어섰다.

"아버님, 어머님!"

그리고 세리아는 감정을 터뜨리며 부모님과 재회했다. 작은 몸을 한껏 벌려 한꺼번에 두 사람을 끌어안는다.

"세리아!"

아버지 로랑이 세리아의 등을 다정하게 토닥거리며 다가왔다.

"……세리아, 세리아. 아아, 우리 귀여운 아가."

한편, 그 바로 옆에서는 몸집이 작은 은발의 여성도 세리아를 사랑스럽다는 듯 껴안고 있었다. 기껏해야 20대로밖에 보이지 않았지만 실제 연령은 40이 넘었다. 이름은 모니카 크렐이다.

그랬다. 이 인물이 바로 세리아의 어머니였다. 아무래도 세리아의 생김새가 어려 보이는 것은 어머니에게서 물려받은 듯했다.

모니카는 세리아와 샤를의 결혼식에도 참석하지 않았고, 세리아가 리오와 함께 지하실로 몰래 들어왔을 때도 만나지 못했다. 그래서 세리아가 어머니와 재회하는 것은 실로 오랜만의 일이었다.

"어머님……."

만나지 못한 시간 동안의 외로움을 채우려는 듯, 세리아가 어머니를 더 강하게 끌어안았다.

참고로 오랫동안 재회하지 못한 데는 이유가 있었다. 그것은 크렐 백작 가문의 피를 이어받은 자들 사이에 드물게 깃든다고 하는, 선천적인 특수 체질과 관련이 있었다.

즉, 선천적으로 건강이 불안정한 사람이 있는 것이다.

건강할 때는 운동도 할 수 있다. 조건만 잘 지키면 수명이 짧아지는 것도 아니고 지극히 정상적인 생활을 할 수 있다.

다만 아무런 예고 없이 몸 상태가 나빠져서 절대 안정을 취해야 할 정도로 신체 기능이 저하되는 경우가 생긴다.

푹 자면서 안정을 취하기만 하면 생명에 큰 지장은 없지만 신체 기능이 저하된 상태에서 무리하게 몸을 움직이려 하면 생명에 지장을 줄 수도 있었다. 불과 몇 미터 거리를 걷는 것조차 쉽지 않을 정도다. 몸이 아픈 기간에는 개인차가 있지만 어쨌든 그동안은 완전히 누워서 지내야 했다.

몇 주 간격인지, 몇 달 간격인지, 혹은 몇 년 간격인지. 회복된다고 해도 언제 다시 아플지는 알 수 없다.

그래서 기본적으로 태어난 도시에서 나오지 않고 일생을 마감하는 것이 안전하다고 알려져 있다. 덕분에 모니카는 태어나서 한 번도 이 크레이아 밖으로 나간 적이 없었다. 그리고 로랑도 가능한 왕도에 있는 집이 아닌 친가에서 지내려고 했다.

참고로 이런 체질을 가지고 태어난 사람은 생후 몇 년 만에 첫 증상이 나타난다고 알려져 있다. 뒤집어 말하자면 생후 몇 년 안에 이 증상이 나타나지 않으면 특수 체질의 소유자가 아니라는 것이 증명된다는 뜻이기도 했다.

다행히 세리아는 그런 체질을 갖고 태어나지 않았지만 세리아의 어머니는 그런 체질을 갖고 태어난 여자였다.

참고로 한층 더 여담이지만, 모니카와 같은 증상을 갖고 태어난 크렐 백작가의 여성이 무사히 아이를 낳을 수 있을지 어떨지는 도박이나 다름없는 일이었다. 출산 기간 중 몸살 증상이 나타날 경우 곧바로 생명에 위협이 되기 때문이다. 그래서 후사를 이을 아이를 낳느냐 마느냐로 과거 로랑과 모니카는 실랑이를 벌인 적이 있었다.

후사는 분가에서 고르면 된다며, 처음에는 아내의 신변의 안전만을 고집하던 로랑. 어떻게든 아이를 갖고 싶어 했던 모니카. 그런 우여곡절 끝에 탄생한 것이 외동딸 세리아였다.

"너무 오랜만에 와서 정말 죄송해요. 이렇게 건강히 서 계신 걸 보니, 요즘 몸은 좀…… 괜찮으신 건가요?"

그렇게 물은 세리아가 걱정스럽게 어머니의 얼굴을 살폈다.

"그래, 전에 세리아가 저택 지하에 방문했을 때는 누워

있었지. 하지만 두 달 정도 전부터 상당히 상태가 좋아졌단다. 반년 정도 누워만 있었더니 몸의 근육이 쇠약해진 상태라 아직 완전히 회복한 건 아니지만 말야."

모니카는 자신의 몸 상태를 조금도 불행하게 여기지 않는 듯 사랑스럽게 후후 웃으며 답했다.

도저히 실제 나이가 40을 넘겼다고는 생각되지 않는 가련함이었다. 10대 소년이라도 사랑에 빠질 것만 같았다.

"그러셨군요……."

"그런 얼굴 하지 말렴. 안정을 취하기만 하면 생명에 지장은 없으니까."

모니카가 부드럽게 세리아의 뺨을 어루만졌다.

"부모와 자식 셋이서 다시 이렇게 포옹할 날을 얼마나 기다렸는지. 하아."

"답답하니까 당신은 조금 떨어져 있어요."

다가온 로랑이 아내와 딸을 동시에 껴안으려 했지만, 모니카에게 조용히 떨어지라는 말을 듣고 만다.

"아, 응……."

로랑은 풀이 죽은 채 고개를 끄덕이며 두 사람을 안으려던 기세를 멈췄다.

"……."

친가에 돌아왔다는 실감이 난 것일까. 세리아는 기쁘게 미소를 지었다. 하지만 공교롭게도 이대로 가족끼리의 오붓한 시간을 마냥 즐길 수는 없었다.

"저기, 이제 슬슬 본론을······."

세리아가 성채에서 아르보 공작에게 습격당한 일을 생각하면 로랑이나 모니카에게도 무슨 수작을 부리기 위해 아르보 공작 일당이 언제든 모습을 드러낼 수 있었다. 그전에 상황만이라도 보고하기 위해 서둘러 이 저택에 온 것이다.

"······그래. 이야기는 간결하게나마 아리아에게 들었다. 작전대로 그녀는 밖의 상황을 보러 갔는데······ 괜찮았니, 세리아?"

로랑이 한 발짝 물러서서 표정을 가다듬고 세리아의 몸 상태를 걱정했다.

"네, 보시다시피. 그것보다 지금은 두 분이 더 시급해요. 아르보 공작이 아버님과 어머님도 노릴지 몰라요. 오늘은 그 일에 대해 전하러 온 거고요."

세리아는 어머니와 부둥켜안은 채 두 사람의 얼굴을 번갈아 쳐다보았다.

"흐음······."

로랑이 고민하듯 작게 신음했다. 저택 밖에서 굉음이 울려 퍼진 것은 그 직후의 일이었다.

반면 시간은 조금 더 거슬러 올라간다.

장소도 아리아와 루치가 대치하는 저택 부지 밖으로 옮겨가서.

"도대체 여기서 뭘 하시는 거죠?"

아리아는 검자루로 알레인의 뒷목을 때려 기절시키고, 경계하며 뒤를 돌아본 루치에게 물었다.

"……오. 누군가 했더니 저택으로 들어갔던 아까 그 끝내주는 미녀잖아."

기습을 당했는데도 루치의 태도는 실로 차분했다. 오히려 여유마저 느껴지는 미소를 짓고 있었다. 예상치 못한 사태가 벌어졌지만 어쩔 수 없다는 것을 경험으로 이해하고 있기 때문이었다.

"질문에 대답해 주시겠어요?"

"어때, 나랑 같이 놀 생각 없어?"

"……대화가 성립되지 않는군요."

아리아가 어이없다는 얼굴로 고개를 저었다.

"에이, 그렇게 말하지 말고. 난 대화할 수 있어서 좋은데?"

그러면서도 루치는 방심하지 않고 임전 태세에 들어갔다.

자신들이 눈치채기도 전에 기습을 가해 저 알레인을 기절시켰을 정도의 실력자다. 방심 따위는 있을 수 없다.

'불량배 같은 겉모습과는 달리 실력은 있는 것 같군. 특징으로 봐선 세리아가 말했던 천상의 사자단 마검사일 가능성이 높다. 그렇다면 저 검의 능력은…….'

아리아는 검을 맞대기도 전에 루치의 자세를 보고 대강

의 실력이나 그 본성까지 짐작한 상태였다. 그래서인지 루치가 손에 든 마검을 주시하며 그 주위를 빙빙 돌기 시작했다.

'……어쩔 수 없죠. 최악의 경우 저 기절시킨 남자 한 명만 살려서 확보하는 것으로 해야겠군요.'

아리아는 기절한 알레인을 한 번 쳐다보고는 그렇게 결정했다.

"나를 남겼다는 건 그쪽보다 내가 더 타입이었다는 건가?"

루치도 알레인을 보더니 아리아에게 물었다.

"……."

아리아는 부정하기도 귀찮다는 듯 무겁게 한숨을 내쉬었다.

알레인을 먼저 공격한 것은 그가 세리아를 향해 원거리에서 일방적으로 공격을 감행하려 했기 때문이었다. 루치쪽이 성가신 마검을 장착하고 있다는 것을 알고 있었기에 원래라면 루치를 먼저 붙잡아 둘 생각이었다.

"침묵은 긍정이라고 받아들인다?"

루치가 퍽 싫지 않다는 미소를 지었다.

"무슨 착각을 하고 기뻐하는 건진 모르겠지만 죽고 싶지 않다면 바로 투항하는 것을 추천해 드리죠. 만약 그게 아니라 크렐 백작 저택 관계자라면 신상을 밝혀주세요."

사실 이런 길도 아닌 곳에서 나무 사이에 숨어 행인을 덮치려던 시점에서 수상한 자라고 증언하는 것이나 다름

없었지만, 절차라는 것은 필요했다.

"그러는 너야말로 크렐 백작가의 관계자인가? 너 같은 실력을 가진 여기사가 있다는 말은 들어본 적도 없는데 말야."

루치는 질문에 질문으로 답했다.

"말을 피한다는 건 관계자가 아니라는 뜻으로 받아들이죠. **어느 나라에 고용된 용병으로 보입니다만**, 수상한 사람으로 간주하고 실력 행사로 무력화시키겠습니다."

"……그래?"

아리아는 자신이 루치의 본성을 꿰뚫고 있다는 것을 은연중에 암시했다. 이에 루치의 눈빛도 더욱 날카로워졌다. 두 사람은 완전히 임전 태세에 들어갔다.

누가 먼저랄 것 없이 서로가 거리를 좁혔다.

양쪽 다 마검의 소유자다. 신체 강화 수준은 호각에 가깝다. 상대의 지척까지 파고든 시점에서 동시에 검을 휘둘렀다.

직후 날카로운 금속음이 무수하게 울려 퍼졌다. 불과 1, 2초 사이에 두 사람의 검이 수차례 맞닿은 것이다.

한 번의 공격으로는 결판이 나지 않았기에 두 사람 다 백스텝으로 거리를 다시 벌렸다.

"휘유. 진짜 마음에 드네, 너! 검뿐만 아니라 밤 상대도 부탁하고 싶은데!"

루치가 가볍게 휘파람을 불며 아리아를 칭찬했다.

"들을 가치도 없군요."

아리아는 루치의 경박한 발언에는 대꾸하지 않고 곧장 거리를 좁히기 위해 앞으로 나갔다.

"오!"

접근해 온 아리아의 공격을 방어하고 그대로 반격을 가하려는 루치. 하지만 아리아는 빠르게 다시 물러나 거리를 벌렸다. 그 자리에서도 걸음을 멈추지 않고 호를 그리듯 루치 주위를 빠르게 달린다.

'쯧, 잘도 움직이는군. 아니, 그보단…….'

루치는 혀를 차면서도 묘한 위화감을 느꼈다. 어쩐지 아리아가 루치의 반격을 과민하게 경계하고 있는 것처럼 보였다. 보통의 상황이라면 걸음을 멈춰도 되는 상황에서도 멈추지 않고 계속 움직이고 있다.

루치는 마검을 이용해 공간을 찢고, 그 검날을 시야에 비친 상대쪽으로 전이시켜 직접 베어내는 필살 공격이 가능했다. 다만 지금의 루치로서는 전투 중 움직이는 상대를 겨냥해 정확히 베는 것은 아직 어려웠다. 아리아가 이렇게 움직이면 그 능력을 쓸 틈이 나지 않는 것이다.

걸음을 멈추지는 않는 아리아를 보며 루치가 짐작했다.

"……네놈, 내 검의 능력을 알고 있나 보군?"

"……."

아리아는 부정도 긍정도 하지 않았다. 하지만 루치는 아리아에게 마검의 능력을 간파당했다고 반쯤 확신한 것인지 의심의 눈길을 거두지 않았다.

'이 검의 능력을 아는 놈은 많지 않을 텐데……'

루치가 이 검을 다루게 된 지 아직 얼마 되지 않았다. 이전에 루시우스가 마검을 사용하고 있는 것을 보았을 가능성도 부정할 순 없지만, 루시우스가 마검의 능력을 낯선 상대에게 섣불리 보였을 것이라고는 생각하기 어려웠다. 그렇다면 가능성은 하나다.

"세리아 크렐한테 들은 건가? 그렇다면 아까 저택에 들어가려던 후드 쓴 녀석은 역시나……."

루치의 의식이 한순간 세리아가 있는 저택으로 향했다. 그러자 아리아가 그 틈을 노려 루치에게 다가갔다. 그대로 검을 휘둘러 루치를 압도하듯 몰아붙인다.

"한눈팔 틈이 있나 보죠?"

"칫……!"

루치의 자세가 크게 흐트러졌다. 검자루는 놓지 않았지만 검이 크게 튕기며 몸이 뒤로 기울었다.

아리아는 그대로 루치에게 다가가 검을 휘둘렀다.

"읏……?!"

하지만 무언가를 눈치채고 기민하게 옆으로 날아 루치와 거리를 벌렸다. 그와 거의 동시에 루치의 한 발 앞의 지면에서 어둠이 퍼지고, 거기서 마검의 검 끝이 튀어나왔다. 아리아가 한 걸음이라도 더 루치에게 다가갔더라면 검신이 아리아의 발에 박혔을 것이다. 자세히 보니 루치가 쥔 마검의 검 끝이 어둠에 감싸여 검날이 짧아져 있었다.

"대단하군. 지금 그걸 피하다니."

루치가 히죽 웃는다.

공격을 피했음에도 진심으로 기뻐 보였다.

'일부러 틈을 보이고 밀린 척을 했던 거군요. 이런 트랩 같은 사용법이 있다니, 성가시게……'

아리아는 땅에서 튀어나온 마검의 검날을 탐탁지 않은 얼굴로 내려다보았다. 상대가 이겼다고 생각하고 방심한 틈을 노려 마검의 능력을 발동시키고, 예상치 못한 장소에서 검을 꺼내 공격한다. 막상 당하면 그렇게 쉽게 회피할 수 있는 것은 아니었다.

'검만 잘 보고 있으면 능력의 발동은 읽을 수 있다. 완벽하게 처리하려면 다소의 순서나 대처는 필요하겠지만……'

그럼에도 승산은 보였다. 루치의 능력은 이 눈으로 직접 확인했으니 탐색은 여기까지다. 그렇게 생각하고 아리아가 다시 공격하려고 했을 때였다.

"이봐, 이게 어떻게 된 거지?"

후드 달린 겉옷을 입은 남자들이 나타났다.

인원은 3명. 그대로 펼쳐져서 아리아를 포위한다.

'……역시 그 밖에도 동료가 있었군요.'

아리아는 정말이지 골치 아프다는 얼굴로 탄식했다.

로랑 부부에게 사정을 설명한 뒤 아리아가 저택 밖으로 나와 최우선으로 경계한 것은 세리아가 방문하는 정면 현관 쪽이었다. 그리고 저택 근처에 펼쳐진 인공 숲 나무에 잠복한 루치와 알레인을 발견하고 상황을 지켜보다 습격을 가했고 지금에 이른 것이다.

"보다시피 너무 치명적인 미인한테 유혹을 받아서 말야. 다만 좀 난폭해서 다루기가 어렵군."

루치가 아직도 정신을 잃은 알레인을 보고 동료 용병들에게 상황을 설명했다.

"……그렇다면 바로 이 여자를 제거한다. 검싸움 소리가 정원 쪽까지 울려 퍼지고 있었다. 더 길어지면 이변을 느낀 경비병들이 올 거야."

"쯧, 어쩔 수 없지."

루치 일당은 그대로 네 명이서 아리아를 죽이려 했다.

그때였다.

"《마력포격마법》."

아리아가 작은 소리로 주문을 외고는 상공을 향해 손을 뻗었다. 거기서 마법진이 떠올랐다.

"뭐야……!"

용병들이 황급히 막으려 했다.

하지만 아리아는 그 자리에서 크게 도약하여 나뭇가지 위로 뛰어올랐다. 그리고 자신의 머리 위를 향해 마력 포격을 쏘아 올렸다. 마법의 발동과 동시에 저택 안까지 울려 퍼질 정도의 굉음이 울려 퍼졌다.

이 상황에서 조금의 동요도 없이, 아무런 망설임도 없이 신속하게 마법을 발동시킨 것은 실로 훌륭한 대처라고밖에 할 수 없었다.

"저 자식……."

용병들은 나무 위에 있는 아리아를 원망스러운 눈빛으로 노려보았다.

"저택 경비에게 들키기 싫어하는 것 같기에."

그래서 불렀노라 아리아는 태연하게 대꾸했다. 앞으로 몇 분만 지나면 저택의 경비병들이 인공 숲 쪽으로 다가올 것이다.

"쯧!"

루치가 마검을 휘둘렀다. 검날을 전이시켜 지상에서 아리아를 베려한 것이다. 하지만 아리아는 다시 도약해 다른 나뭇가지로 옮겨가더니 땅으로 내려섰다. 루치가 자른 나뭇가지만 허망하게 땅에 떨어졌다.

"포위해라!"

용병들은 착지한 아리아를 향해 일제히 다가왔다. 달려온 경비병들에게 쓸데없는 정보를 누설하고 싶지 않은 것인지 완전히 일격에 숨통을 끊을 생각인 듯했다.

천상의 사자단 멤버들은 모두 양산형 마검을 갖추고 있었다. 아리아나 루치가 장비하고 있는 것처럼 유일무이한 물건은 아니었기 때문에 담겨진 마술은 신체 강화뿐이지만, 마법으로 신체 능력만 강화하는 것보다는 훨씬 더 강력하게 강화하여 싸울 수 있었다.

'빨라.'

용병들이 다가오는 속도가 다소 예상 밖이었던 것인지, 아리아가 잠시 눈을 크게 떴다. 하지만 놀란 것과는 달리 몸은 빠르고 냉정하게 움직였다. 전방과 좌우에서 다가오는 루치를 제외한 용병 3명의 검을 정확하게 받아치고는 뒤쪽만큼은 절대 내어주지 않겠다는 듯 곧장 후퇴했다.

"윽, 이 여자가!"

셋이서 공격하고 있지만 공격할 수 없다. 아리아의 대처 능력을 체감한 용병들의 얼굴에 낭패감이 묻어났다.

"하하, 진짜 강하잖아!"

루치만은 뒤로 물러난 채 유쾌하게 웃고 있었다.

"웃을 일이 아니야!"

"빨리 입을 막아두지 않으면 위험하다고!"

수적으로는 우세했다. 시간을 들이면 처리할 수 있을지도 모른다. 하지만 상황을 모두 감안하면 확실히 불리했다.

용병들 세 명 모두가 그렇게 느끼고 있었다.

다만 여유가 별로 없는 것은 아리아도 마찬가지였다.

'한 명 한 명의 숙련도가 비정상적으로 높다. 이게 소문으로만 듣던 천상의 사자단인가요? 역시 이쪽이 불리하군요…….'

지금 상대가 만약 마법으로만 신체 능력을 강화한 기사 세 명이었다면 문제없이 압도할 수 있었을 것이다.

하지만 마검으로 신체 능력을 강화한 노련한 전사 3명이 상대가 되면 그럴 수 없다. 심지어 가장 경계해야 할 루치가 용병들 뒤에 있었기에 그쪽도 어느 정도 의식해두고 있어야 했다. 루치의 마검 능력을 생각하면 예상치 못한 장소에서 검이 뻗어 나올 위험도 있다. 이렇게 불리한 상황에서 아리아가 훌륭하게 공격을 막아낸 것만으로도 칭찬받을 일이었다.

"이봐, 루치! 네놈도 싸워!"

용병의 초조함 섞인 노성이 루치를 향했다.

"당황하기는. 이런 건 순서가 중요하다고. 너희가 차인 다음 내가 유혹한다!"

그렇게 말한 루치가 마검을 앞으로 내밀며 아무것도 없는 허공을 찔렀다. 하지만 허공의 공기를 베려고 한 것은 아니다.

루치가 내민 검 끝이 어둠에 삼켜졌고, 후퇴하는 아리아의 등뒤에 어둠이 피어올랐다. 그곳으로 검 끝이 튀어나왔다. 동료 3명이 양동을 잘 해준 덕에 표적을 좁히기도 쉬웠다. 임기응변식 연계였지만 훌륭한 솜씨였다.

"읏!"

루치가 배후에서 공격을 해온다는 것은 당연히 예상하고 있었으므로 아리아는 공격을 알아차렸다. 하지만 알아차렸다고 해서 대처할 수 있는지 어떤지는 이때만큼은 별개의 문제였다.

지금의 아리아는 전방과 좌우로 용병들에게 둘러싸여 있다. 뒤를 돌아 검을 쳐내려고 하면 다른 용병 3명에게 등을 베인다. 그렇다고 용병 3명을 계속 상대하면 등을 루치의 마검에 찔릴 것이다.

용병들의 연계 공격은 장기판에서 다가오는 최후의 한 수처럼, 올 거라는 것을 알면서도 막을 수 없는 일격이 된 상태였다.

아리아가 할 수 있는 일은 하나. 뒤에서 다가오는 검 끝을 보지 않고 피하는 것. 피한다 해도 그 틈에 베일 가능성이 높았지만, 그럼에도 대미지 없이 이 궁지를 헤쳐 나갈 가능성이 있는 유일한 선택지였다. 자세가 좋지 못했기에 도약해서 회피하진 못한다. 크게 거리를 벌리지 않고 착지 직전을 노려 피한다.

그래서 아리아는 땅에 발을 붙인 채 몸을 비틀었다.

"당연히 그렇게 나오겠지!"

하지만 루치는 아리아가 회피한다는 것을 이미 예상하고 있던 것인지 회피하는 방향으로 마검을 슬라이드시켰다.

"웃……."

아리아는 어쩔 수 없이 검을 들어 루치의 마검을 막으려 했다. 다른 공격을 막지 못해 빈틈이 생기겠지만 선택지는 그것밖에 없다. 그때였다.

"아리아!"

소녀의 목소리가 울려 퍼졌다. 아리아에게는 익숙한 목소리였다.

"웃……."

찰나, 아리아의 시야에 용병들 이외의 다섯 번째 날이

뻗어 나오는 것이 보였다. 당장에라도 아리아의 몸을 파고 들려는 루치의 마검을 그 검날이 아래에서 위로 튕겨냈다. 마른 금속음이 울려 퍼졌다.

루치의 마검은 예기치 못한 궤도 변경으로 인해 그대로 허공을 갈랐다. 어둠에 삼켜지며 사라진 검은 있어야 할 위치로 돌아갔다.

아리아를 궁지로 몰아간 루치의 검날을 날린 것은 세리아였다. 세리아는 루치의 마검을 튕겨내자마자 곧장 다른 용병 세 명에게 다가가 화려한 검 실력으로 용병 세 명을 아리아에게서 떨어뜨렸다.

"으헉?!"

"늦어서 미안해요."

그리고 뒤로 물러서더니 아리아 옆에 나란히 서서 사과한다.

"……아니요, 감사합니다. 깜짝 놀랐어요. 어느 틈에 그 정도 수준의 검기를?"

아리아가 눈을 크게 뜨며 물었다. 지금 세리아의 검 솜씨는 검의 달인인 아리아가 보기에도 무척 훌륭했다. 전투 중인데도 무심코 물어보았을 정도로. 힐끔 눈을 돌려 세리아의 표정을 살피자 마치 전혀 다른 사람처럼 형형하게 빛나는 눈빛이 보였다.

"살짝 반칙 같은 상태이긴 한데. 나중에 설명해 줄게"

그렇게 말하며 쓴웃음을 짓는 세리아의 표정에는 그녀

다운 느낌도 남아 있었다.

"……꼭 들려주세요. 아무튼 지금은 뒤를 맡겨도 될까요?"

아리아는 미소를 지으며 세리아에게 물었다.

신기했다. 생각하고 말한 것이 아니었다. 아리아가 아는 세리아는 전형적인 마도사로 이 상황에서는 보호받아야 할 존재였다. 하지만 안심하고 등을 맡길 수 있는 존재처럼 느껴진 것이다.

"응."

세리아가 든든하게 고개를 끄덕였다.

그리하여 형세는 1대 4에서 2대 4로 바뀌었다. 숫자상으로는 아직 아리아 쪽이 불리했지만 한 명에게 가해지는 부담이 분산되는 만큼 전자와 후자의 차이는 하늘과 땅 차이였다. 의지할 만한 상대가 옆에 있다면 더는 불안할 필요가 없었다.

세리아도 아리아도 방심하지 않고 루치 일당을 바라보았다.

"쯧. 아쉽지만 어쩔 수 없지. 이봐, 가자."

루치는 기절한 알레인을 한 번 쳐다본 뒤 혀를 차며 동료들에게 철수를 제안했다.

"……계획은 어쩔 거지?"

용병 중 한 명이 루치에게 물었다.

"실패잖아. 이기지 못할 것도 없지만 이대로 질질 끌다가 누군가 한 명이라도 쓰러져서 잡히는 게 제일 위험해."

루치는 이유를 말한 뒤 뭔가 쓴 것이라도 삼킨 사람처럼 얼굴을 찡그렸다.

'레이스 님이라면 이 상태에서도 입막음을 할 수 있겠지 만…….'

일전 가르아크 왕국성에 있는 리오의 저택을 습격했을 때, 붙잡혔던 동료들이 모두 레이스의 마도구로 입막음 당했던 것을 떠올린 듯했다. 그중에는 루치와 오랫동안 조를 짜온 벤이라는 남자도 포함돼 있었다.

임무에 실패한 자는 입막음을 위해 죽는다. 그런 일을 하고 있으니 용병인 그들에게 레이스를 원망할 이유는 없었다. 하지만 그렇다고 해서 동료를 잃어도 좋다고 생각하느냐 하면 그것은 또 별개의 문제였다.

"……녀석을 회수해서 바로 도망간다."

루치는 알레인이 신경 쓰였는지 다시 한번 힐끗 쳐다보고는 동료들을 재촉했다. 하지만 그렇다고 세리아와 아리아가 이대로 루치 일당을 순순히 돌려 보내줄 의무는 없었다.

"돌아갈 수 있다는 전제하에 대화하는 것 같은데 이대로 돌아갈 수 있을 거라 생각하나요?"

아리아가 차갑게 물었다.

"어, 생각해."

루치는 그렇게 말하더니 땅바닥에 마검을 꽂았다. 그 직후, 지면에 어둠이 퍼져 가는 것을 확인했다.

"웃……."

아리아와 세리아는 재빨리 주위를 경계했다. 하지만 두 사람의 경계와는 달리 루치가 마검을 발동시킨 목적은 두 사람을 공격하기 위함이 아니었다.

두 사람 앞이 아닌 기절한 알레인이 누워있는 땅에 어둠이 퍼져나갔다. 알레인은 마치 늪으로 끌려가듯 땅속 어둠에 삼켜졌다. 그리고 이번에는 루치가 마검을 찌른 땅에서 알레인의 몸이 떠올랐다.

"야, 이 녀석 좀 부탁해."

루치의 말을 들은 용병 중 한 명이 알레인의 몸을 짊어졌다.

"……아리아, 이대로 그들을 돌려보내죠."

세리아가 작은 소리로 아리아에게 속삭였다.

"괜찮으시겠어요?"

"네, 쓸데없는 전투를 피하고 싶은 건 이쪽도 마찬가지예요. 그가 여기 있는 이상 아르보 공작이 아버지나 어머니를 노린다는 건 확실하니 언제 본대가 와도 이상하지 않습니다. 그들의 양동일 수도 있고……."

그랬다, 지금 이러고 있는 이 순간에도 별동대가 저택으로 몰려들어서 로랑과 모니카를 덮친다 해도 이상하지 않았다. 그렇기에 세리아는 전투를 오래 끄는 것은 상책이 아니라고 판단한 듯했다. 그것은 기이하게도 루치와 마찬가지로 지키고 싶은 누군가가 있기 때문에 나온 판단이었다.

"……알겠습니다."

아리아는 검을 겨눈 채 고개를 끄덕였다.

"……."

용병들이 슬금슬금 뒤로 물러났다. 맨 먼저 알레인을 짊어진 용병이 떠났고, 다른 두 사람이 그 좌우를 지키듯 동행했다.

"흥."

루치는 후미를 맡아 언제든지 마검의 능력을 발동할 수 있도록 세리아와 아리아를 위협했다. 하지만 추격의 기미가 없다는 것을 알고는 그대로 달려갔다.

◇ ◇ ◇

몇 시간 후. 정오 직전. 크렐 백작령의 영도 크레이아에 펼쳐진 호수에 벨트람 왕국의 마도선 여러 척이 착수했다.

샤를을 선두로 벨트람 왕국 본군의 기사와 병사들이 성큼성큼 도시로 돌진해 백작의 저택을 목표로 나아갔다.

그리고 예고도 없이 멋대로 부지에 들이닥쳐서는 현관문을 난폭하게 열었다.

"크렐 백작! 크렐 백작!"

샤를이 현관에서 백작의 이름을 외쳤다.

"……뭐야, 소란스럽군."

크렐 백작인 로랑이 곧 모습을 드러냈다. 샤를과 무장한 기사들, 그리고 후방에 대기하는 레이스와 렌지의 모습이 시야에 들어왔다.

"게다가 꽤나 대규모 아닌가."

로랑은 한탄스럽다는 듯 얼굴을 흐리며 깊은 한숨을 내쉬었다.

"부인은 어디에 계십니까?"

샤를은 약식 인사조차 생략하고 단도직입적으로 용건을 꺼냈다. 이는 크렐 백작과 같은 고위 귀족이 상대인 경우는 물론, 설령 상대가 하위 귀족이라 하더라도 상당히 무례한 행위였다. 기분이 상해 "돌아가라"는 말을 들어도 불평할 수 없었다. 그러나 지금의 샤를을 상대로 그런 발언을 할 수 있는 귀족은 많지 않았다.

"……왜 아내를 찾는 거지?"

로랑은 잠깐 틈을 둔 뒤에 이유를 물었다. 그가 아내의 몸을 걱정해서 불안함을 느낀 것이라 생각했는지, 샤를이 명랑한 어조로 백작 부인에게 볼일이 있는 이유를 말했다.

"부인은 고명한 치유 마도사라고 들었습니다. 긴히 치료가 필요한 중요 인물이 있어서요. 빠르게 왕도까지 와주셨으면 좋겠습니다."

"……아내의 몸이 선천적으로 약하다는 것을 모르지 않을 거라 생각하네만."

로랑이 표정을 굳히며 물었다.

"물론 알고 있습니다. 하지만 마도선으로 모셔갈 겁니다. 들어보니 몸 상태가 좀 나빠지는 것뿐이지 딱히 죽을 병도 아니라지요? 긴급 상황인 만큼 어느 정도는 감내해 주셨으면 합니다."

샤를이 유들유들한 얼굴로 말했다. 모니카가 안고 있는 선천적 질환에 대한 몰이해는 고사하고 조금의 배려심도 없는 발언이었다.

"……몸이 안 좋을 때는 배가 흔들리는 것조차 버티기 어렵네."

눈살을 찌푸린 로랑이지만 여전히 냉정하게 응수했다.

"지금 몸이 아프다는 겁니까?"

"아니. 하지만 이동 중에 증상이 발병하면 그렇다는 걸세. 상대를 이 저택으로 초대할 수는 없는 건가?"

"그럴 순 없습니다. 요인들은 그 이상으로 약해진 상태입니다. 반드시 부인께서 왕도까지 와주셔야 합니다."

"……평행선이로군."

"아니, 이건 결정사항입니다. 만약 거절한다면……."

강제로 신병을 압류하는 것도 마다하지 않겠다며, 샤를은 신병 인도를 거부하려는 로랑에게 은근한 위협을 가했다.

"……그렇군. 그런 사정이라면 어쩔 수 없지."

로랑이 마지못해 물러섰다.

"홋."

이겼다는 얼굴로 환하게 웃는 샤를. 하지만 애처가로 알려진 로랑이 상황을 너무 담백하게 받아들이고 있었다.

만일 지금 여기에 로랑의 사람됨을 잘 아는 인물이 있었다면 의아함을 느꼈으리라. 본래라면 샤를이 모니카를 왕도로 데려가겠다고 나선 시점에서 "웃기지 말라"라고 하며 격분해야 정상이다.

"다만 유감스럽게도 아내를 보낼 수는 없네."

로랑은 어깨를 으쓱하며 그렇게 말했다.

"거절하시는 겁니까? 이쪽은 다소 난폭한 방법을 써서라도……."

"보내는 걸 떠나서, 아내는 저택을 비웠거든."

"……뭐라고요?"

샤를은 뜻을 이해하지 못하고 고개를 갸웃했다.

"내가 너무 못난 놈이라 아내한테 미움을 사 버렸거든. 오늘 저택을 뛰쳐나가 버렸다네. 딸의 상태를 보러 가겠다는 말을 남기고 말이지."

로랑은 자신의 무력함을 한탄하듯 무거운 한숨을 내쉬었다.

"웃…… 헛소리! 찾아라! 항구 쪽도! 서둘러!"

안 좋은 예감이 든 것인지 샤를이 황급히 부하 기사들에게 저택 수색을 명령했다. 하지만 그 어디에도 모니카의 모습은 보이지 않았다. 샤를의 커다란 노성이 저택에 울려 퍼졌다.

'……엄마를 부탁하마, 세리아.'

그 와중에 로랑은 홀로 현관 밖으로 나가 가르아크 왕국으로 이어진 동쪽 하늘을 올려다보았다.

　　　　　　　◇　◇　◇

　벨트람 왕국의 동부 상공.

　크렐 백작 소유의 마도선 한 척이 비행하고 있었다.

　어지간히 서두르는 것인지 마력 소비가 늘어나는 것도
개의치 않고 정상 운항 속도를 훌쩍 뛰어넘은 속도로 가르
아크 왕국 쪽을 향해 돌진하고 있다.

　선내 귀빈실에서는 모니카 크렐이 침대에 앉아 있었다.
바로 옆에는 저택에서 동행해 온 시중 여성도 있다.

　똑똑, 귀빈실 문을 노크하는 소리가 들렸다.

　"들어오세요."

　"어머님, 저예요."

　모니카의 말에 세리아가 들어왔다.

　뒤에는 아리아의 모습도 있었다.

　"어서 오렴."

　"몸 상태는 괜찮으세요?"

　"그래, 더없이 좋단다."

　모니카는 부드러운 미소를 지으며 답했다.

　"오늘 저녁이면 가르아크 왕국의 아망드에 도착할 수 있
대요."

　세리아 일행이 크레이아에 올 때는 오후에 아망드를 나
가는 바람에 날을 넘겼지만, 돌아올 때는 오전에 크레이아

를 출발한 것이 정답이었다. 이대로 날아간다면 어떻게든 하루 안에 아망드까지 돌아갈 수 있었다.

"그래, 기대되는구나. 그이는 걱정이 많아서 늘 과보호 하느라 줄곧 도시 밖엔 나가본 적이 없었거든."

태어나서 처음으로 도시 밖으로 나가는 것이다.

그 말에 거짓말은 없었다.

"저기, 아버님 일은……."

"괜찮단다."

세리아가 홀로 크레이아에 남은 아버지를 언급하자 모니카가 덧없는 미소를 지으며 고개를 저었다.

"괜찮아."

그리고는 창밖으로 시선을 돌려 스스로에게 타이르듯 반복했다. 어쩌면 남편 로랑을 생각하고 있을지도 모른다.

먼 곳을 바라보는 모니카의 옆얼굴에 한 줄기 빛이 흘렀다. 그것은 눈동자에서 흘러내린 물방울 같아 보이기도 했다.

시간은 거슬러 올라가서.

세리아와 아리아가 루치 일당을 물리치고 저택으로 돌아온 직후의 일이다.

"……세리아. 너희 엄마를 가르아크 왕국성에 데려가 줄 수 있겠니?"

로랑이 돌연 세리아에게 부탁했다.

"……아버님은요?"

"나는 저택에 남을 거다. 일시적으로 도시를 비우는 일은 있더라도 폐하께서 맡아주신 영지와 영민들을 버릴 수는 없지. 게다가 나까지 가르아크 왕국에 따라간다면 필립 국왕 폐하나 크리스티나 님께 도움이 되지 않을 거다."

로랑은 자신이 벨트람 왕국에 남아야 하는 이유를 말했다. 그것은 귀족의 책무다.

"……"

그러니 책무를 내팽개치고 함께 와달라는 말을 세리아는 할 수 없었다. 하지만 그 표정에서는 걱정의 빛이 드리웠다.

"괜찮아. 그런 얼굴 하지 마라, 세리아. 아르보 공작에게 지금의 난 아직 이용 가치가 있어. 오히려 당분간은 이용하지 않을 수가 없을 거다."

그러니 자신이 해를 입을 염려는 없다며 로랑이 차분한 목소리로 말했다.

"다만 엄마는 별개야. 아르보 공작이 언제 어떤 수단으로 손을 뻗으려 할지 모른다. 지금의 나에게 녀석들의 힘을 뒤집을 만한 실권은 없다. 만약 내가 크레이아를 비운 사이에 너희 엄마에게 손을 대기라도 한다면……."

루치 일당이 저택 근처에 잠복해 어떤 행동을 취하려 했다. 그것만 봐도 아르보 공작이 손을 대려 한다는 사실은 명백했다.

상대가 막무가내로 변해가는 이상 이대로 모니카가 크레이아에 남는다면 로랑으로서는 모니카를 지켜낼 수 없다.

"그러니 엄마는 안전한 장소로 대피시키자꾸나. 이동 중에 컨디션이 나빠지지 않기를 바랄 뿐이지만…… 엄마를 잘 부탁하마, 세리아."

모니카를 도시 밖으로 내보내는 것에 불안감이 없는 것은 아니었다. 하지만 이대로 이 저택에 계속 남아 있는 것보다는 나을 것이라고 판단한 로랑은 모니카를 세리아에게 맡겼다.

"……네, 알겠습니다. 아버님."

세리아는 결연한 표정으로 고개를 끄덕였다.

"모니카도. 세리아를 부탁해."

로랑은 이어서 모니카를 보며 말을 건넸다.

"네."

"첫 외출이라 많이 불안하겠지만……."

"괜찮아요. 당신은 늘 과보호라니까."

두 사람은 그런 말을 나누면서도 묵묵히 시선을 교환하듯 서로를 바라보았다.

"……하지만 당신이 지켜주었기 때문이겠죠. 당신이 지켜준 덕분에 병약한 내가 오늘도 평온하게, 행복하게 살 수 있었어. 항상 고마워요. 사랑해."

모니카가 로랑에게 감사를 전했다.

"무슨 일이야, 갑자기?"

"가족을 위해 노력하는 남편을 혼자 남겨두게 된 걸요. 감사와 사랑의 말 한두 마디 정도는 당연히 해야죠. 아니, 오히려 부족할 정도예요."

"다시 반했나?"

"네, 매일요."

모니카는 고개를 끄덕이며 사랑스럽다는 듯 로랑의 뺨으로 손을 뻗었다. 그리고 자신이 먼저 로랑을 껴안았다.

"하하."

로랑은 실로 겸연쩍다는 듯 수줍게 미소 지었다. 그렇게 두 사람은 한동안 서로를 껴안고 있었다.

"그럼 잘 지내요, 여보."

이내 모니카가 남편에게 작별 인사를 건넸다. 이런 세상이다. 그렇지 않아도 로랑은 권력 투쟁의 한복판에 있다. 다음에 언제 만날 수 있을지 더는 알 수 없다. 어쩌면 다시는 못 보게 될지도 모른다. 오히려 불행한 일이 닥칠 수도 있는 것은 병약한 모니카 쪽일 수도 있다.

──아내인데 발목만 잡는 나를 용서해요.

모니카의 표정이 그렇게 말하고 있었지만, 그 말을 직접 입 밖에 내지는 않았다. 로랑이 자신을 그런 식으로 생각하지 않는다는 것을 알고 있었기 때문이다. 로랑이 아무 걱정 없이 귀족의 책무를 다할 수 있도록 아내인 자신이 할 수 있는 일은 안전한 곳으로 도망치는 것뿐이다. 그 사실을 모니카는 알고 있었다. 그렇기에 떠나는 것이다.

"그래, 이번 기회에 바깥세상을 마음껏 즐기고 오면 좋겠군. 잘 다녀와, 모니카."

그리하여 크렐 백작 부부는 작별의 인사를 주고받게 된 것이었다.

그리고 시간은 흘러, 아망드로 향하는 크렐 백작 소유의 마도선내.

"그럼 어머님. 무슨 일이 있으면 바로 불러주세요."

모니카가 쉬고 있는 마도선 귀빈실에서 세리아와 아리아가 퇴실했다.

"……."

선내 통로로 나온 세리아는 어딘가 아련한 표정으로 묵직한 한숨을 내뱉었다. 마치 말로 형용하기 어려운 감정을 토해내듯이……. 마음이 완전히 붕 떠 있는 것은 아니었지만, 무언가를 생각하는, 혹은 고민하고 있는 것은 확실해 보였다.

"……저라도 괜찮다면 얼마든지 이야기를 들어드릴게요. 푸념이든, 고민이든, 뭐든."

아리아가 세리아의 안색을 살피며 상담역을 자청했다.

"어……? 응, 고마워."

문득 정신을 차린 얼굴로 세리아가 감사의 말을 전했다.

"……괴롭진 않아. 아버님을 믿으니까."

그녀가 현재 자신의 심정을 털어놓았다.

"네."

아리아도 그 마음을 순순히 긍정했다.

"그냥……."

"그냥?"

"……응. 이 마음은 푸념이나 고민 같은 그런 쪽은 아니야. 이런 생각을 할 때가 아닐지도 모르지만…… 나도 모르게 부럽다고 생각했어. 아버님과 어머님을 보고."

"멋진 부모님이시니까요. 저도 무심코 동경하게 되더군요."

아리아가 미소를 지으며 동의했다.

"그래, 동경. 동경심이 들었어. 두 사람이 굳이 말하지 않아도 서로 통한다는 게 잘 전해져서, 떨어져 있어도 마음이 통하는 게 느껴져서 이런 게 부부구나 싶었어."

"그렇군요……. 결혼하고 싶은 마음이라도 생기셨나요?"

곧바로 물어보는 아리아.

"……글쎄? 옛날에는 결혼 같은 건 하고 싶지 않다고 생각했었는데……."

세리아는 조금 당황했지만, 결혼을 원한다는 말이 신기할 정도로 편안하게 느껴진 탓인지 반박하거나 부정하지는 않았다.

"……."

오히려 그 말을 듣고 가장 먼저 머릿속에 떠오른 이성 상대가 있었는지, 뒤늦게 수줍은 얼굴로 뺨을 붉혔다.

"……놀랐습니다. 그 모습을 보니 신경 쓰이는 상대가 있는 건가요?"

생각나는 범위에서 세리아가 좋아할 만한 상대를 짐작하지 못했는지 아리아가 크게 놀랐다.

"정말, 이제 그만 놀려."

"어느 쪽이든 맨정신으로 할 수 있는 이야기는 아닌 것 같네요. 다음 기회에 또 천천히 듣도록 하죠."

"아, 맞다. 미안해, 아리아."

세리아는 무언가 떠올린 듯 갑자기 사과의 말을 했다.

"……사과할만한 일은 없었던 것 같은데요?"

"돌아올 때는 천천히 돌아가면서 네 휴가에 어울려주기로 했잖아. 그런데 최단기간으로 아망드로 가게 돼 버려서."

"무슨 말씀을 하시나 했더니 그거였군요. 다음 기회에 해도 상관없어요."

크레이아에 도착한 직후 스치듯이 나눈, 약속이라고도 할 수 없는 대화였다. 하지만 친구가 그 이야기를 기억해 준 것은 기뻤는지 아리아의 입가가 부드럽게 풀어졌다.

"그럼 그 벌충이라고 하긴 좀 그렇지만, 아망드로 돌아가면 오늘 밤은 천천히 대화하지 않을래?"

"네, 꼭 그러죠."

"와아, 약속이야."

이번에야말로 확실하게 약속을 주고받는 세리아와 아리아. 크레이아에서 아망드로 귀환하는 마도선내에서 일어난 일이었다.

　한편 장소는 다시 크렐 백작령. 영도 크레이아.
　레이스는 샤를에게 잠시 거리의 상황을 보고 오겠다고 전한 뒤 렌지와 함께 백작 저택을 떠났다. 그가 거리로 나오자 거리에 잠복해 있던 용병들이 접촉해왔다. 이어서 한 숙소를 방문한 그는 숙소 방 안에 있던 루치를 비롯한 다른 용병들과 합류해 레이스 일행이 크레이아에 도착하기 전에 무슨 일이 일어났는지에 대한 보고를 받았다.
　"그렇군요. 그런 사정이 있었습니까."
　"……죄송합니다, 레이스 님. 완전히 방심하고 있던 제 잘못입니다."
　아리아의 습격을 받고 가장 먼저 기절한 것을 부끄럽게 여긴 것인지 알레인이 레이스에게 사과했다.
　"어쩔 수 없습니다. 확정할 수는 없지만 특징으로 보아 그 실력자는 리제롯테 크레티아의 심복, 아리아 거버네스일 가능성이 높습니다. 설마 세리아 크렐과 동행해서 크레이아까지 와 있을 줄은 몰랐는데, 완전히 예상 밖이었군요."
　실제로 세리아가 혼자 크레이아까지 왔다면 루치 일당

의 암살이 성공했을 가능성은 매우 높았다.

세리아의 근접 전투능력은 마법에 의해 얻어지는 것이었기에 그 마법만 사용하지 못하게 하면 노릴 틈은 있는 것이다. 하지만 있어야 할 세리아의 틈을 아리아라는 강력한 호위가 메워버리고 말았다.

'계속해서 이쪽의 예상을 웃돌고 있군요. 정말이지……. **역시 모든 것을 꿰뚫어 보고 있다고 생각해야 할까요?**'

도대체 누가, 무엇을 꿰뚫어 보고 있단 말인가. 레이스는 보이지 않는 어떤 초자연적인 상대라도 경계하고 있는 듯한 생각을 했다.

"……하지만 저희가 뒤에서 몰래 움직였다는 게 아르보 공작의 귀에도 닿지 않을까요? 그렇게 되면 레이스 님이 불신을 받게 되실지도 모르는데."

알레인이 계획 실패의 악영향에 대해 걱정했다.

"물론 다소 귀찮기야 하겠지만 간과할 수 있는 범위 내입니다. 뭐, 그때 일은 그때 가서 처리하면 됩니다. 마침 잘됐어요."

"뭐가요?"

마침 뭐가 잘됐다는 것인지 이해하지 못한 알레인 일행이 고개를 갸우뚱했다.

"앞으로를 대비해서 쓸 만한 비장의 카드를 회수해 둘 생각입니다. 저는 일단 잠시 예전 거처로 돌아가겠습니다. 그러면 분노가 가라앉을 때까지 아르보 공작과 얼굴을 마주할 일도 없겠죠. 렌지 씨, 그리고 알레인 씨와 루치 씨는 계속해서 저와 동행해주세요."

"당연하지. 나한테 나는 법을 알려주겠다고 했잖아. 더 늦어지면 곤란해."

렌지는 한결같이 자신의 강함만을 추하는 것인지, 어디를 가든 동행하는 것 자체에는 큰 불만이 없는 듯했다.

'만일 모든 상황을 간파당하고 있다면, 알고 있더라도 대처할 수 없을 정도의 전력을 준비할 수밖에 없다. 지금 제 손에 넣기엔 과분하지만, **이걸 기동하는 것도 생각해둘 필요가 있겠군요**.'

레이스라는 남자가 도대체 누구를 적으로 보고 어떤 싸움을 벌이려 하는지, 그 답을 아는 사람은 현재로서는 많지 않았다.

정령환상기

『 제 4 장 』 ❖ 에리카의 궤적

마침 세리아 일행이 가르아크 왕국에 귀환했을 무렵.

리오와 소라는 신성 에리카 민주공화국을 방문하고 있었다.

미하루 일행을 지켜보기 위해 가르아크 왕국성에 남은 아이시아와 개별 행동을 해서, 굳이 전력을 분산시키면서까지 여행을 떠난 목적은 크게 두 가지다.

하나는 신마전쟁 시대의 사건을 살펴보는 것.

미래 예지의 권능을 갖고 있으며 미하루의 전생이기도 한 칠현신 리나는 이 시대에서 무슨 일이 일어날 것을 예지하고 과거의 용왕을 리오로 환생시켰다고 한다. 그러나 실제로 무슨 일이 일어날지는 모른다. 그래서 단서를 얻을 수 있지 않을까 하는 생각에 신마전쟁의 전승이 전해지는 땅을 여행하고자 한 것이다.

그리고 목적 두 번째. 이렇게 신성 에리카 민주공화국 땅을 찾은 것은 그 두 번째 목적을 달성하기 위해서였다.

즉, 리오와의 전쟁에서 초월자의 권능을 해방하고 죽은 용사 에리카의 시신을 남몰래 매장하는 것.

——사람은 너무나도 어리석고 추악한 생물이지. 그러니 난 내가 한 일을 후회하지 않아. 지금도 그런 어리석은 무리들은 없어졌으면 좋겠다고 생각해. 하지만, 개중에는

상냥한 사람도 있어. 어리석을 만큼 상냥한 사람. 분명 당신도 그렇겠죠. 그러니까, 상냥한 당신에게 부탁이 있어요. 굳이 들어줄 필요는 없겠지만.

리오는 죽을 때 에리카가 남긴 유언을 떠올렸다.

——내가 세운 나라의 수도에서 동쪽으로 50킬로미터 정도일까. 변두리에 마을이 있어. 최악인 인간들이 사는, 최악의 마을. 그 깊은 산 속, 옆에는 폭포가 있고, 그의 무덤……. 가능하면, 거기에 나도…….”

솔직히 설명은 충분하지 않았지만, 아무래도 죽은 약혼자 옆에 묻어 달라는 것이 에리카의 바람인 듯했다.

가르아크 왕국에 전쟁을 일으키며 상당한 민폐를 끼친 인물이다. 굳이 그 소원을 들어줄 의무는 없다.

하지만 그럼에도 리오는 그녀의 소원을 들어주고자 했다. 그것은 리오라는 인물이 단순히 호인이기 때문일까. 혹은 과거 그녀와 똑같이 복수에 몸을 맡겼던 사람으로서, 세상을 미워할 정도의 복수심에 몸을 던진 에리카에게 동정심을 품었기 때문인지도 모른다.

‘여기가 수도인가.’

이유야 어쨌든 리오는 신성 에리카 민주공화국의 수도에 도착했다.

이름은 에리카부르크라고 한다.

‘여기서 동쪽으로 50킬로미터 정도인가? 이대로 가도 되지만…….’

정령술로 비상하던 리오는 상공에서 수도를 내려다보았다. 에리카라는 지도자를 잃은 이 나라가 어떻게 됐는지 좀 신경이 쓰였던 모양이다.

"이왕 왔으니까 잠깐 도시 상황을 보고 갈까, 소라?"

리오가 그렇게 제안했다.

"네!"

물론 소라가 거절할 이유는 전혀 없었다. 리오는 수도의 모습을 잠시 살펴보기 위해 지상으로 내려갔다.

나라의 현주소와 장래를 대강 가늠해보고 싶다면 그 나라의 윗선을 살펴보는 것이 가장 빠르다. 그래서 리오와 소라는 정령술로 투명화 결계를 펼쳐 신성 에리카 민주공화국의 최고 의사결정기관인 의회의 모습을 들여다보기로 했다.

의사당에 들어가니 마침 의회가 열리고 있는 중이었는데…… 결론부터 말하자면 신성 에리카 민주공화국의 앞날에는 먹구름이 잔뜩 끼어 있었다.

"다음은 가르아크 왕국에서 항의 서신이 온 건에 대해서입니다. 포로 반환을 대가로 배상금 지급을 요구해 온 것에 대해 어떻게 대응할 것인지 오늘이야말로 결론을 내죠."

나라의 재상이라는 지위를 가진 안드레이라는 남자가

사회 진행을 맡고 있었다. 리오보다는 나이가 많았지만, 아직 젊은 청년인데도 그 표정에서 짙은 고생의 흔적이 배어 있음을 엿볼 수 있었다.

"대응할 수 있을 리가……."

"없으니 어쩔 수 없지 않나."

"그럼 포로는 어떻게 할 거지? 버릴 건가?"

"그렇게 말한 적은 없어. 대화를 통해 어떻게든 반환받을 수 있도록 교섭을……."

"하, 협상할 재료는 있나?"

"그건, 금전이 무리라면 대체할 다른 식량 같은 거라도……."

"식량?! 내년 이후 식량이 확보되어 있지도 않은데 다른 나라에 식량을 바치겠다고?! 농담도 정도껏 해! 난 반대야!"

돈 대신 식량을 내놓는 것에 과민 반응을 보이는 사람이 나타났다.

본래 신성 에리카 민주공화국의 농업과 토지 개발은 흙의 신장을 가진 에리카에게 맞춰 사업을 할 예정이었다. 그 에리카가 사라져 버렸으니 예정이 무너지는 것은 정해진 수순이었다.

"……애초에 왜 우린 그 멀리 있는 가르아크 왕국에 전쟁을 건 거지?"

"나쁜 왕후 귀족을 타도하자는 우리의 대의를 위해……."

"그렇다고 굳이 다른 나라에까지 싸움을 걸 필요가 있

었어?"

"……."

초월자가 된 에리카는 리오와 마찬가지로 잊히고 말았다. 그로 인해 가르아크 왕국을 침략한 결의 과정과 열량마저 기억에서 빠져버린 것인지 원점 부분으로 돌아가자 다들 입을 다물고 말았다.

"여러분의 의견은 잘 알겠습니다. 하지만 이제 결론을 내려야 하지 않겠습니까? 포로가 된 우리 동포를 구할 것인가, 버릴 것인가."

안드레이가 논의의 키를 돌렸다.

"……결론을 내리려고 노력 중이잖아."

의원들은 고개를 숙이며 안드레이에게서 시선을 돌렸다.

"하지만 계속 같은 이야기가 반복되고 있습니다. 토론에 열의는 담겨 있지만 정작 포로를 버릴 것인지 버리지 않을 것인지에 대한 얘기가 나오면 다들 뒷걸음질치고 있죠. 그렇게밖에 보이지 않습니다."

결론을 내림으로써 생기는 책임을 지고 싶지 않기 때문일 것이다. 결론 도출의 전제가 될 만한 발언은 했지만 결론 자체는 입에 담지 않는다. 의회에 있는 자들은 이미 그런 궤변에 능숙해져 버렸다. 이래서야 건설적인 논의가 가능할 리 없다.

"당연하잖아! 우리의 판단으로 포로들의 취급이 결정된다고! 너도 책임을 지게 될 거고!"

"맞습니다. 그러니 도망치지 않고 제대로 결론을 내리고 싶습니다. 가르아크 왕국의 사자도 언제까지 기다려 줄지……."

"……그렇다면 차라리 가르아크 왕국의 사자를 포로로 잡아서 그걸로 인질 교환을 하는 건 어때?"

누군가 그런 말을 하자, 곧바로 노성이 난무하기 시작하다.

"바, 바보 같은 소리 하지 마! 그러다가 가르아크 왕국이 진짜로 분노하면 어쩔 건데?!"

"겁쟁이 같은 놈!"

뭐라고 할까, 구차했다. 예전에는 에리카라는 지도자가 있었기 때문에 의회가 단단하게 통솔되고 있었지만, 지금은 뿔뿔이 흩어진 개인들의 집합에 지나지 않았다. 건국 때 주를 이뤘던 귀족은 처형되거나 추방되어 정치에 관여한 경력을 가진 사람이 의회에 없다는 것도 치명적이었다.

솔직히 보는 것도 듣는 것도 힘겨웠기에 리오는 몇 분 안 돼 퇴실을 결정했다.

「갈까, 소라.」

리오가 소라의 어깨에 톡, 손을 얹고는 염화로 말을 걸었다. 그리고 그대로 수도 밖까지 나가 다시 정령술로 하늘로 날아올랐다. 그리하여 리오는 예전에 에리카가 살았던 마을로 향하게 되었다.

◇　◇　◇

수도 에리카부르크를 나와 수십 분.

마침 동쪽으로 50킬로미터 정도 이동한 곳에서 리오는 그럴싸한 마을을 발견했다. 비행을 정지하고 일대 지형을 확인했다.

'산이 있고 폭포가 보여. 산기슭에는 마을이 있다.'

에리카가 말한 정보가 단편적이어서 아직 확정이라고 할 수는 없지만 수도와의 거리를 봤을 땐 가능성이 높았다.

"저기일지도 몰라. 폭포 근처로 잠깐 내려가 보자."

리오는 소라를 데리고 폭포 바로 옆으로 내려갔다.

"용왕님, 저기……."

"응, 뭐가 있네."

무덤으로 보이는 인공물을 발견하고 둘이서 바로 그 앞에 내려섰다. 소재는 거석. 판자 모양으로 가공된 네모난 석조는 단출한 모양새를 띠고 있었다.

'묘석…… 이 틀림없는 것 같네, 이건…….'

아마도 손으로 조각한 것일까? 돌에는 글자가 새겨져 있었다.

"……뭐라고 쓰여 있는 걸까요?"

소라가 뚫어지게 문자를 응시했다.

"테시가하라 아키라, 인가."

리오가 돌에 새겨진 이름을 읽었다.

"읽으실 수 있군요! 역시 용왕님이십니다!"

"우연히 아는 문자였을 뿐이야."

이름은 로마자로 새겨져 있었다.

그 외의 다른 것이 기록되어 있진 않다.

그래서 어떤 한자인지까지는 알 수 없었다.

리오는 땅에 손을 대고 마력을 흘려보냈다. 촉진을 하듯 땅에 묻혀 있는 물체의 형상을 확인하려는 것이었다.

'……뼈가 묻혀 있다. 파헤쳐진 흔적도 없어. 에리카 씨의 약혼자였던 사람 것이 확실하다고 봐도 되겠지.'

그렇게 짐작한 리오가 땅에서 손을 놓고 일어섰다. 이대로 에리카를 매장해도 되겠지만, 조금 신경이 쓰여서 알아보고 싶은 것이 있었다.

"잠깐 산기슭 마을에 가볼까?"

리오는 잠시 에리카가 약혼자와 살고 있었을 마을로 향해보기로 했다.

◇　◇　◇

산기슭의 마을은 무척 고요했다.

리오와 소라가 안으로 들어가자 마을 사람들의 시선이 느껴졌다.

초월자가 되면서 타인의 기억에 남기 어려워지고 타인의 의식에 머무는 것조차 어려워진 리오였지만, 아무래도 경계를 받는 듯했다. 외지인과는 최대한 엮이고 싶지 않은지 폐쇄적인 분위기가 전해졌다.

리오는 그럼에도 경계하는 마을 사람들에게 말을 걸어 촌장의 저택으로 발걸음을 옮겼다. 나무 현관을 두드리자 잠시 후 천천히 문이 열렸다.

장년의 남성이었다.

"……누구시오?"

남성은 리오의 옷차림을 위에서부터 아래까지 값을 매기듯 바라보더니 방문의 목적을 확인했다.

"여행자입니다. 마을에 대해 촌장님께 좀 여쭤보고 싶은 것이 있는데, 괜찮으시다면 이야기를 들려주시겠습니까? 궁금한 정보를 얻을 수 있다면 그에 상응하는 사례도 하겠습니다."

리오는 그렇게 말하며 동화나 은화가 든 작은 꾸러미를 보여주었다. 사례 이야기가 효과적이었는지 남성의 눈빛이 변한 것이 느껴졌다.

"……귀족 나리, 십니까?"

고급스러운 장비로 몸을 감싼 리오의 모습을 보고 그렇게 판단한 것 같았다.

"뭐, 예전에는요. 하지만 신분에 대해서는 신경 쓰지 마세요."

명예기사였던 것은 사실이다. 거짓말은 하지 않는 편이 상대방의 경계를 풀기에 더 낫다고 생각한 것인지 리오는 촌장의 질문에 솔직하게 대답했다.

"……들어오세요."

남자는 리오와 소라를 집 안으로 초대했다.

"실례지만, 당신이 촌장님이십니까?"

"네, 맞습니다. 자, 앉으시지요."

"감사합니다."

촌장의 권유에 리오와 소라가 식탁에 앉았다.

"그래서, 어떤 이야기를 듣고 싶으십니까?"

잡담을 할 생각은 없는지 촌장이 단도직입적으로 물었다.

"최근 1년 정도 사이에 외부에서 마을에 정착한 남자는 없었나요? 이름은 테시가하라 아키라."

리오도 돌리지 않고 질문했다.

"……."

곧바로 질문에 대답하지 않는 촌장.

그 눈동자에 가장 먼저 깃든 것은 강한 충격이었다.

그리고 이어진 것은 불편함과 꺼림칙함.

"있었군요?"

리오는 촌장의 반응을 보고 그렇게 짐작했다.

"……네, 뭐."

촌장은 한참을 갈등하는가 싶더니 마지못해 힘겹게 대답했다.

"그 남자를 둘러싸고 뭔가 특이한 일이 일어나지 않았나요? 예를 들어 사람이 죽은 일이라든가."

"저, 저기, 당신은 그 남자와 어떤 관계였습니까?"

어지간한 일이라도 있었는지 촌장이 크게 혼란스러운

기색으로 리오와 에리카의 약혼자였던 인물과의 관계를
추궁했다.

"직접적인 면식은 없습니다. 생판 남이라고 하면 남이라
고 할 수도 있죠. 다만 그 인물의 전 약혼자였던 여성에 대
해서는 조금 알고 있습니다. 뭐, 그 여자는 이미 죽었지만
그녀에 대해 조금 알아보고 있어서요. 그녀의 약혼자였던
남자에 대해서도 알고 싶습니다."

리오는 솔직하게 남자를 알아보려는 이유를 전했다.

"그렇습니까……."

직접적인 관계자가 아니라면 원망받을 일도 없을 거라
생각한 것일까. 리오의 말을 듣고 조금 안도했는지 촌장이
침착함을 되찾았다.

"이 마을에서 무슨 일이 있었는지 말씀해주시겠어요?
저는 사실을 알고 싶을 뿐이지 안다고 해서 뭔가를 할 생
각은 없습니다. 숨김없이 알려주신다면 사례비로 이건 그
냥 드리겠습니다."

리오는 사례로 준비해 둔 동화와 은화가 든 작은 꾸러미를
코트에서 꺼내 테이블 위에 올려놓고 촌장에게 내밀었다.

"……!"

심하게 갈등하는 촌장이었지만, 이윽고 주머니를 움켜
쥐었다. 그리고 각오를 다진 얼굴로 과거의 일을 꺼내기
시작했다.

◇ ◇ ◇

어느 날 좋은 옷을 입은 검은 머리의 남자가 **혼자** 마을로 옮겨와 살았다. 남자는 마을 사람들의 신용을 얻기 위해 사람들이 하기 싫어하는 궂은일을 적극적으로 도맡았다. 남자는 영리해서 곧 마을 사람들이 할 수 없는 일도 하게 되었다.

그러면서 남자는 조금씩 마을에 익숙해지기 시작했다.

하지만 마을 사람들이 모르는 지식을 과시하거나 마을 생활이 어려운 가운데 귀중한 물건을 과시하기도 해서 못마땅하게 여기는 사람도 있었다고 했다.

그러던 어느 날 남자는 교역을 위해 도시를 방문할 멤버로 선정되었다. 그리고 온 마을을 뒤흔드는 큰 사건이 일어났다.

남자가 도시에서 귀중품을 과시하는 바람에 귀족들의 눈에 들고 만 것이다. 그래서 귀족들이 마을까지 몰려드는 사태로 발전했다.

그리고…….

그 남성의 소지품이 무려 장물이었다는 사실이 밝혀졌다. 귀족들은 장물을 수거하기 위해 마을에 왔다고 했다.

마을 사람들은 화를 내며 남성을 비난했다. 귀족은 조용히 일을 마무리하려고 했지만 남성에게선 반성의 기미가 없었고 장물 반환도 거부했다고 한다.

제4장 에리카의 궤적 165

남자가 특히 집착했던 것은 비싸 보이는 보석이 들어간 반지였다. 약혼반지라는 거짓말을 하며 마을 사람들의 설득에도 응하지 않고 귀족의 반환 요구를 단호히 거부했다고 한다. 하지만 이윽고 반지를 빼앗기자…….

　남자는 터무니없는 괴력을 쓰며 격렬하게 날뛰기 시작했다. 그래서 조용하게 넘어가려던 귀족들도 어쩔 수 없이 데려온 기사들에게 명하여 남성을 죽였다.

　귀족들은 협조를 아끼지 않았던 마을 사람들을 탓하지 않고 협조한 보답으로 마을세를 면제해 주기로 약속했다. 이후 도난 사건은 깨끗이 해결되었다.

　해결되어야 했다. 그런데…….

　곧바로 새로운 큰 문제가 생겼다.

　마을을 찾은 귀족 일행이 귀로에 오르고자 마을을 나선 직후, 한 명도 남김없이 참살당하고 만 것이다. 이 밖에도 젊은 부부와 아기 세 식구가 참살당했다.

　도대체 누가 귀족 일행과 마을 가족을 참살했는가?

　마을은 완전히 공황에 빠졌다.

　당연했다. 체류 중이 아니더라도 마을 바로 지척에서 귀족이 참살됐으니 가장 먼저 의심을 받는 것은 마을 사람들이었다. 자칫했다간 마을 사람 전원이 처형당할 수도 있는 사태였다. 실제로 국가로부터 마을을 향해 온갖 혐의를 받았다.

　다만 다행히 참살 현장에 귀족들이 마법을 사용한 흔적

이 있고 또 신체 능력을 강화할 수 있는 기사들도 여럿 있었던 것으로 보아 고작 마을 사람들에게 죽임을 당할 리 없다는 결론에 이른 듯했다. 덕분에 마을 사람들의 혐의는 풀렸다.

그러나 누가 귀족이나 마을의 가족들을 참살했는가 하는 의문이 수수께끼로 남았다. 그 수수께끼는 지금도 자세히 밝혀지지 않았다. 강한 마물이나 짐승에게 습격당한 것이 아닐까 하는 가능성도 나왔지만, 마을 주변에서 그런 존재를 목격했다는 정보는 이후에도 없었다.

그래서 그런 것일까. 마을 사람들은 이렇게 생각하게 되었다고 한다.

——혹시 살해당한 남성이 원한을 품고 귀족들과 마을 사람들을 저주해 죽인 것은 아닐까.

참살당한 사람들이 모두 남자에게 큰 원한을 살 만한 짓을 벌였기 때문이었다. 남성 살해를 명령한 귀족은 물론이고 참살된 일가는 자녀 출산으로 남성에게 은혜를 입었음에도 남성에게 불리한 증언을 했다.

저주받을 이유는 충분했다.

그렇게 되자 이런 공포심이 마을에 만연하게 되었다.

——남자가 마을 사람들도 저주하는 것이 아닐까.

남자가 죽은 이후부터 마을 안에서 불길한 괴기현상이 일어났기 때문이었다.

슈트랄 지방에서는 거의 일어날 일이 없는 지진이 일어

나거나, 밭이 심하게 황폐해지거나, 가축의 사체가 발견되거나…… 마을 사람들은 그것들 모두 살해당한 남성의 저주가 아닐까 하며 두려워하게 되었다. 개중에는 마을의 누군가의 소행이 아닐까 의심하는 사람도 있었다.

요즘은 그 괴기현상도 일어나지 않게 되었지만, 언제 또 이상한 일이 생길까 봐 마을 사람들은 노심초사하고 있다.

그리고 마을 안에서는 외지인에 대한 불신이 싹트게 됐고, 최근에는 마을 사람들 간의 관계도 어색해졌다고 한다.

여기까지가 대략적으로 촌장이 말한 내용이었다.

죽기 직전 에리카가 초월자가 되면서 신의 규칙이 발동되었고, 그녀를 아는 자들 사이에 기억의 보완이 발생했기 때문인지 약혼자인 남성과 에리카 사이에서 주체가 바뀐 것처럼 느껴지는 사건이 몇 가지 있었다.

게다가 촌장이 어디까지 사실과 비슷한 내용을 말했는지 리오는 알 수 없었다. 화자의 주관이 섞인 표현도 많았기 때문에 자신에게 유리하도록 과거의 일을 각색했을 가능성이 컸기 때문이었다.

촌장의 말에 따르면 에리카의 약혼자였던 남자는 모난 성격을 가진 악인처럼 회자되고 있지만, 그 부분도 의심스러웠다.

하지만 그럼에도…… 촌장의 말에서 엿본 사실도 있다.

'……남성이 의심받은 귀중품 도난은 틀림없이 누명이었을 거야. 일본에서 전이되어 이 마을에 살면서 귀족의 물건을 훔쳤을 리가 없어.'

아마 일본에서 전이되어 왔을 때 소지하고 있던 물건일 것이다. 리오는 에리카의 약혼자가 억울한 누명으로 살해당했다는 사실을 정확하게 간파했다.

마을 사람들은 귀족을 두려워한 것인지, 아니면 사전에 면세 얘기를 엿듣고 욕심에 눈이 멀었는지 아무도 에리카의 약혼자를 도우려 하지 않았다. 그 결과 에리카의 약혼자는 무고한 죄를 뒤집어쓰고, 마을 사람들에게도 거짓말쟁이 취급을 받으며 귀족들에게 죽임을 당한 셈이다.

'귀족들이 살해당한 건 돌아가기 위해 마을을 나섰을 때 벌어진 일. 그렇다면 그녀는 약혼자가 살해당했을 때 현장에 있지 않았던 건가?'

그런 사실관계에 관한 의문도 생겼다.

약혼자가 눈앞에서 살해당하려 했다면 그저 가만히 죽어가는 것을 간과하지 않았을 것이다. 그러니 에리카는 약혼자가 살해당한 현장에는 있지 않았을지도 모른다.

'아니, 촌장은 남자가 터무니없는 괴력으로 날뛰어서 죽었다고 했어. 그렇다면 난동을 부린 건 여자 쪽 아닐까? 그래서 한 번 살해당한 건가?'

리오는 다시 추측했다.

당시의 에리카가 리오와 대치했을 때만큼 강하지 않았다고 해도, 마법으로 신체 능력을 강화한 수준의 기사들을 상대로 쉽게 뒤처졌을 거라 생각되진 않았다.

하지만 본래 에리카는 일본에서 태어나 자란 일반 여성이었다. 누군가를 죽인 경험이 있었다고는 생각되지 않는다. 그런 인간이 용사의 힘을 얻었다고 해서 갑자기 사람을 죽이기는 어렵다.

어쩔 수 없이 투쟁에 휘말린다 해도 거리낌과 두려움이 생기는 것은 당연하다. 귀족들이 데려온 호위기사들은 여럿 있었고, 쪽수로 우세하니 기세가 등등했겠지. 그래서 대응이 늦어져 죽임을 당했을 가능성도 충분히 있었다. 에리카가 치명상을 입어도 부활할 수 있다는 것은 리오도 몸소 겪어 알고 있다.

'약혼자인 남자가 살해당한 뒤 기사들과 마을 가족들을 죽인 것은 틀림없이 그녀.'

분명 에리카가 귀족들과 마을의 가족들에게 복수를 했을 것이라고 리오는 판단했다. 다른 마을 사람들에게 손을 대지 않은 것은 관여의 정도가 적었기 때문인지, 죽이지 않고 고통받기를 원했기 때문인지는 모르겠지만…….

'그녀는 소생이 정해진 것임을 알고 자포자기식의 싸움을 하고 있었다. 용사가 쉽게 죽지 않는다는 것을 깨달은 것도 이때였을지도 몰라.'

용사의 힘의 비결은 봉인된 고위 정령과의 **동화**에 있었다. 정령영약이라 불리는 특수한 계약을 맺어 계약자와 정령이 말 그대로 일체화하는 것이 바로 동화다.

용사는 고위 정령과 동화됨으로써 인간이 아닌 존재에 가까워지고 인간을 초월한 힘을 다룰 수 있게 된다. 신장을 구상화할 수도 있게 된다.

다만 용사는 봉인된 고위정령과 완전히 동화될 수는 없다. 아무런 제한 없이 완전히 동화되어 버리면 봉인된 고위정령이 전면에 나서서 육체의 주도권을 빼앗아갈 위험이 있기 때문이었다. 그래서 동화의 정도를 제한하는 세이프티 같은 마술이 신장, 아니 용사라는 시스템에 들어가 있다.

하지만 에리카는 확실히 그 세이프티를 벗어나 용사의 힘을 끌어내고 있었다. 로다니아에서 싸운 렌지도 상당한 힘을 끌어냈지만 에리카 수준에는 아직 미치지 못했다. 에리카가 어떻게 세이프티를 느슨히 할 수 있었는지에 대해서는 아직까지도 불분명한 상태였다.

'용사가 힘을 끌어낼 수 있게 되는 조건은 혹시……'

죽는 건가?

리오는 등골이 오싹해짐을 느끼며 생각했다.

실제로 반 소생이나 다름없었던 에리카의 회복 능력은 동화의 결과일 것이다. 그렇다면 한 번 혹은 여러 번, 인간이라면 즉사할 정도의 치명상을 계속 입게 되면 동화의 세이프티가 해제될 가능성은 있다.

이 마을에서 일어난 일과 에리카의 자포자기식 전투 스

타일을 돌이켜보면 실로 납득이 가는 해석이다.

'하지만…….'

검증하려고 해도 검증할 방법이 없다. 검증을 하려면 용사가 자살하거나 용사를 죽이는 공격을 가해야 했다. 만약 이를 검증하려는 사람이 있다면 완전히 상식의 궤도를 벗어난 사람일 것이다.

그야말로 에리카처럼 복수의 화신이라도 되지 않는 이상 할 수 없는 짓이었다. 에리카 본인 역시 그 비밀을 알고 자포자기식의 싸움을 하고 있었던 건지, 혹은 모르고 힘을 폭주시킨 것인지는 알 수 없다.

"……."

하지만 어느 쪽이라고 해도…… 실로 잔혹한 이야기였다.

'그녀가 세상을 미워한 이유를 계속 이해할 수 없었는데…….'

에리카의 과거와 처지를 이해한 지금, 리오는 비로소 에리카라는 인물의 심정을 이해할 수 있었다.

평소의 리오라면 무작정 남의 사정에 개입하는 짓은 하지 않는다. 의식적으로 타인과 일정한 거리를 두고 있었다. 하지만 이렇게 마을을 방문해 과거의 일들을 탐색하려 했던 시점에서 리오는 복수에 물든 에리카에게 어느 정도 감정이입을 한 상태였다.

필요한 퍼즐 조각이 맞춰지면서 이입의 정도도 단숨에 치솟았다. 불쾌한 마음이 치밀었는지 리오는 참지 못하고 얼굴을 찌푸리고 말았다.

그리고 그러는 동안 도중부터는 남성의 인격을 깎아내리는 욕설만 하던 촌장의 이야기도 끝이 났다.

"감사합니다. 저도 많이 지쳐 있었는데, 누군가에게 이야기를 털어놓으니 조금 가슴이 후련해지는 것 같군요."

촌장이 죄책감을 토해내듯 깊게 숨을 몰아쉬었다. 참회를 마치고 용서받기라도 한 듯 개운한 얼굴을 하고 있다.

"……."

리오는 씁쓸한 표정을 지었다.

촌장은 왜 그런 표정을 지었을까. 죽은 에리카의 전 약혼자에 대해 무언가 양심에 찔리는 구석이 있어서 그런 것일지도 모른다. 그러니 죄를 털어놓고 편안함을 느끼는 것이다.

하지만 그것은…….

그것은…….

용서받을 수 있는 일일까?

"뭔가, 마을 사람들이 그 사람에게 못 할 짓이라도 했나요?"

리오는 물어볼까 말까 망설이는 표정을 내비치더니 이내 촌장에게 물었다.

"음……? ……왜 그걸?"

촌장은 크게 당황하는 기색이었다. 뒤늦게 그 표정에 죄책감의 빛이 돌아오기 시작하고, 리오에게 왜 그런 것을 묻는지 되묻는다.

"돌아가신 남자에게 뭔가 좋지 못한 일을 했고, 그게 가벼워져서 가슴이 후련해지신 건가 싶어서요."

리오는 촌장의 마음의 변화를 짐작해 보았다.

"아니, 아니요. 그, 그런 짓은 하지 않았습니다. 저는⋯⋯."

촌장은 상당히 당황하며 부인하고는 부자연스럽게 리오에게서 시선을 돌렸다. 그것은 대놓고 그런 일이 있었다고 말하는 것이나 다름없었다. 하지만 리오는 그것으로 이야기를 오래 끌 생각은 없었다.

"⋯⋯그렇군요. 그렇다면 다행이네요."

그대로 말을 끊고 몸을 일으키려고 했다.

"뭐, 뭐가⋯⋯."

"네?"

"뭐가, 다행이라는 겁니까?"

촌장은 일어서는 리오를 불러 세우고 물음을 던졌다.

"⋯⋯이미 죽어서 다시는 사과할 수 없는 누군가가 있다면, 그 마음을 계속 품고 사는 건 괴롭잖아요? 평생 후회를 안고 살게 될 테니까요."

리오는 조금 고민하다가 신중하게 촌장의 의문에 답했다.

"⋯⋯."

촌장은 크게 충격이라도 먹은 것인지 눈을 깜박이며 멍한 표정을 짓고 있었다. 리오는 그런 그에게 마지막으로 한마디를 보냈다.

"하지만 상대방이 사과를 원한다면 몰라도, 사과한다고

마음이 편해지는 건 자신뿐인 경우도 많죠. 만약 사과해도 용서받을 수 없을 정도의 잘못을 저질렀다면 평생 사과하지 않고 미움받은 채 후회해야 할지도 모릅니다."

"……."

역시 입을 다물고 있는 촌장이지만, 그 안색은 상당히 희게 질려 있었다.

"……그래서입니다. 그래서 죽은 사람에게 당신이 아무 잘못도 저지르지 않아서 '다행'이라고 생각했어요. 쓸데없는 소릴 해버렸군요. 그럼 저는 이만. 얘기해 주셔서 감사합니다."

리오는 마지막으로 그렇게 말하고 이번에야말로 몸을 일으켰다. 그리고 소라에게 눈짓을 하고 그대로 현관으로 걸음을 옮기기 시작했다.

"아!"

촌장은 아직 무어라 더 말하고 싶은 듯 리오의 등을 향해 손을 뻗었다. 하지만 리오는 눈치채지 못한 것인지 못 챈 척한 것인지 멈추지 않고 현관을 나섰다.

"……."

그 후로도 촌장은 벌레라도 씹은 것 같은 얼굴로 테이블 위에 놓인 돈주머니를 한참이나 바라보고 있었다.

촌장의 집을 나선 이후.

리오는 빠르게 마을을 떠나 에리카의 약혼자가 잠든 무덤 앞으로 돌아갔다. 촌장의 이야기를 듣고 무엇을 느낀 것인지 소라도 리오도 아무 말이 없었다.

"……."

리오는 묘석을 내려다본 채 한동안 그곳에 가만히 서 있었다.

'약혼자를 살해당한 것에서 기인한 강한 분노. 그것이 그녀를 성녀 에리카로 바꿔버렸다. 이런 세계에 발을 들이지 않았다면 약혼자를 잃는 일 따위 없었겠지. 그런 생각에 이 세계와 이곳에 사는 사람들을 원망했다. 그래서 세상 자체를 불행하게 만들고자 했다.'

그 복수심은 명백하게 어긋나 있고 불합리하다. 게다가 에리카가 분노를 쏟아부으려 했던 세계에는 리오와 친분이 있는 자들도 살고 있었다. 그러니 리오가 에리카와 싸우는 것 외에 다른 선택지는 없었고 죽이는 것 외에 다른 방법도 없었다.

하지만 리오는 에리카의 분노를 공감하지 못하는 것은 아니었다. 리오 또한 복수심으로 몸을 불태우며 살아온 인간이다. 에리카의 분노가 틀렸다고 완전히 부인할 수만은 없었다.

그래서 그런 식으로, 서로 죽이는 것 외에는 다른 선택지가 없었다는 사실이 더욱 안타깝게 느껴졌을지도 모른다. 에리카의 과거의 일 같은 건 애써 외면하고 모른 척했다면 더 편했을 텐데…….

하지만 에리카의 과거를 알았기에, 리오는 더 예우를 갖춰 그녀를 애도하고자 했다.

"……《디스차지》."

시공의 장에서 조각칼을 꺼내 약혼자의 이름이 새겨진 묘석에 에리카의 이름을 새기기 시작했다.

'사쿠라바, 에리카.'

에리카의 이름은 리오도 들어 기억하고 있었지만 한자까지는 모른다. 약혼자의 이름이 로마자로 새겨져 있어 다행이었다. 어쩌면 한자를 몰라도 죽은 자신의 이름도 함께 새겨질 수 있도록 일부러 로마자로 약혼자의 이름을 새긴 것일까.

'아니, 그건…… 너무 과한 생각인 건가…….'

그런 생각을 해봤자 약혼자의 이름을 로마자로 새긴 에리카는 이미 죽었다. 리오는 에리카의 풀네임을 떠올리며 정성스럽게 이름을 새겨 나갔다.

"《디스차지》."

그렇게 이름을 다 새겼을 때, 리오는 무덤 밑의 흙을 파내어 얼려두었던 에리카의 시체를 시공의 장에서 꺼냈다. 그리고 파낸 흙 속에 에리카의 시체를 조심스레 집어넣은 뒤, 파냈던 흙을 다시 메워 토장을 끝내려고 했다. 다만 시체를 완전히 묻기 전, 마지막으로 엿본 그녀의 온화한 표정이 유난히 눈에 박혔다.

"……."

리오는 순간 작업을 중단하고 숨진 에리카의 얼굴을 바라보았다. 하지만 죽은 에리카가 무언가를 말할 리가 없었다. 리오는 고개를 젓고 이번에야말로 매장을 끝냈다. 그리고 에리카가 약혼자와 함께 잠든 묘석을 그 후에도 한참 동안 가만히 내려다보았다.

"용왕님……."

소라가 바로 옆에서 걱정스러운 얼굴로 리오의 옆모습을 들여다보았다. 어른과 아이 정도의 신장 차이가 있었기에 올려다보는 형태가 되긴 했지만…….

"미안해. 생각을 좀 하느라."

리오가 다정하게 입매를 누그러뜨리며 소라의 머리를 부드럽게 쓰다듬었다. 그러자 소라는 간지러운 것인지 수줍은 것인지 모를 미소를 짓는다. 하지만 그럴 때가 아니라고 생각했는지, 아니면 리오를 향해 뭔가 말해야 한다고 생각했는지 소리가 다시 입을 열었다.

"저, 저기 용왕님!"

"왜?"

리오는 고개를 기울이며 부드러운 목소리로 다음 말을 기다렸다.

"……리나가 말했어요. 육현신은 인류의 어리석음과 추악함에 질렸다고. 그 녀석들은 정말 싫지만, 소라는 조금

그 이유를 알 것도 같아요…….”

소라가 생각한 것을 그대로 전했다. 마을에서 있었던 이
야기를 들으며 실제로 느낀 점을 말하고 있는 것이다.

“……그렇지.”

리오도 과거 사람들의 여러 불쾌한 부분들을 피부로 느
껴왔다. 그래서 소라의 말에도 공감할 수 있었기에, 한층
더 복잡한 표정으로 고개를 끄덕였다. 하지만 소라는 그런
리오의 표정을 보고 싶었던 것은 아니었다.

“아, 아니에요! 소라가 말하고 싶은 건 그런 게 아니라……
소라는 용왕님이 기운을 내셨으면 좋겠어요. 못된 녀석들은
신경 쓰지 말고…….”

좀 더 능숙하게, 설득력 있는 말로 기운을 북돋아주고
싶었는지 소라가 답답하다는 얼굴로 생각을 말로 표현하
려 애쓰고 있었다.

“……고마워, 소라. 알고 있어. 인간의 일면만을 보고 인
간이라는 생물 전체에 절망하는 건 잘못된 거지. 나쁜 면
만이 인간의 전부는 아니라고 생각해. 그러니까…….”

리오는 거기까지 말하고 작게 숨을 내쉬더니 힘 있는 어
조로 앞으로의 일을 이야기했다.

“그러니까 마음을 다잡고 여행을 계속하자.”

“……네!”

소라도 씩씩하게 고개를 끄덕였다.

‘또 언젠가 올게요.’

세상의 모든 이가 에리카의 존재를 잊어버린 지금, 그녀를 애도할 수 있는 사람은 극히 일부의 한정된 사람뿐이다. 리오는 묘석을 한 번 더 둘러보며 가볍게 인사하고 나서 등을 돌리고 출발하려 했다. 하지만 정령술로 날아오르기 직전.

　"고마워요."

　"……?!"

　에리카의 목소리가 들린 것 같은 느낌에 리오가 화들짝 놀라 뒤를 돌아보았다. 하지만 그곳에는 아무것도 없었다.

　"왜 그러세요, 용왕님?"

　"……아니, 아무것도 아니야. 가자, **신마전쟁이 시작됐다고 알려진 땅으로.**"

　이 여행의 진짜 목적을 이루기 위해 리오와 소라는 슈트랄 지방 서쪽으로 이어지는 하늘로 날아올랐다.

【제 5 장】 ❈ 추억 속 타카히사

센도 타카히사에겐 처음 만난 그 순간부터 쭉 좋아하던 사람이 있었다. 아야세 미하루라는 이름의 여자아이로, 태어나서 처음으로 첫눈에 반한 상대다.

타카히사가 미하루와 처음 만난 것은 그의 아버지가 재혼을 한 지 얼마 되지 않은 날의 일이었다. 아버지의 재혼에 의해 탄생한 의붓동생 아키가 미하루를 타카히사에게 소개해 준 것이다.

재혼 초기 아키는 낯가림도 있었지만 머지않아 타카히사나 마사토에게 마음을 열어주었다. 당시 아키는 과거 어머니의 이혼으로 아버지와 오빠를 잃은 것이 트라우마로 남아 마음에 구멍이 나 있었는데 타카히사나 마사토가 자신들도 모르는 새에 그 구멍을 메우는 존재가 되어주었던 것이다.

그래서 아키는 자신이 친언니처럼 따르는 미하루를 타카히사와 마사토에게 소개해 주기로 결심했다.

처음 미하루와 만났을 때 타카히사는 중학교 입학을 앞둔 시기였다. 그때의 충격을 타카히사는 성장한 지금도 생생히 기억했다.

"……."

미하루가 너무 예뻐서 타카히사는 할말을 잃었다.

"미하루 언니, 전에도 말했었지. 나 형제가 생겼어! 타카히사 오빠랑 동생인 마사토야!"

당시 아키는 무척 기쁜 얼굴로 자랑스럽게 두 사람을 소개했다.

"……그렇구나. 아야세 미하루입니다. 처음 뵙겠습니다."

미하루는 긴장했는지 어색한 미소를 지으며 두 사람에게 인사를 건넸다.

"……."

"……오빠?"

타카히사가 계속 굳어 있자 아키가 슬며시 눈치를 봤다. 그제서야 타카히사가 헉, 하고 정신을 차렸다.

"어? 아, 응……. 저기, 타카히사입니다. 센도 타카히사. 아키의 오빠가 됐습니다. 잘 부탁합니다."

긴장한 나머지 타카히사의 목소리는 뒤집히고 말았다.

"미하루 누나, 엄청 예쁘다. 나 이렇게 예쁜 사람은 처음 봐."

한편 마사토는 솔직하게 마음을 표현하고 있었다.

"어, 어어? 고, 고마워. 그런 말은 처음 들어봐."

미하루는 눈을 깜박이더니 조금 수줍은 미소를 지으며 인사했다.

"마사토……."

타카히사는 부러운 듯이, 그러면서도 나무라듯 마사토의 이름을 입에 올렸다. 무엇이든 솔직하게 자신의 생각을 말하는 마사토를 질투한 것일지도 모른다. 나도 솔직하게 마음을 표현하고 싶은데.

"잠깐, 마사토. 넌 미하루 언니랑 안 어울리니까 안 돼."

아키가 그렇게 말하며 미하루의 팔을 껴안았다.

"알고 있어, 하여간."

마사토가 볼을 긁적였다.

"오빠라면 어울릴지도?"

아키가 미하루의 팔을 껴안은 채 의문형으로 그런 말을 한다. 타카히사와 미하루의 얼굴을 번갈아 보고 있었기에 어느 쪽을 향한 발언인지는 알 수 없었다.

"뭐? 아, 아니, 아키……!"

타카히사는 심장이 요동친 것인지 크게 몸을 떨었다. 적당한 대답이 곧바로 떠오르지 않아 횡설수설하던 것도 잠시, 미하루가 먼저 아키를 나무랐다.

"아하하. 아키, 갑자기 그런 말을 하면 타카히사 군도 곤란하잖아."

그런 말을 하는 미하루 본인도 난처한지 쓴웃음을 짓고 있었는데, 그 모습이 타카히사의 뇌리에 강하게 박혔다.

"어때, 오빠?"

"어? 아니…… 난감하네."

아키에게 그런 물음을 들어도 타카히사는 크게 싫지 않다는 얼굴로 수줍은 미소를 짓는 것이 고작이었다.

──아니, 난 딱히 곤란하지 않아.

그런 말을 차마 입에 담을 수가 없었다.

그것이 타카히사와 미하루의 첫 만남이었다. 미하루가 기억할지 어떨지는 모르겠지만, 타카히사는 지금도 기억하고 있다.

그리고 며칠 후…….

"……저기 아키. 미하루, 좋아하는 사람이 있어?"

타카히사는 용기 내어 아키에게 질문했다.

"어? 미하루 언니한테……?"

처음에 아키는 화색하며 되물었다.

하지만 그 질문으로 예전의 오빠였던 아마카와 하루토를 떠올렸는지 아주 잠깐 표정이 굳어진 것처럼 보이기도 했다.

"……아키?"

타카히사가 아키의 얼굴을 바라보았다.

"아, 아니, 없어. **미하루 언니한테 좋아하는 사람 같은 건 없어.**"

아키는 조금 힘이 들어간 목소리로 말하며 강하게 고개를 저었다.

"그, 그래? 그렇구나…….."

타카히사는 휴 하고 가슴을 쓸어내리고는 기쁨에 찬 미소를 지었다. 만약 미하루에게 좋아하는 사람이 있다면 어쩌나, 보이지도 않는 라이벌을 질투하느라 제정신이 아니었던 것이다. 이때의 타카히사는 당연히 아키의 미세한 심경의 차이를 읽어내지 못했다. 그래서 그 희소식을 순순히 기뻐했다.

"오빠, 혹시…… 그런 거야?"

아키의 표정에서는 어느새 그늘이 사라져 있었다. 기대가 담긴 얼굴로 싱글벙글 웃으며 타카히사를 바라보고 있다.

"어, 아니, 저기……."

타카히사는 확실한 긍정은 하지 않았지만 부정도 하지 않았다. 다만 얼굴을 붉히고 수줍게 뺨을 긁었다. 그 행동은 긍정하는 것과 다름없었다.

"후후~."

미하루를 향한 타카히사의 마음은 이렇게나 쉽게 아키에게 간파당하고 말았다.

다만.

그 후 중학교 3년 동안…….

타카히사와 미하루의 관계가 진전되는 일은 없었다. 타카히사가 중학교 3년 동안 미하루에게 적극적으로 다가가지 않았기 때문이었다.

애초에 미하루의 마음은 타카히사를 향해 있지 않았다. 타카히사 쪽에서 먼저 접근하지 않는 이상 진전의 여지는 없다.

뭐, 설령 타카히사가 접근을 했더라도 당시 미하루의 마음속에는 아직도 아마카와 하루토가 존재하고 있었다. 타카히사가 적극적으로 행동한다 한들 미하루를 돌아보게 만들기는 어려웠을지도 모른다. 하지만 그럼에도 타카히사가 아무것도 하지 않은 것은 사실이다. 시도라도 했다면 가능성은 완전한 제로는 아니었을 것이다.

하지만 타카히사는 가능성을 제로로 유지하고 있었다. 그보다는 마음속으로 딱히 어필을 하지 않더라도 가능성이 있지 않을까 하는 기대를 품고 있었을지도 모른다.

아키가 있어 준 덕분에 타카히사는 늘 미하루의 곁에 있을 수 있었으니까. 미하루는 아키에게 친언니와 같은 존재였고, 미하루도 아키를 친동생처럼 귀여워했다. 즉 미하루와 아키는 불가분의 관계인 것이다.

그러니 타카히사가 아키의 좋은 오빠로 남아 있는 한 필연적으로 미하루와 이야기를 나눌 구실은 생긴다. 실제로 학교에서나 학교 밖에서나 미하루와 가장 가까운 남학생은 타카히사였다. 미하루가 이성에 익숙하지 않아서이기도 했지만, 미하루 주변에 타카히사 이외의 이성의 모습은 없었다.

그래서 타카히사는 안심하고 말았다. 그리고 두려움을 느끼고 말았다. 괜한 짓을 해서 자신과 미하루의 관계가 바뀔지도 모른다는 것에……. 미하루를 너무나도 좋아해서, 사랑하는 마음이 너무나도 강해서 고백했다가 차이는 것이 너무나 무서웠다.

게다가 즐기는 마음도 있었다.

미하루는 학교의 남학생들이 주목할 정도로 예뻤다. 그런 미하루 옆에 있는 것은 언제나 자신. 그것만으로 특별함을 맛볼 수 있었다. 학교 학생들 사이에서 그 둘이 사귀고 있는 것이 아닌가 하는 소문이 들려오는 것이 참을 수 없이 기뻤다.

조급해할 필요 없다. 미하루와 가장 가까운 이성은 자신이다. 머지않아 미하루도 자신을 의식해 줄 것이다. 이 관계성을 유지해 나가면 언젠가 자연스럽게 미하루와 사귈수 있다.

스스로에게 그렇게 타이르며……

타카히사의 중학교 3년은 끝을 맞이했다.

그리고.

중학교 졸업식이 끝나고.

고등학교 입학식을 앞둔 어느 날……

타카히사는 불안함을 느꼈다. 미하루와 같은 고등학교에 들어가긴 했지만 고등학교에 들어가면 인간관계가 완전히 달라진다. 그러면 새롭게 미하루를 좋아하게 되는 남학생이 나타나 미하루에게 고백할지도 모른다.

게다가 만약 미하루가 누군가를 좋아하게 된다면?

타카히사는 초조해지기 시작했다. 봄방학 동안 고민하고 고민하고 또 고민했다. 미하루한테 고백하는 게 낫지 않을까.

그리고 타카히사는 결심했다. 고백…… 까지는 아니더라도 고등학교에서는 더욱 적극적으로 행동하자고.

그렇게 입학식 날을 맞이했다.

통학 중은 물론 학교에 도착한 뒤에도.

"와, 저 애 엄청 귀엽지 않아?"

"옆에 쟤는 남자친구인가?"

"잘생겼네."

그런 식으로 주위 학생들의 이야기가 종종 들려와서 약간의 우월감을 느꼈다.

그래, 자신감을 갖자. 그리고 더 적극적으로 가는 거야. 이 학교 안에서 자신이 가장 미하루와 가까운 존재라는 것에는 아직 변함이 없다.

그렇게 타카히사는 남몰래 자만했다.

미하루의 마음속에는 소꿉친구인 아마카와 하루토가 있고, 그 아마카와 하루토도 같은 고등학교에 입학했다는 사실을 이때는 알지 못했다.

뭐, 알고 있었다고 해서 무언가 바뀌지는 않았을 것이다. 바로 그 입학식이 끝나고 돌아오는 길, 타카히사는 다른 세계로 소환되어 버렸기 때문이었다. 타카히사가 미하루와 고등학교 생활을 보내는 미래는 존재하지 않았다.

분명 소환되기 직전까지 타카히사는 미하루, 아키, 사츠키, 마사토 네 사람과 함께 있었다.

그런데 정신을 차리고 보니 경치가 일변했다.

"어……?"

아까까지 일본의 주택가를 걷고 있었는데, 타카히사는 낯선 장소에 홀로 서 있었다.

넓고 아름다운 공간이었다. 고대 그리스식이라고 해야 하나, 서양식 신전이라고 해야 하나. 타카히사는 그 제단 위에서 한동안 멍하니 선 채 전방의 광경을 응시했다.

한편, 실내에는 타카히사 이외의 사람들도 있었다. 그 모든 이들이 어쨌든 지구의 현대인들이라면 입지 않을 것 같은 호화로운 옷을 입고 있었다. 판타지 영화에나 등장할 것 같은 차림이었다.

"오, 오오……."

그런 그들이 타카히사를 멍하니 바라보며 탄성을 내뱉었다. 실내에 있는 누구도 이 상황을 이해하지 못해 잠시 정적이 이어졌다.

"뭐, 뭐야, 이거? 다들 괜찮…… 은."

타카히사가 정신을 차리고 뒤를 돌아보았다. 당연히 그곳에 있어야 할 자들에게 말을 걸기 위함이었지만, 마치 신기루라도 된 듯이…….

타카히사 주변에는 아무도 없었다.

"미, 미하루? 다, 다들 어딨어?!"

타카히사가 다급히 소리쳤다. 제단 밑에 옹기종기 모여 타카히사를 올려다보고 있는 자들 중에 아는 얼굴이 없는지 찾아보았지만, 그 누구도 일본인으로는 보이지 않았다.

"거짓말, 이지……."

타카히사는 넋이 나간 채 그 자리에 무릎을 꿇었다.

그러자 제단 밑으로 몰려드는 인파 속에서 유달리 화려한 옷을 차려입은 두 사람이 나왔다. 호위하는 기사들도 곧 뒤따라왔는데, 두 사람은 부모 자식이 아닐까 싶을 정도로 나이 차이가 나 보였다. 누가 봐도 일본인은 아니다.

한 사람은 왕처럼 보였고 다른 한 사람은 공주처럼 보였다. 곧 밝혀지겠지만 이 두 사람이 센트스텔라 국왕과 그 딸이자 제1 왕녀인 리리아나였다.

"……."

제단 위에서 멍하니 무릎을 꿇는 타카히사에게 국왕이 물었다.

"그대는…… 아니, 귀공은 용사 공인가?"

"……어?"

타카히사의 시선이 국왕과 리리아나에게 향했다. 다만 이때는 국왕이 무슨 말을 했는지 제대로 알아듣지 못했다.

"귀공은 전설의 용사 공인가? 그렇게 물었다."

국왕이 재차 물음을 던졌다. 이번에야말로 타카히사는 질문의 내용을 확실히 알아들었다.

"······뭐?"

그가 눈을 휘둥그레 떴다.

"······."

국왕은 말없이 타카히사라는 인물을 탐색하듯 시선을 움직였다.

"······요, 용사? 무슨 소리예요?"

타카히사가 가까스로 말문을 열었다. 느닷없이 용사냐는 질문을 받아봤자 당황스러운 것은 당연했다.

"어? 나 용사야? 혹시 다른 세계로 소환당한 거야?"

가령 이런 식으로 순순히 상황을 받아들일 수 있는 사람이 있다면, 그 사람이 상식의 궤도를 벗어난 것이다.

"지금, 귀공이 서 있는 그 제단······."

국왕이 조용히 손을 들어 제단을 가리켰다.

"제, 단······."

타카히사의 시선이 발밑으로 향했다.

"그곳에는 우리나라 국보, 성석인 보옥이 모셔져 있었다. 그 성석이 조금 전 갑자기 거대한 빛의 기둥을 만들어냈지. 그리고 빛이 사라졌을 때 받들고 있던 받침대째로 성석이 사라지고 대신 귀공이 그곳에 서 있었다."

국왕은 타카히사가 오기 전의 사실을 알기 쉽게 설명해 주었다.

"······그렇군요."

하지만 그렇다고 해서 타카히사에게 용사라는 자각이

생겼을 리가 만무하다.

그래서 뭐?

라는 얘기가 될 뿐이다.

"……과거 육현신이 남겼을 것이라 여겨지는 성전이 있다. 거기에 기록된 용사에 얽힌 예언과 귀공의 등장 방식이 일치한다."

국왕은 그런 서두를 던지고는 육현신이 남겼다고 여겨지는 성전의 한 구절, 용사의 예언에 얽힌 구절을 읊었다.

막강한 신장을 안고 인류를 수호하는 용사들.

신마가 싸우는 천 년 뒤의 미래.

육색의 성석이 빛나며 빛의 기둥이 하늘 높이 날아오르는 때.

슈트랄 땅에 내려앉아.

지혜로운 육주의 신들을 대신하여 세상을 인도하리라.

"그렇, 군요……."

예언의 한 구절을 듣고도 감이 오지 않는지 타카히사는 반응을 하지 못했다. 그보다는 미하루와 다른 아이들이 어디 있는지가 가장 궁금한 것 같았다.

"저, 저 말고 다른 사람은 안 왔나요? 미하루라는 애가 같이 있었어요!"

타카히사는 혼이 나간 것 같은 얼굴로 미하루 일행의 거처를 물었다.

"……유감스럽게도 용사 공 이외에는 아무도 나타나지

않았다."

"……그럴 수가……."

여기가 어딘지, 용사란 무엇인지, 어째서 자신은 이런 곳에 있는 것인지, 궁금한 것은 달리 많을 텐데…….

이상 사태가 너무 지나쳐서 머리가 미처 따라잡지 못한 것일까. 아니면 미하루가 이 자리에 없다는 것이 너무나도 충격적이어서 그런 것을 신경 쓸 겨를이 없던 것일까…… 타카히사는 완전히 어찌할 바를 모른 채로 얼어붙었다.

"짐은 센트스텔라 국왕, 조반나 센트스텔라라고 한다. 용사 공의 이름을 알려줄 수 있겠나?"

국왕은 자신의 이름을 밝히고 타카히사의 이름을 물었다.

"……타카히사입니다. 센도 타카히사……."

타카히사는 아직 상황을 이해하지 못해 넋이 나간 것인지, 멍한 표정으로 자신의 이름을 입에 담았다.

그 후 왕국은 타카히사를 용사로 맞이해 국빈 대접을 해 주었고, 시중 역할로 제1 왕녀인 리리아나까지 붙여서 정중하게 상황 설명을 해 나갔다.

그래서 타카히사는 자신에게 무슨 일이 일어나고 있는지 이해했다. 여기가 지구가 아닌 다른 세계라는 것. 센트스텔라 왕국의 의사와는 무관하게 용사로 소환되었다는 것. 소환되었을 때 함께 있었던 미하루는 역시 어디에도 없었고, 자신만이 유일하게 다른 세계에 있다는 것……

성내나 왕도를 아무리 찾아도 미하루 일행의 모습은 찾아볼 수 없었다고 한다. 게다가 타카히사는 묘한 꿈을 통해 용사의 증거라고 알려진 신장을 다루는 법을 일방적으로 배웠다. 그래서 정말 신장을 구현시킬 수도 있었다. 타카히사가 전설의 용사라는 사실을 전승과 상황이 여실히 알려주고 있었다. 하지만 타카히사 본인은 조금도 바라던 일이 아니었다.

'……용사가 되다니, 되고 싶었던 적도 없는데.'

꿈이라면 깨어나길 바랐다. 하지만 몇 번을 깨어나도 지구로 돌아가는 일은 없었다. 이는 꿈이 아니라 현실이기 때문이었다. 타카히사에겐 악몽이라고밖에 할 수 없는 상황이었지만 현실이라는 것을 인정할 수밖에 없었다.

다만 그 현실을 타카히사의 마음이 견딜 수 있을지 없을지는 별개의 문제였다. 이제 지구로 돌아갈 수 없는 걸까? 미하루랑 다른 애들과는 두 번 다시 못 만나는 걸까?

"어쩌지, 어쩌지……."

타카히사는 단념하지 못한 채 연일 우울함 속에 갇혀 있었다.

'이제부터, 이제부터였는데……. 고등학교에 들어가면 미하루한테…….'

홀로 다른 세계에 흘러들어와 버렸기 때문일까. 고등학

교에 들어가면 미하루에게 어떻게 접근할지 고민하던 스스로가 왠지 모르게 한심하게 느껴졌다.

이제 평생 지구로 돌아갈 수 없을지도 모르는 것이다.

이세계로 오면서 미하루와의 관계는 물리적으로 끊어졌다. 다시는 마음을 전할 수도 없게 돼 버렸다.

'이렇게, 이럴 줄 알았으면 더 빨리 용기를 내보는 건데…….'

미하루에게 제대로 마음을 전했어야 했다, 자신은 겁쟁이에 한심한 놈이다. 그런 식으로 타카히사는 극심한 후회를 반복했다.

몇 번이고, 몇 번이고 같은 생각을 하고 같은 감정을 품었다.

"아아, 정말……."

타카히사는 초조함에 언성을 높였다.

하지만 아무리 화를 낸다고 해서 부정적인 감정을 토해낼 수 있는 것은 아니었다. 갈 곳 없는 초조함이나 불안은 그렇게 축적되어 갔고…….

"아아, 정말, 아아, 정말, 정말이지!"

타카히사가 이세계로 소환된 지 며칠 동안은 이런 상태였다.

"좋은 아침입니다, 타카히사 님."

그리고 매일 아침이 되면 정해진 시각에 리리아나가 타카히사의 방을 찾았다. 바로 옆에는 리리아나의 시녀인 프릴도 있다.

"……아아, 응."

타카히사의 시선이 리리아나가 서 있는 문을 향했다.

다만 두 사람의 존재를 알아차렸음에도 의식을 돌리지는 않았다. 나타난 두 사람에게 제대로 대꾸할 만한 정신적 여유가 없었기 때문이었다.

잔인하게 말하면 이 시점의 타카히사에게 있어 리리아나는 있든 없든 변하지 않는 존재였다. 타카히사가 리리아나와 친해지기까진 며칠의 시간이 더 걸렸다.

그리고 며칠 뒤.

타카히사가 이 세계에 온 지 벌써 열흘은 지났을까.

그러던 어느 날의 일이었다.

"좋은 아침입니다, 타카히사 님."

아침이 되어 오늘도 리리아나가 식사를 준비해 타카히사의 방을 찾았다. 언제나처럼 프릴이 배식대를 밀고 둘이 함께 들어왔다.

"……안녕. 오늘도 왔네."

이날의 타카히사는 전날까지와는 조금 달랐다. 우울함으로 인해 풀이 죽은 모습은 여느 때와 같았지만, 계속 우울한 채로 있는 것도 지친 것일까.

두 사람에게 의식을 돌리고는 대화가 이어질 만한 말을 건넸다. 자신들에게 조금이라도 흥미를 느꼈다는 것을 리리아나도 깨달은 것일까.

"네, 불편하지 않으시면 오늘은 아침을 함께해도 될까요?"

그녀가 타카히사에게 청했다. 리리아나는 타카히사의 시중을 맡게 되었지만, 타카히사 쪽에서 먼저 말을 걸어오지 않는 한 나서서 말을 걸려고 하지 않았다. 마음을 닫은 타카히사와 무리하게 관계를 구축하려 하면 역효과가 날 것이 뻔하다는 것을 알고 있기 때문이었다. 그래서 아침 식사를 준비해준 뒤엔 곧바로 돌아가는 것이 어제까지의 루틴이었다. 하지만 오늘은 달랐다.

"어……? 아아, 응, 딱히 상관없는데……."

타카히사는 조금 의외라는 듯이 눈을 깜박였지만 순순히 승낙했다.

"감사합니다. 그럼 프릴." "네."

리리아나의 명령에 따라 프릴이 배식대에서 2인분의 식사를 꺼냈다. 그리고 실내 테이블에 접시를 늘어놓기 시작했다. 타카히사와 리리아나는 착석한 채 배식을 기다렸다.

'……처음부터 2인분을 준비해뒀구나.'

배식을 위해 척척 움직이는 프릴의 모습을 멍하니 바라보던 타카히사는 '무슨 할 이야기라도 있나?'라고 생각했다. 사실 매일 타카히사와 식사를 할 수 있도록 늘 2인분의 식사를 준비해뒀던 것이지만, 그 가능성까지는 미처 생각하지 못했다.

"타카히사 님. 어제까지의 식사 중에 뭔가 입맛에 맞지 않는 요리가 있으셨나요?"

마주 앉는 리리아나가 타카히사에게 물었다.

"아, 아니…… 없었…… 던 것 같아."

힘겹게 조금씩 말을 이어가는 타카히사. 그도 그럴 것이 어제까지의 타카히사는 전혀 음식을 먹지 않았다. 물론 아무것도 먹지 않은 것은 아니었지만, 나온 식사는 거의 다 남긴 것이다.

마음이 꽉 막힌 탓에 맛 같은 것도 거의 느끼지 못했고, 무엇을 먹었는지도 기억이 잘 나지 않는 듯했다.

"안 맞는 음식이 있다면 주저하지 말고 말씀해 주세요."

타카히사가 식사를 계속 남겼다는 것을 리리아나는 당연히 알고 있었다. 다만 그 원인이 마음의 문제인지, 호불호의 문제인지, 아니면 둘 다인지 가늠하기 어려웠기 때문에 은연중에 확인해 본 것이다.

"아, 응. 괜찮을, 거야……. 고마워."

타카히사는 복잡한 얼굴로 감사를 하고는 이이서 사과의 말과 함께 고개를 숙였다.

"……그리고 미안해. 성에 살고 있는데, 아무것도 하지 않고 며칠이나 신세를 지고, 계속 틀어박혀만 있어서……."

너무 우울해진 탓에 반대로 냉정해져서 최근의 자신을 객관적으로 돌아보기라도 한 것일까.

확실히 현대 일본인인 타카히사의 감각을 전제로 비유하자면 현재 그는 초호화 호텔 펜트하우스 플로어에서 의식주 딸린 삶을 무제한으로, 아무 요금도 내지 않고 받고 있는 셈이었다. 우울함에 젖어 있었다고는 해도 열흘이나 그렇게 살다 보니 역시 부담스러운 마음이 올라오는 것도 무리는 아니었다.

"아뇨, 타카히사 님이 처하신 상황을 생각하면 어쩔 수 없는 일이라고 생각합니다. 너무 신경 쓰지 마세요."

리리아나는 상냥한 미소를 지으며 타카히사를 향해 고개를 저었다.

"……정말로, 미안해."

자신의 마음에 공감하는 듯한 말을 흔쾌히 던져 주었기 때문일까, 타카히사가 진심으로 미안하다는 얼굴로 고개를 숙였다.

"저야말로 죄송합니다. 예기치 못했다고는 해도 저희가 보관하고 있던 성석에 의해 타카히사 님을 이 세계로 초대하는 결과가 되고 말았습니다."

"아니, 뭐…… 너……가 아니라 왕녀님이 보관하지 않았어도 결과는 변하지 않았을 거잖아. 그렇다면 왕녀님이 사과할 일이 아냐, 예요. 오히려 소환된 장소가 성이라서 다행이었을 정도니까."

꽤나 무리를 한 것인지 타카히사가 감정을 억누르듯 고개를 숙였다. 리리아나는 그런 타카히사를 물끄러미 바라보더니 말문을 열었다.

"······너그러운 말씀에 진심으로 감사드립니다. 타카히사 님이 소환된 이후 저희도 여러 조사를 진행 중입니다. 유감스럽게도 타카히사 님이 안고 계신 문제를 직접 해결할 방법은 짐작조차 할 수 없었습니다. 하지만 타카히사 님과 함께 계셨다는 다른 분들이 이 세상에 있을 가능성이 전혀 없는 것은 아닐지도 몰라요."

"······어?"

"희망이 될지 어떨진 모릅니다. 확정된 정보가 아니니 또 다른 절망을 타카히사 님께 안겨드리게 될지도 모르죠. 그래서 전해드려야 하나 고민했지만, 이렇게 얘기를 해보니 지금 전해드리는 것이 나을 것 같습니다."

"······무슨 뜻이야?! 미하루가 이 세상에 있다는 말이야?"

타카히사가 크게 흥분하여 의자에서 일어났다.

"가능성이 제로는 아니다, 라는 이야기입니다. 이쪽 세계에 있을 수도 있고 없을 수도 있습니다. 바로 찾아서 만나는 것도 어려울 겁니다. 그래도 상관없다, 라고 한다면 바로 설명드리겠습니다."

"으, 응. 들려줘!"

타카히사는 생각할 필요도 없다는 듯이 즉답했다.

"알겠습니다. 하지만 한 가지 조건이 있습니다."

"······조건?"

도대체 어떤 조건을 제시할까? 물끄러미 바라봐오는 리

리아나의 시선에 타카히사가 긴장한 듯 어색하게 고개를 기울였다.

"따뜻할 때 아침을 드시지 않겠어요?"

"어……?"

리리아나가 제시한 조건은 놀라울 정도로 맥이 빠지는 것이었다.

"이 세계에 오신 후 전혀 음식을 드시지 못한 것으로 알고 있습니다. 그러다가 타카히사 님이 쓰러지시면 정보를 안다 한들 무슨 소용이 있겠어요. 부디, 간청하건데…… 제대로 영양을 섭취해 주세요."

리리아나가 무척이나 간절한 눈빛으로 타카히사의 몸을 걱정했다.

"……."

타카히사는 눈을 깜빡이며 리리아나를 바라보았다.

'……아, 얘는 날 걱정해 주는 거구나.'

정면으로 응시하니 그런 감정이 더욱 잘 전해졌다.

그리고 동시에 이런 생각도 들었다.

'이 아이, 이렇게 생겼네…….'

리리아나는 매우 귀여운 소녀였다. 타카히사는 처음으로 리리아나를 한 명의 사람으로 인식했다. 자신의 일에만 매몰되어 주위에 있는 사람들이 어떤 감정을 자신에게 향하고 있는지 따위는 보려고도 하지 않았던 것이다.

그 사실을 이제서야 깨닫고 말았다.

'……아아, 최악이네, 나.'

타카히사는 스스로가 너무나도 한심해서 참을 수 없는 기분에 머리를 싸매고 말았다. 그런 타카히사의 모습을 본 리리아나가 화들짝 놀랐다.

"저, 저기, 타카히사 님? 저희 나라의 음식이 그렇게나 입맛에 맞지 않으시나요? 그렇다면 무리하게 드실 필요는 없습니다만……."

리리아나가 황급히 일어나더니 허둥지둥 타카히사에게 다가갔다.

"아, 아니, 아니야. 그런 게 아니라…… 뭐랄까, 정말…… 미안했어."

타카히사는 깊은 한숨을 내쉬며 리리아나에게 사과했다.

"타카히사 님께 사과받을 일 같은 건 없습니다만……."

어쩌면 리리아나가 타카히사라는 인물에게 인간미를 느끼고, 타카히사의 사람됨을 알게 된 것도 이 순간이 처음이었을지 모른다. 고개를 떨구고 반성하는 타카히사를 보며 리리아나는 따뜻한 미소를 지어 보였다.

확실히 말할 수 있는 것은 이세계에 흘러들어와 우울해하는 타카히사에게 먼저 다가와 손을 내밀어 부드럽게 일으켜준 것은 다른 누구도 아닌 리리아나였다는 것이다. 그 일에 어느 정도의 무게가 있을지 아는 사람은 손을 뻗은 타카히사뿐이겠지만…….

"……아침 잘 먹을게. 얘기를 듣는 건 그 뒤라도 괜찮아."

어쨌든 타카히사는 이야기를 듣는 것보다 아침 식사하는 것을 우선시했다.

"네. 그럼 앉으세요."

이미 음식 배식은 완료되었다.

그리고 두 사람은 함께 식사를 하기 시작했다.

첫 번째 음식을 입에 넣는 순간.

"……요리가, 이렇게 따뜻했구나."

타카히사가 놀란 얼굴로 불쑥 중얼거렸다.

이 세계에 오게 된 후, 타카히사는 나온 요리에 곧바로 손을 대지 않고 늘 식었을 때 약간의 양만 입에 넣었었다.

그래서 오랜만에 갓 만든 음식을 먹은 셈이다. 오랜만에 음식의 맛을 느꼈다. 이렇게 누군가와 함께 식사를 하는 것도, 오랜만인 것 같다는 생각이 들었다.

'……아아, 나는, 나는…….'

타카히사는 식기를 움직이는 손을 멈추지 않았다. 생각했던 것 이상으로 자신의 몸이 배고픔을 느끼고 있다는 것을 알아차린 것이다.

정신을 차리고 보니 눈동자에서 눈물이 뚝뚝 흘러내렸다.

"어, 이상하네……."

타카히사가 눈물을 닦았다.

"타카히사 님……."

"눈에 먼지가 들어간 것 같아요."

"……네."

리리아나는 아무 지적도 하지 않고 조용히 고개를 끄덕였다.

"저기…… 그러니까, 왕녀님은……."

눈물을 닦아낸 타카히사가 리리아나의 얼굴을 보고 뭔가 말을 걸려고 했다. 하지만 도중에 말을 멈추고 어색함을 내비치며 눈을 굴리기 시작했다.

'……큰일났다. 왕녀님 이름이 뭐였지?'

그 이유는, 지금 이렇게 눈앞에 앉아 함께 아침을 먹고 있는 여자아이의 이름을 몰랐다는 사실을 새삼 깨달았기 때문이다.

아니, 정확히는 몰랐던 것이 아니다. 리리아나가 타카히사의 시중을 들기로 결정되었을 때 자기소개는 이미 끝난 상태였다. 하지만 그때의 타카히사는 이름을 외울 생각이 없었다. 마음에 여유가 없어서 뇌가 아무래도 좋은 정보라고 생각해 버린 것이다.

하지만 지금은 별개다. 눈앞에 있는 소녀를 제대로 보고 있었고, 어떤 인물인지 더 알고 싶다는 생각이 들었다. 타카히사가 어떻게 이름을 다시 물어봐야 하나 고민하고 있을 때였다.

"타카히사 님. 저는 리리아나라고 합니다. 편하게 이름으로 불러주세요."

"어?! 아…… 응."

타카히사는 화들짝 놀라더니 고개를 끄덕였다.

'……아아, 얼굴에 전부 다 드러났나?'

실수했다는 사실에 속으로 부끄러워하는 타카히사. 하지만 직접 말해줘서 다행이었다. 잘못한 것은 자신이었기에 타카히사는 정직하게 사과했다.

"미안해. 이미 리리아나 왕녀의 이름을 들었을 텐데 잊고 있었어."

"그러, 셨나요? 신경 쓰지 마세요. 타카히사 님이 처하신 상황을 생각하면 당연한 일일 테니까요."

잊고 있었다는 말은 굳이 하지 않는 이상 적당히 넘어갈 수 있는 일이었다. 그런데 굳이 언급하며 사과까지 하는 타카히사의 말에 놀란 듯 눈을 크게 뜨는 리리아나. 그의 성실함에 호감을 느낀 것일까. 사랑스러운 미소를 지으며 고개를 저었다. 이름을 기억하지 못한 것 따위는 조금도 신경 쓰는 기색이 아니었다.

"아니, 제대로 자기소개를 해준 상대 여자의 이름을 잊다니, 사람으로서도 남자로서도 최악이잖아."

"정말 신경 쓰지 않으니 너무 자책하시지 마세요."

깊이 반성하는 타카히사에게 리리아나는 부드럽게 강조했다.

"……정했어. 나, 앞으로는 여자아이의 이름은 잊지 않을 거야, 절대로."

타카히사가 매우 진지한 표정으로, 결연하게 그런 말을 했다. 실로 엉뚱하기 그지없는 대답이었지만, 타카히사 나름대로 반성한 후 내린 결단이었다.

"후, 후후."

그 말에 리리아나가 결국 참지 못하고 웃음을 터뜨렸다.

"뭐야, 왜 웃어?"

"타카히사 님이 재밌는 말씀을 하시니까요. 가여우니 전하의 성함도 기억해 주세요."

"아, 아니, 여자를 울리는 남자는 최악이라고, 아빠가 그랬거든."

타카히사가 민망한 듯이 머리를 긁적였다.

구체적으로 무엇이 계기였는지는 모르겠지만, 두 사람의 대화는 거기서부터 단번에 시작되었다. 타카히사 본인은 몰랐을지 모르지만, 지구에서 살 때처럼 웃는 일도 있었다.

그 후, 어쩌면 미하루 일행도 용사로서 이 세계에 소환되었을 가능성이 있다는 것을 식후에 듣게 되었다.

희망이 불씨가 켜졌기 때문일까, 이날을 기점으로 타카히사는 긍정적으로 변했다. 여러모로 애써주는 리리아나에게는 특히 마음을 열고 좋은 관계를 맺게 되었다. 그래서 이윽고 사츠키가 가르아크 왕국으로 소환되었다는 사실도 전해 듣게 되면서 희망은 기대로 바뀌었다.

어쩌면 미하루와도 만날 수 있지 않을까? 만약 다음에 만난다면 미하루에게 마음을 전하자…….

그렇게 결심하고 타카히사는 가르아크 왕국성 연회에

참석했다.

◇ ◇ ◇

그런데…….

어쩌다 이렇게 되었을까?

정말로, 왜, 어쩌다…….

어쩌다 이렇게 된 거지?

연회에 참석한 타카히사는 모든 것을 잃었다.

미하루에게 마음을 전해도 받아들여지지 않자 강제로 미하루를 센트스텔라 왕국으로 데려가려 했다.

미하루와 맺어질 가능성은 제로는커녕 마이너스가 됐다. 사츠키도 마사토도 그로 인해 실망했다.

결국 타카히사는 강제귀국당했고 센트스텔라 왕국성으로 돌아간 뒤로는 계속 방에 틀어박혀 지냈다. 껄끄러운 나머지 리리아나와도 이야기하는 것을 피하게 되었다. 얼굴을 보고 대화할 수 있는 것은 같은 아픔을 공유하는 아키 정도였다.

그러던 어느 날의 일이다.

그것은 리오가 초월자가 된 날이었다. 계기가 무엇이었는지 타카히사 본인은 알 수 없었지만…….

──아아, 나는.

──나는 왜 그렇게 어리석은 짓을 한 거지?

──사과해야 해. 모두에게 사과해야 해…….

　　그런 생각이 급속히 싹트면서 타카히사는 악몽에서 깨어난 것처럼 정신이 번쩍 들었다. 가슴에 뚜껑을 덮고 억눌러두던 죄책감이 격류처럼 쏟아져 나왔다. 그래서 타카히사는 가만히 있지 못하고 결국 틀어박혀 있던 방에서 거짓말처럼 튀어나왔다.

　　그러자 성안에서는 마침 어떤 사건이 벌어진 상태였다. 리리아나와 마사토가 성에서 홀연히 사라져 버린 것이다.

　　타카히사도 아키도 그 사실을 알게 되자 크게 당황했고 진심으로 두 사람을 걱정했다.

　　그리고 원인은 며칠 안에 밝혀졌다. 마사토가 새로운 용사로 강제 소환되면서 리리아나도 전이에 휘말린 것이었다.

　　두 사람은 가르아크 왕국에서 보호받고 있다고 했다. 그래서 타카히사는 자신도 가르아크 왕국에 가고 싶다며 국왕과 직접 담판을 지었다. 마사토와 리리아나가 걱정된다는 것과 미하루 일행에게도 과거의 일에 대해 제대로 사과하고 싶다는 것을 설명하며 필사적으로 간청한 것이다.

　　덕분에 타카히사는 다시 가르아크 왕국성에 가는 것을 허락받았다. 마사토와 리리아나, 그리고 미하루와도 무사히 재회했고…… 타카히사는 어리석었던 과거의 행실을 사죄하고 미하루와 사츠키의 허락을 받아 잠시 성에 머물 수 있게 되었다.

　　그런데…….

──역시 나는 용서받을 수 없는 걸까. 이제 다시는 지구에 있었을 때와 같은 관계로 돌아갈 수 없는 건 아닐까?

그런 불안감이 자꾸만 머릿속을 잠식했다. 그 불안은 시간이 지날수록 커져만 갔다. 아니, 불안을 뛰어넘어 공포가 되고 있었다.

──만약…….

──이번에야말로 미하루에게 미움을 받는다면?

싫다. 미움받고 싶지 않아.

이번에야말로 미움받아선 안 돼.

미움받을까 봐 무서워, 무서워, 무서워…….

"읏……?!"

타카히사는 자신의 방 침대에서 벌떡 일어나 눈을 떴다. 얼굴은 창백하게 질려 있고 식은땀이 흐르고 있다.

불쾌한 심장의 두근거림이 멈추지 않았다. 타카히사는 거칠게 호흡하며 불안한 얼굴로 실내를 둘러보았다. 시각은 아직 심야인지 방안은 어둑하다.

"……꿈인가?"

이윽고 지금이 현실이라는 것을 깨달은 타카히사는 악몽에서 깨어난 듯 가슴을 쓸어내렸다.

하지만 현실도 악몽과 다를 바가 없었다. 아니, 현실이기 때문에 직면해야 할 문제가 있었다.

만약 현실에서 또 실수해 버린다면. 그런 상상을 하니…….

"……싫어, 싫어. 이번에는 실패하고 싶지 않아. 센트스텔라 왕국으로 돌아가고 싶지 않아."

　무섭고 또 무서워서 결국 참지 못한 타카히사는 처참할
정도로 얼굴을 와락 일그러뜨렸다.

정령환상기

【 막간 】 ❋ 미하루의 꿈

정신을 차리자…….

미하루는 홀로 새하얀 공간에 있었다.

미하루는 이 감각을 알고 있었다. 미하루는 이 경치를 알고 있었다. 비슷한 체험을 한 지 얼마 되지 않았기 때문이다.

자각몽이라고 해야 할까.

미하루는 자신이 꿈을 꾸고 있다는 것을 알았다. 이유는 모르겠지만, 이것이 현실이 아니라는 것을 직감했다. 하지만 이런 생각도 들었다.

"여긴…… 정말 내 꿈인가?"

그때 여성의 목소리가 미하루에게 말을 걸었다.

"좋은 아침. 아니, 좋은 밤이라고 해야 할까?"

상대방의 모습은 보이지 않는다.

그렇지만 그 목소리는 어딘가에서 들은 기억이 있었다.

"……또 당신인가요?"

미하루는 말을 걸어온 여인이 지난 꿈에 나온 목소리의 주인과 동일 인물임을 확신했다.

"그래, 또 나야. 잘 기억하고 있었구나."

여성은 순순히 긍정했다.

"당신은 대체……?"

"여기가 네 꿈속이라면, 네 심층 심리일지도 모르지."

"나의……?"

"확실한 건 현실의 넌 수면 상태에 있다는 것 정도일까. 응, 지난번보다 더 잘 정착된 것 같아. 좋은 징조야."

"……정착?"

"이쪽의 얘기란다."

목소리의 주인은 미하루가 품은 의문에 직접적인 답변을 줄 생각은 없는 모양이었다. 능숙하게 말을 돌리는 대답이 돌아왔다.

"지난번 이야기는 기억하고 있니?"

여성에게서 미하루를 향해 질문이 날아왔다.

"제가 언젠가 중대한 결정을 하게 될 수도 있다는 얘기 말인가요?"

"똑똑하네. 그래, 넌 중대한, 아주아주 중대한 결정을 강요받게 될 거야. 그리고 이렇게도 말했지. 나는 절대 아니라고 생각하는 그 선택을 하기를 강력히 권하고 싶다, 라고."

"……저기, 어떤 결정을 강요받는다는 거죠?"

그것을 모른다면 정작 어떤 결단을 내려야 할지 알 수 없는 것 아닌가. 미하루는 목소리의 주인에게 물었다.

"그걸 알려줄 수 없으니까 이렇게 번거로운 짓을 하는 거잖아. 바보 같긴."

여자의 한숨이 돌아왔다.

"하지만 그런 말을 들어도……."

"……그럼 짐작조차 못 하는 네게 몇 가지 힌트를 줄게. 첫째, 선택의 때는 가까이 다가왔을지도 몰라. 둘째, 네 결단으로 미래가 나뉘어. 셋째…… 역시 안 되네. 지금 네게 줄 수 있는 정보는 이것뿐이야."

무슨 일이 있었던 걸까?

세 번째 말을 하려는 순간 여자의 목소리가 흔들린 것 같았다.

"네에? 그 정도면 거의 아무것도 모르는 거나 다름없는……."

"안 되는 건 안 되는 거야. 그냥 그런 거라고 받아들여."

"그게 무슨……."

불합리한 소리인가, 미하루가 그렇게 말하려고 했을 때였다.

"이 세상은 원래 불합리해."

목소리의 주인이 한발 앞서 미하루의 말을 끊었다. 한숨 섞인 목소리로. 정말이지 지긋지긋함이 짙게 묻어나는 목소리였다.

"……."

미하루는 더 말을 잇지 못한 채 당황했다.

"……어쩔 수 없지. 이제 시간이 별로 남지 않았어. 마지막으로 딱 한 가지 네게 전해두고 싶은 게 있어."

"……뭔가요?"

여자의 목소리는 조금 초조하게 들리기도 했다. 여자의

심기가 불편해 보이는 이유를 알지 못하는 미하루가 조심
스레 물었다.

"나, 널 싫어할지도 몰라."

"네……?"

귀를 의심하는 말에 의아함을 느끼기도 잠시, 곧 미하루
의 의식은 끊겼다.

【 제 6 장 】 ❈ 초조함

세리아가 크렐 백작령에 도착한 날이다.

리제롯테는 마도선을 타고 가르아크 왕국성을 방문했다. 세리아가 친가로 향했음을 국왕 프랑수아와 크리스티나에게 보고하기 위해서다. 도착하자마자 프랑수아의 집무실에서 조속히 알현하여 보고를 마쳤다.

"흐음……." "그렇군요……."

프랑수아도 크리스티나도 당황했다. 실내에는 세리아와 함께 살고 있는 제2 왕녀 샤를로트의 모습도 있었는데, 그녀만은 "어머, 어머, 세상에"라고 하며 재미있는 이야기라도 들은 사람처럼 미소를 짓고 있었다.

참고로 보고한 내용을 아주 간결하게 요약하자면 이렇다. 세리아는 아르보 공작에게 포박당할 위험에 처해 성채에서 전투를 벌였다. 그럼에도 사자로서의 역할은 제대로 완수했으며 아망드로 잠시 돌아왔다. 하지만 아르보 공작이 친가에 손을 뻗칠 것을 우려해 이번에는 크렐 백작령으로 하늘을 날아 출발했다.

"……무사히 사자의 임무를 완수했다는 것은 다행이지만 예상 밖의 일이 계속되고 있군. 의심하는 것은 아니다만 마술이나 마법으로 하늘을 날았다는 이야기는……."

프랑수아의 말에는 은연중에 "세리아가 하늘을 날 수 있다는 사실을 알고 있었나?"라는 물음이 담겨 있었다. 그리고 그 질문은 세리아와 깊은 친분이 있는 크리스티나와 샤를로트에게로 향했다.

"금시초문입니다.""저도 몰랐어요. 그렇게 재미있는 일을 할 수 있었다면 더 빨리 알려주셨으면 좋았을 텐데요."

그렇게 말하며 고개를 젓는 크리스티나와 샤를로트.

"사실입니다. 이 눈으로 세리아 씨가 빛의 날개를 꺼내 아리아를 데리고 하늘을 날아가는 모습을 확인했습니다. 그렇게 이동할 수 있다면 행선지에서 이변이 일어나지 않는 한 안전하게 갔다 돌아오는 것도 특별히 어려운 일은 아닐 겁니다. 호위로 아리아도 대동시켰고, 며칠 안에 이곳으로 귀환할 수 있을 거라고 하더군요."

걱정할 필요는 별로 없을 것 같다며, 리제롯테는 자신의 주관에 근거한 추측을 덧붙였다.

"그렇군……."

프랑수아는 의자에 앉아 있는 크리스티나를 다시 한번 쳐다보았다. 세리아의 동향에 대해서는 완전히 크리스티나의 관할이다. 자신이 이래라저래라할 일은 아니었으므로 그 이상의 발언을 할 생각은 없어 보였다.

"……보고해 주셔서 감사합니다, 레이디 리제롯테. 그런 이야기라면 며칠간 상황을 지켜보며 기다릴 수밖에 없겠군요."

크리스티나로서도 현 상황에서 특별히 뭘 할 수 있는 것은 아니었다. 이리하여 다소의 불안감을 남기면서도 일단 세리아의 귀환을 기다리는 것으로 결정되었다.

◇ ◇ ◇

한편 가르아크 왕국성 부지 내. 사츠키 일행이 사는 저택. 샤를로트를 제외한 이들은 세리아가 무엇을 하고 있는지 모른 채 일상을 보내고 있었다.

낮, 사츠키와 마사토가 고우키 일행과 함께 성의 훈련장으로 향했다.

그런 와중 미하루는 라티파, 사라, 오피아, 아르마, 사요, 코모모, 아키와 함께 저택에 남아 있었다.

저택에서는 자신들이 할 수 있는 것은 가능한 한 직접 하고 있었기에 식품을 가공하거나 의류도 직접 디자인해서 만들고 있었다. 거기서 좋아 보이는 물건이 있으면 리카 상회가 상품화할 권리를 매입하기도 하는데…… 지금 저택 뒤뜰에서는 새롭게 텃밭 가꾸기가 시작되려 하고 있었다.

"사요. 여긴 끝났어."

"그럼 다음에는 이쪽을 도와줘."

고우키와 함께 슈트랄 지방까지 온 사요와 신은 본래 농촌에서 태어나 자란 남매다. 두 사람의 주도하에 고우키를 섬기는 다른 종자들과 함께 채소를 기르기에 적합한 흙을 만들고 있는 중이었다.

한편 먼저 땅 고르기가 끝난 곳에서는 아키, 코모모, 라티파 세 사람이 토마토 씨앗을 심고 있었다. 코모모의 종자인 아오이도 거기에 가세한 상태였다.

"심는 방법은 이게 맞아?"

"네, 좋아요."

"이걸로 이 지역에서도 토마토를 먹을 수 있게 되겠네. 토마토소스 파스타에 오므라이스까지, 기대된다!"

"아하하, 이제부터 자랄 건데? 너무 앞서 갔어, 스즈네."

토마토는 본래 슈트랄 지방에는 존재하지 않지만, 있으면 양념과 레시피의 폭을 넓혀주는 편리한 식재료였다. 존재를 알고 있는 사람 입장에서는 입수할 수단이 존재하지 않으니 아무래도 불편했던 것이다.

시공의 장에 아직 재고도 있고 정령의 마을로 돌아가면 보충할 수도 있긴 했지만, "그럼 슈트랄 지방에서도 키우면 되지 않을까?"라는 말이 나오면서 저택에서도 재배를 하게 된 것이다. 씨앗은 고우키 일행이 가져온 것으로 설명하기로 했다. 나아가서는 벼를 기르자는 이야기도 제기되었지만, 그것은 차치하고……

떨어진 곳에서는 사라, 오피아, 아르마가 다른 채소 씨앗을 심고 있었다. 어린 소녀들이 사이좋게 이야기를 나누는 소리가 들려왔는지 다들 흐뭇한 얼굴로 그 모습을 바라보았다. 그런 사라 일행 곁에는 미하루도 있었다.

'정말 뭐였을까, 그 꿈은…….'

미하루는 작업하던 손길을 멈추고 어젯밤 다시 꾼 꿈을 떠올렸다.

──나, 널 싫어할지도 몰라.

그 말이 너무 강렬한 나머지 뇌리에 깊이 박혀 떠나질 않았다.

나는 대체 누구와 이야기를 했던 걸까? 자신의 꿈이라면 자신의 잠재의식일 수도 있지만, 그런 것치고는 다른 누군가와 대화를 하고 있다는 느낌이 들었다. 왜 미움을 받는지도 전혀 알 수 없었다.

'……선택의 때는 가까이 다가왔다고 했었지.'

도대체 무엇을 '선택'해야 하는지조차 불분명했지만, 꿈 속에서 여성이 말한 '선택'이라는 말이 묘하게 신경 쓰였다. 뭐, 꿈속에서 일어난 일이니까 굳이 심각하게 생각할 필요는 없을지도 모르지만…….

'으음, 예지몽인가? 아니, 그렇지는 않겠지…….'

그건 아닐 거라며 미하루가 쓴웃음을 지었다.

"미하루?"

그러자 사라가 의아한 얼굴로 미하루의 얼굴을 들여다본다.

"아, 응. 왜?"

"아니, 뭔가 생각하는 것처럼 보여서요. 고민 있나요?"

"아니, 괜찮아. 조금 이상한 꿈을 꾼 게 생각나서……."

그렇게 미하루와 사라가 이야기를 하고 있을 때였다.

"……아키!"

젊은 남자의 목소리가 뒤뜰에 울려 퍼졌다. 미하루 일행의 의식이 목소리의 발생원을 향했다.

"……오빠."

그곳에 있었던 것은 아키의 오빠인 타카히사였다. 다른 용사 3명은 훈련장에서 고우키에게 훈련을 받고 있었지만, 타카히사는 불참을 선언했다. 리리아나가 마사토를 따라 훈련장에 가버려서 혼자 저택에 온 것이다.

"으음……."

아키는 한창 작업을 하고 있던 와중이라 타카히사에게 어떻게 반응해야 할지 고민하는 얼굴이었다.

"다녀와도 괜찮아, 아키."

"네, 여긴 스즈네랑 제가 할게요."

라티파와 코모모가 배려하여 아키의 등을 밀어주었다.

"……응. 고마워, 둘 다."

아키는 감사를 표하고 타카히사에게 종종걸음으로 달려나갔다.

"……."

그렇게 아키가 다가가는 동안에도 타카히사는 확실하게 미하루를 의식하며 힐끔힐끔 시선을 보내고 있었다. 미하루와 함께 있던 사라, 오피아, 아르마는 그것을 알아차리고 있었다.

"우린 계속해서 작업할까?"

미하루는 어색한 얼굴로 타카히사에게 시선을 떼고 사라 일행에게 작업 재개를 재촉했다.

"······네."

사라 일행은 타카히사의 시선을 가로막듯이 슬쩍 미하루를 둘러싸고 작업을 재개했다.

"아······."

시선을 돌린 미하루를 보고 심장이 덜컹 내려앉은 듯 타카히사가 몸을 움찔 떨었다.

'······역시 피하고 있는 건가?'

타카히사의 뇌리에 부정적인 생각이 스쳤다.

──싫어, 싫어.

──더는 원래대로 돌아갈 수 없다니, 그런 생각은 하고 싶지 않아.

타카히사의 안에서 초조함이 더해졌다.

"오빠, 무슨 일이야?"

그때 아키가 다가와서 말을 걸었다.

"아, 아니······ **아키를 만나러 왔는데**, 괜히 온 건가?"

미하루가 피한다고 생각했는지 타카히사는 한없이 비굴한 표정으로 그런 말을 했다.

"어? 아니, 딱히 그런 거 아닌데…… 오빠가 만나러 와 줘서 좋아."

아키는 살짝 당황했지만 곧 머리를 흔들며 자신의 마음을 솔직하게 전했다.

"그렇구나……."

타카히사는 아주 조금 구원받은 듯한 표정을 지었다.

"미하루는, 뭐 하고 있어?"

그리고 곧바로 미하루를 콕 집어 물었다.

"어? 아아…… 지금 다 같이 정원에 텃밭을 만들고 있어서, 미하루 언니랑 다른 사람들도 씨앗을 심고 있어."

더 이상 타카히사와 미하루가 맺어졌으면 하는 마음이 없는 것인지, 아니면 미하루가 타카히사를 좋아할 가능성이 없다는 것을 깨달았는지, 아키가 조금 어색한 얼굴로 답했다.

"그렇구나…… 그럼 나도 도와줄까? 남자 손은 많은 편이 좋을 테니까."

그런 타카히사의 제안에는 미하루와 자연스럽게 대화할 구실을 갖고 싶다는 마음이 숨어 있었다. 그런 사실이 빤히 드러나는 질문이었다.

"일손은 충분할 것 같은데……."

아키는 지금도 타카히사를 오빠로서 좋아하고 있었다. 다만 타카히사를 미하루와 가까이 두는 것은 더는 내키지 않는지 완곡하게 거절의 뜻을 알렸다.

"사양하지 않아도 괜찮아."

그런 것을 알아차리지 못한 타카히사는 쉽게 물러서지 않았다.

"그래도, 모처럼 깨끗한 옷을 입고 있는데 더러워지잖아."

"괜찮아, 옷 정도는. 더러워져도 입을 수 있고, 갈아입어도 되니까."

확실히 옷은 더러워져도 입을 수는 있다. 기능성이 훼손되는 것은 아니다. 다만 용사인 인물이 더러운 옷을 입고 다니는 것을 주위에서 보고 어떻게 생각할지는 별개였다. 센트스텔라 왕국의 체면과도 관련된 문제였다.

게다가 지극히 당연한 일이지만 옷은 무료로 구할 수 없는 것이다. 용사 타카히사가 착용하고 있는 평상복은 기본적으로 모두 맞춤형이다. 제작비는 센트스텔라 왕국의 국고에서 나오고 있었다.

"그럼 더러워져도 괜찮은 옷으로 갈아입고 오는 게 좋을 것 같아."

"괜찮다니까."

타카히사는 옷을 갈아입기 위해 성에 있는 자기 방까지 돌아가는 수고와 시간마저 아까운 듯했다.

"……오빠는 용사인데, 이런 밭일을 돕게 해도 괜찮을까?"

"당사자인 내가 좋다고 하는데 뭐 어때. 게다가 용사라고 해도 되고 싶어서 된 것도 아닌데."

용사라는 입장이 가진 답답함이 어지간히도 지겨운지

타카히사의 표정에 짙은 그늘이 배어 있었다.

"오빠……."

무슨 말을 해야 할지 알 수 없는 아키는 고민하는 표정을 지었다. 그녀가 내키지 않는 얼굴을 한 것처럼 보였던 걸까.

"응? 괜찮지, 아키?"

타카히사가 간절한 얼굴로 물고 늘어졌다.

"……그럼 나랑 같이 씨앗 묻는 거 도와줄래?"

"당연하지."

"그럼 따라와."

아키는 텃밭에 있는 미하루의 모습을 살피며 타카히사의 손을 끌고 걷기 시작했다. 우선은 라티파와 코모모가 있는 곳으로 돌아갔다.

"스즈네, 코모모. 오빠가 도와주고 싶다고 해서 우린 옆줄에서 씨 심을게."

"응!" "부탁드려요."

함께 작업을 하던 라티파와 코모모에게 양해를 구하고 타카히사와 둘이서 씨앗을 심기로 했다.

"오빠, 이쪽."

아키는 씨가 든 작은 봉지를 집어들고 라티파의 옆줄로 가서 쪼그리고 앉았다. 미하루 일행은 반대편에서 씨앗을 심으면서 아키가 있는 쪽으로 다가오고 있었기 때문에 작업 막바지가 되지 않는 한 타카히사가 미하루와 이야기를 나눌 기회는 없었다.

다만 타카히사 본인이 미하루에게 다가가려 하면 이야기는 달라진다. 타카히사는 아키의 옆에 우뚝 선 채 미하루 일행이 있는 쪽을 바라보았다.

미하루와 이야기를 하고 싶다. 아키가 지정한 장소에서는 미하루와 이야기를 나눌 수 없다. 그렇게 생각한 것일까.

"……난 미하루네가 있는 옆줄부터 갈까? 그게 더 효율적일 것 같은데."

갑자기 그런 말을 꺼내온다. 하지만 타카히사가 미하루 일행 쪽에 합류했다고 어떻게 효율이 좋아진다는 것인가?

"음…… 미하루 언니네는 4명이고 이쪽은 오빠가 가세해서 5명이니까 어느 쪽으로 가도 효율은 별로 변하지 않을 것 같은데……?"

타카히사가 말한 제안의 근거는 앞뒤가 맞지 않았다. 미하루 일행 쪽이 한눈에 보기에도 작업 속도가 늦어졌다면 이해라도 가겠지만, 딱히 그런 것도 아니다. 아키가 어렵사리 반대 의견을 제시했다.

"아니, 뭐, 그것도 그런데……."

타카히사는 미하루에게 미련이 가득한 시선을 보내고 있었다.

"……오빠, 잠깐 괜찮아?"

아키는 잠시 무언가 고민하는가 싶더니 몸을 일으켜 타카히사의 손을 잡아끌었다. 바로 옆에 있는 라티파 일행에게 들리는 것을 피하고 싶은지 그대로 텃밭을 떠난다.

"오빠, 역시 미하루 언니를 아직 좋아하는 거지?"

그리고 아키는 단도직입적으로 타카히사에게 물었다.

"……아, 아니, 저기…… 좋아, 한다고 할지…….."

타카히사가 이리저리 눈을 굴리며 띄엄띄엄 대답을 이어갔다.

"……저택에 살고 있는 사람들은 다 눈치챘을 거야. 그리고 아마 미하루 언니도……."

"어?!"

"딱 보면 알아. 항상 미하루 언니만 보고 있고, 지금도 이렇게 노골적으로 미하루 언니에게 다가갈 구실을 찾으려고 했잖아."

주위에 어떻게 보이고 있는지, 미하루조차 눈치를 채고 있다는 자각이 없는 것일까. 아키는 머리가 아프다는 듯 이마에 손을 얹었다.

"……딱히 좋아해서 미하루한테 말을 걸려는 건 아냐. 그냥 미하루한테 제대로 용서받고 싶어서, 적어도 그런 일은 없었던 것처럼, 예전과 같은 관계로 돌아가서 편하게 대화하는 사이가 될 수 없을까 하고……."

상대가 아키이기 때문인지 타카히사가 머뭇거리면서도 속마음을 토로했다. 그가 약한 소리를 털어놓을 수 있는 몇 안 되는 상대가 바로 아키였다. 연회 때도 그랬다.

"……오빠가 그렇게 생각하는 마음도 이해는 하지만……."

아키로서도 오빠의 편을 들어주고 싶었다. 하지만 아키는 이미 알아버렸다. 타카히사의 사랑이 보답받을 가능성은 없다는 것을.

"애초에 용서를 못 받아도 제대로 사과하고 싶다는 마음으로 온 거잖아?"

"그렇긴, 하지만⋯⋯."

떨떠름한 얼굴로 고개를 끄덕이는 타카히사.

사실 가르아크 왕국에 오기 전까지는 정말 사과하고 싶은 마음뿐이었을 것이다. 용서받을 거라는 생각은 하지 않았지만 그럼에도 사과하고 싶었다. 그래서 가르아크 왕국성에 와서 미하루 일행과 처음 만났을 때는 바로 고개를 숙일 수 있었다.

하지만 인간이란 쉽사리 현재에 만족하지 못하는 생물이다. 어떤 목적이 있어서 한 걸음 나아갔더라도, 그다음이 있다는 생각을 해버리면 그곳을 열망하게 된다. 더 좋은 결과를 얻으려고 손을 뻗고야 만다. 그런 욕심을 없애기는 어렵다. 그렇기 때문에 인간이라고도 할 수 있었다.

그렇기에 더는 사과하는 것만으로는 부족하고, 미하루에게 제대로 용서받고 싶다는 욕심이 타카히사 안에서 싹튼 것이다. 가르아크 왕국에 오래 머물수록 그 욕심은 강해졌다. 저도 모르게 소망으로 변해 버렸다. 그 소망에 결국 이기지 못한 것이다.

"⋯⋯초조해, 오빠?"

"그런 거 아니……! 아니, 초조하기도 하지. 언제까지 가르아크 왕국에 있을 수 있을지도 모르는데, 이 기회를 놓치면 다음에는 언제 미하루와 만날 수 있을지……."

"……하지만 전과 같은 관계로 돌아가서 편하게 대화하는 건 어려울지도 몰라. 우리는 그 정도의 일을 저지른 거니까…… 그 사건을 없었던 일로 할 수는 없는걸."

아키는 무척 괴로운 얼굴로 말했다. 과거의 일을 없었던 일로 할 수는 없다.

"아니, 하지만……!"

그것이 결정타였을까, 그럼에도 없던 일로 하고 싶은 듯 타카히사가 얼굴을 비통하게 일그러뜨리며 언성을 높였다. 그러자 텃밭에 있던 다른 사람들도 이변을 느낀 모양이었다.

"……무슨 일이지?"

모두가 작업하는 손을 멈추고 아키와 타카히사의 모습을 살피는 듯한 시선을 보내고 있었다. 미하루도 아키가 걱정되는지 불안한 시선을 향하고 있다.

"아키까지…… 아키 너까지 그런 말하지 말아줘……! 난 그저…… 딱히 미하루한테 고백하고 싶은 게 아니야. 그저 미하루와……."

"미안해. 하지만 오빠, 날이 갈수록 더 초조해하는 것 같아. 초조한 마음도 알겠지만 한 번 초심으로 돌아가 보는 게 좋지 않을까? 용서받고 싶은 마음은 잠시 내려놓고……."

아키의 발언은 오빠를 생각해서 한 말이었다. 하지만 지금의 타카히사에겐 그 말을 받아들일 여유가 없었다. 그래서 그랬을까.

"아키는…… 좋겠네. **이미 미하루에게 용서를 받았으니까.**"

그런 최악의 말을 뱉고 말았다.

"……미안해."

죄책감을 느낀 것인지 아키가 크게 상처받은 얼굴로 사과의 말을 했다. 그 표정이 결정적이었다. 그것으로 미하루는 이변이 있다고 판단한 것 같았다.

"아키?"

미하루가 보기 드물게 소리를 높였다. 텃밭에 있던 다른 누구보다 가장 먼저 발걸음을 옮겨 아키에게 달려갔다.

"아……."

아키도, 타카히사도 흠칫 몸을 떨었다. 마치 보여주고 싶지 않은 부분을 들킨 듯한 반응이었다.

"무슨 일이야, 아키?"

미하루가 아키의 바로 옆까지 와서 안색을 살폈다

"아, 저기……."

타카히사를 감싸주려는 것인지 답을 망설이는 아키.

"……타카히사 군?"

미하루가 의심스러운 눈빛으로 타카히사를 바라보았다.

"아, 아니, 나는……."

그토록 미하루에게 말을 걸 구실을 찾아 헤매던 타카히

사는 정작 미하루에게 비난의 감정이 엿보이자 도망치듯 시선을 돌렸다.

"아키한테 무슨 말을 한 거야? 아키를 슬프게 하는 짓은 이제 절대 하지 않겠다고 이 성에 왔을 때 약속했지?"

미하루는 추궁의 기세를 멈추지 않았다.

"따, 딱히 나는 아무 짓도……."

그러지 마, 그런 눈으로 나를 쳐다보지 마, 이제 아무 잘 못도 하지 않을 테니까, 나를 믿어줘── 타카히사는 참담하게 얼굴을 일그러뜨렸다.

"……저, 정말! 아무것도 아냐, 미하루 언니?"

아키가 애써 밝은 목소리를 내며 미하루를 말렸다.

"……아키?"

아키가 타카히사를 감싸려 한다는 것을 어렴풋이 짐작했는지, 미하루가 난처한 듯 얼굴을 흐렸다.

"다녀왔습니다!"

그렇게 셋이서 얼굴을 맞대고 있는데, 오늘의 훈련이 끝났는지 사츠키와 마사토가 돌아왔다. 지도를 하던 고우키와 카요코도 있다.

"아, 사츠키 씨랑 마사토. 다들 돌아왔네. 여기야~!"

아키는 한층 밝은 어조로 사츠키 일행을 향해 손을 흔들었다.

"어……."

사츠키 일행의 시선도 미하루 일행에게로 향했다. 다만

아키가 있다고는 해도 미하루와 타카히사가 함께 있는 것을 특이하게 여긴 것 같았다.

"……저기, 스즈네, 코모모. 미하루 좀 이상하지 않아? 무슨 일 있어?"

역시 사츠키가 상황이 이상하다는 것을 곧바로 알아차린 듯했다. 눈을 가늘게 뜨고 미하루 일행을 멀리서 응시하더니 정보를 얻기 위해 라티파와 코모모에게 다가가 이야기를 듣기 시작했다.

"아, 저기, 타카히사 씨가 아까 저택에 왔는데……."

"응, 응. 그렇구나."

라티파와 코모모는 얼굴을 마주보며 자신들이 눈으로 본 사실을 전했다. 두 사람 모두 모든 대화를 보고 들은 것은 아니었기에 단편적인 정보이긴 했지만, 그것으로 사정을 헤아린 모양이었다.

"……그렇구나. 알려줘서 고마워."

사츠키는 두 사람에게 고맙다는 인사를 하고는 작게 한숨을 내쉰 뒤 미하루 일행에게 시선을 돌렸다.

"저기, 타카히사 군."

그리고 타카히사의 이름을 불렀다.

"어……? 아, 네!"

타카히사는 콕 집어 자신을 부를 줄은 몰랐는지 눈을 휘둥그레 뜨고 대답했다.

"오늘은 혼자 저택에 왔네."

"……네. 그럼 안 되는 건가요?"

"아니……. 하지만 리리아나 왕녀가 타카히사 군을 생각해서 성까지 부르러 갔는데, 헛걸음을 했구나 싶어서."

사츠키는 지금쯤 리리아나가 향했을 성을 안타깝게 바라보았다.

"그래요? 뭐, 가끔은 저 혼자서 와도 되지 않을까 하고……."

그가 이렇게 홀로 저택을 찾는 것은 뒤집어 말해 그만큼 초조했기 때문이라고 볼 수 있었다. 타카히사는 영 껄끄러운지 엉뚱한 방향으로 시선을 돌렸다.

"그래……. 뭐, 모처럼 왔으니 오늘 밤은 집에서 밥이라도 먹고 가지 그래?"

"……네? 그래도 되나요?"

타카히사의 눈동자에 놀라움과 기쁨이 뒤섞인 빛이 떠올랐다.

연일 사츠키 일행의 저택을 드나들었지만 그는 밤이 되면 성에 있는 자신의 방으로 돌아가 혼자 식사를 하는 것이 기본적인 루틴이었다. 특별한 행사가 있을 때가 아니고서야 저녁 식사에 초대받은 적은 없었기 때문이었다. 평범한 저녁 식사에 초대해 준다는 것이 마치 신뢰받는 것처럼 느껴져서 기뻤을지도 모른다.

"응. 그 밖에도 몇 명 더 불렀어. 좀 하고 싶은 말도 있고."

"……하고 싶은 말?"

하지만 할 이야기가 있다는 말에 타카히사가 몸을 굳혔다.

"그래, 리리아나 왕녀에게는 내가 말해둘 테니까 예정 비워둬. 아, 미하루, 잠깐 괜찮아?"

"……네."

사츠키는 무엇에 대해 이야기할지까진 알려주지 않고 미하루를 데리고 그대로 떠나 버렸다. 타카히사와 아키만이 그 자리에 남았다.

조금 전의 말다툼 때문인지, 아니면 미하루의 마음이 악화된 게 아닐까 하는 두려움 때문인지 둘 사이에 어색한 공기가 감돌았다.

"……아키, 저기, 미안."

도대체 뭘 미안하게 생각하는 것인지는 모르겠지만, 타카히사가 사과의 말을 건넸다.

"……아니, 나야말로 미안해."

아키도 사과했다. 애써 씩씩해 보이는, 아파 보이는 미소를 짓고 있었다. 오빠를 배려해주고 있는 것이다. 최대한 밝은 목소리를 내려고 노력하는 모습이 보였다

"……내가 정말 미안해. 그런 짓만큼은 절대 하지 않겠다고 맹세했어. 그러니까 믿어줬으면 해서……."

"알아. 알고 있어. 오빠 심정은 아플 정도로 알아. 그러니까 오빠는 조급함으로 자신을 잃지 않았으면 좋겠어. 내가 있으니까……."

간청하듯 아키가 간절한 얼굴로 타카히사에게 호소했다.

"……."

타카히사는 부정도 긍정도 하지 않았다. 억압되어 짓눌리기라도 할 것처럼 얼굴을 일그러뜨린 채 잠자코 꾹 입을 다물었다.

◇ ◇ ◇

그리고 그날의 디너 타임이 찾아왔다.

저녁 식사에는 크리스티나와 플로라, 그리고 세리아의 일로 성에 보고하러 왔던 리제롯테도 초대받았다.

"리제롯테 언니!"

라티파는 저택 입구에서 리제롯테의 모습을 보자마자 환호하며 달려갔다. 보고 싶을 때 언제든 만날 수 있는 상대가 아니라는 것도 있었지만, 그만큼 리제롯테를 언니처럼 그리워했기 때문이었다.

"안녕, 스즈네."

리제롯테도 마치 친동생이라도 대하듯 라티파의 머리를 부드럽게 쓰다듬었다. 라티파도 리제롯테를 껴안았다.

"성에 와 있었구나. 어서 와."

"응, 잠깐 볼일이 있어서. 저택에는 감사하게도 샤를로트 님이 초대해 주셔서 오게 됐어. 잘 부탁해."

"응! 리제롯테 언니라면 언제든 환영이야. 오히려 같이 살고 싶을 정도인걸! 근데, 어? 오늘 아리아 언니는 없어?"

평소 같으면 아리아도 시중역으로 동행했을 텐데, 오늘은 모습이 보이지 않자 라티파가 의아함을 느낀 모양이었다.

"……응. 잠깐 볼일이 있어서. 며칠 안에는 왕도에 돌아올 거야."

세리아의 일은 돌아올 때까지 비밀로 해달라는 샤를로트의 말에 리제롯테의 표정이 살짝 흐려졌다.

"그렇구나, 그렇다는 건 리제롯테 언니도 며칠은 왕도에 있는 거야?"

"응, 그럴 거야."

"신난다! 그럼 또 저택에서 자고 가. 실컷 이야기하자!"

"물론이지."

천진난만한 얼굴로 기뻐하는 라티파를 보며 리제롯테는 괜한 걱정을 끼치지 않으려는 듯 밝게 행동했다.

"이쪽, 이쪽! 같은 자리에 앉자!"

라티파는 리제롯테의 손을 잡고 다이닝으로 향했다.

그리고 얼마 지나지 않아 크리스티나와 플로라도 저택에 왔다. 저택에 사는 고우키의 종자들에게 다이닝까지 안내를 받은 듯했다.

"오늘 저녁도 초대해 주셔서 감사합니다, 사츠키 님, 샤를로트 님."

"아니요, 편히 쉬다 가세요."

먼저 집주인인 사츠키와 왕녀 샤를로트에게 인사를 건넨다.

"타카히사 님, 마사토 님도 잘 지내셨습니까. 리리아나

왕녀도 반갑습니다."

이어서 크리스티나는 저택에 있는 다른 용사 두 명에게
도 인사를 했다. 그리고 두 사람과 함께 있는 리리아나에
게도 말을 걸었다. 플로라도 언니를 따라 한 박자 늦게 고
개를 숙였다.

"아, 네. 안녕하세요."

마사토가 다소 어색한 정자세로 공손히 대답했다. 크리
스티나, 플로라와는 아직 별로 안면이 없어서 그런 것일
까. 그게 아니라면 벨트람이 자랑하는 미인 둘을 앞에 두
고 긴장한 것인지도 모른다.

"좋은 밤입니다, 크리스티나 님, 플로라님."

리리아나는 마사토 옆에서 작게 웃으며 인사했다.

"……안녕하세요. 오늘 히로아키 씨는 안 계신가요?"

그리고 마지막으로, 타카히사가 어딘가 경계하듯 시선
을 굴리며 모습이 보이지 않는 히로아키의 소재에 대해 크
리스티나에게 물었다.

"네. 사이키 경이나 무라쿠모 경과 약속이 있다고 하셔
서요."

"그런가요?"

최근의 타카히사와 히로아키는 알게 모르게 의견 대립
이 자주 발생했다. 타카히사 본인도 히로아키와는 잘 맞지
않는다고 생각하는 것인지, 히로아키가 불참한다는 소식
을 듣고 안도의 한숨을 내쉬었다. 다만 옆에 있는 사람들

에게 타카히사가 안심한 모습이 적나라하게 보인 것이 문제였다.

'……너무 대놓고 드러낸단 말이지.'

사츠키는 고개를 저으며 한숨을 쉬고 싶은 충동을 느꼈다. 이러한 사교의 장에서 특정한 누군가가 불참한다는 사실을 알고 기뻐하는 것은 사회인으로서…… 아니, 사람으로서도 문제 있는 태도가 아닐까.

하물며 상대는 크리스티나 일행이 용사로 내세운 인물이니 더더욱 실례가 될 수 있었다. 그렇게 생각했기 때문인지 '죄송합니다'라고 말하듯 리리아나가 말없이 꾸벅 고개를 숙여 보였다.

"……."

크리스티나 역시 말없이 '왜 그러실까요?'라는 얼굴로 고개를 갸우뚱했다.

"후후. 히로아키 님이 결석하신 것은 아쉽지만 오늘 밤은 지금 모인 사람들끼리 즐겁게 보내죠. 자, 다들 이쪽으로 오세요."

샤를로트가 일동에게 자리 이동을 재촉했다. 앞으로 뭔가 재미있는 일이 일어나기를 기대하기라도 하는 것일까. 그녀의 목소리가 들뜬 것처럼 들린 것은 기분 탓만은 아니었다.

그리하여 저녁 모임이 시작되었다. 사츠키나 샤를로트의 지휘하에 미하루와 타카히사의 자리가 멀리 떨어졌다. 그 결과 사츠키, 마사토, 리리아나, 크리스티나, 샤를로트와 타카히사는 용사와 왕족만이 앉을 수 있는 테이블에 앉게 되었다. 참고로 플로라는 미하루와 같은 자리에 앉아 있다.

　'또 미하루와 다른 자리네…….'

　착석 후 타카히사가 미하루가 앉는 테이블을 힐끔거리더니 한숨을 내쉬었다. 형의 그런 모습을 마사토가 못마땅하게 바라보았다.

　"타카히사 군."

　"네?"

　"한숨을 다 쉬고, 무슨 일이야?"

　답은 뻔했다. 이유를 이미 아는 상황에서 사츠키가 조심스럽게 타카히사에게 물었다.

　"아, 아니, 딱히……, 그런 거 아니에요."

　"그래, 그럼 즐겁게 보내자."

　"……네."

　거기서 타카히사도 마음을 바꾼 것인지 눈앞의 테이블을 보며 고개를 끄덕였다. 마사토도 마음을 가라앉히고, 곧 훈훈한 분위기에서 식사가 시작되었다.

　"크으, 오늘 음식도 맛있네."

마사토는 누구보다 먼저 요리를 입에 넣고는 만족스러
운 얼굴로 소감을 말했다.

"그러게요."

리리아나가 흐뭇한 얼굴로 마사토를 바라보며 깊이 동
의했다.

"정말로 이 저택에서 먹는 요리는 맛있습니다. 히로아키
님도 얼마 전 이 저택에서 제공한 식사를 무척 마음에 들
어 하셨습니다. 사이키 경과 무라쿠모 경도요."

크리스티나도 동참해 이야기에 가세했다.

"역시 미하루 언니가 있어서 그런가, 일본인 취향의 맛이
있는 것 같아. 아, 그렇지, 백미랑 된장국이 있다는 소릴 듣
고 히로아키 형이나 다른 사람들도 엄청 먹고 싶어 했어."

마사토가 문득 생각난 듯 사츠키에게 말했다.

마사토는 사교성이 좋았다. 히로아키 일행과는 고우키
와의 훈련을 통해서도 얼굴을 마주한 덕에 이제 완전히 가
까워졌다. 오늘 훈련에서 백미와 된장국의 존재를 알고 사
츠키에게 말을 좀 넣어달라는 부탁을 받은 것 같았다.

"저번에 친목회에서는 안 냈었으니까. 정 그러면 재료를
나눠줄 수도 있긴 한데."

"아니, 만족스럽게 만들 자신이 없으니까 먹으러 가고
싶다고……."

괜찮을까? 마사토는 저택의 주인인 사츠키의 의향을 물
었다.

"정말이지. 그럼 다음 훈련이 끝난 후에 다시 초대하지,
뭐."

사츠키는 어쩔 수 없다는 듯 승낙했다.

"송구합니다, 사츠키 님."

뜻밖에 히로아키 일행이 저택에서 식사를 대접받는다는
이야기가 나오자 크리스티나가 지체 없이 입을 열었다.

"동향의 정이라는 거죠. 신경 쓰실 필요 없습니다. 그러
고 보니 크리스티나 왕녀와 플로라 왕녀는 백미와 된장국
은 드셔본 적이 없겠네요. 시간이 되시면 꼭 와주세요."

사츠키는 내친김에 왕녀 자매도 초대했다.

"감사합니다. 그때는 꼭 참여할게요."

크리스티나와 플로라의 참여도 결정됐다.

"사츠키 선배, 쌀과 된장국이 있다는 건 저도 처음 알았
는데요……."

자신도 참석하고 싶다는 듯 타카히사가 참지 못하고 사
츠키에게 말을 걸었다.

"아, 그러고 보니 타카히사 군이 밥을 먹으러 왔을 때 나
온 적이 없었나. ……응, 그럼 타카히사 군도 그때는 와."

사츠키는 타카히사가 저택에서 식사를 했을 때의 일을
떠올렸는지, 아니면 무슨 다른 생각을 하는 것인지, 잠시
틈을 두었다가 타카히사도 초대했다.

"와아, 감사합니다!"

타카히사가 환한 얼굴로 감사의 말을 전했다.

"그렇게 기뻐하지 않아도 돼. 센트스텔라 왕국에 돌아가서도 먹을 수 있게 재료를 좀 나눠줄 테니까."

사츠키의 말에 타카히사의 표정이 단번에 굳어졌다. 센트스텔라 왕국으로의 귀국을 암시하자 위기감을 느낀 것일까.

"그래도 내가 만드는 것보단 미하루가 만드는 게 더 맛있을 텐데."

그렇게 말하는 타카히사의 어조에서는 약간의 초조함이 담겨 있었다.

"……요리 하나라도 할 줄 아는 남자가 더 인기가 많지 않나?"

그건 그렇고 왜 당연하다는 듯이 미하루가 만드는 게 전제인 건데──라는 말을 삼킨 사츠키는 어이없는 한숨을 내쉬는 것도 가까스로 참았다.

"그렇다면 재료와 함께 만드는 방법을 가르쳐 주시겠어요? 프릴이라면 배울 수 있을 겁니다."

리리아나가 대안을 말했다.

"알겠습니다. 그럼 다음에 만들 때 시간을 조정해 볼게요."

사츠키가 선뜻 승낙했다.

"아, 아니, 그럼 나도 같이 요리를 배워볼까?"

타카히사가 황급히 대화에 끼어들었다. 만드는 법을 배우는 것을 빌미로 미하루와 이야기를 나눌 수 있을 거라 생각한 것 같았다.

"그럼 귀국한 후 프릴 씨에게 가르쳐 달라고 하세요."

목적이 너무나도 빤히 보이는 대사에 사츠키는 가볍게 응수했다

"……성급해요. 아직 언제 귀국할지도 정해지지 않았잖아요."

타카히사는 타카히사대로 센트스텔라 왕국으로 돌아가라는 말을 들은 기분이었는지, 조금 뚱한 목소리로 예방선을 치려고 했다.

"그렇지."

사츠키는 크리스티나도 있는 앞에서 이 화제를 더 끌 생각은 없는지 시원하게 고개를 끄덕이며 타카히사의 발언을 긍정했다. 덕분에 타카히사도 안심한 얼굴로 가슴을 쓸어내렸다.

그 뒤로는 사츠키와 샤를로트의 주도하에 대화가 부드럽게 흘러갔다. 역시 각국이 자랑하는 총명한 왕녀들이 한자리에 모인 자리인 만큼 화제는 끊이질 않았다.

"아하하."

타카히사가 가끔가다 슬쩍 미하루의 모습을 살피기는 했지만, 이야기가 활기를 띠면서 조금 전의 초조함도 사라진 듯했다. 완전히 즐거운 웃음소리를 내고 있었다. 그렇게 시간이 흘러 식사시간도 끝이 가까워지고 있을 때였다.

"여러분, 우리나라에 체류하시면서 불편한 점은 없으셨나요? 제가 해결할 수 있는 문제가 있으면 기꺼이 협조할

테니 주저하지 마시고 말씀해 주세요."

샤를로트가 현재 가르아크 왕국에 머물고 있는 크리스티나, 마사토, 타카히사, 리리아나 네 사람을 둘러보며 그런 질문을 던졌다.

"감사합니다. 하지만 충분히 잘해주셨는걸요."

크리스티나가 먼저 대답했다.

"그렇죠. 사츠키 누나랑 미하루 누나도 다시 만났고, 고우키 씨한테 수행까지 받아서 저도 엄청 만족스러워요."

마사토도 고개를 끄덕였다.

"저도. 센트스텔라 왕국보다 요리도 맛있고, 저쪽보다 훨씬 아늑해서 불편하기는커녕 더 이상 돌아가고 싶지 않을 정도예요."

타카히사도 가르아크 왕국에서의 생활상에 만족하고 있음을 전했다.

"……."

하지만 그 말에 사츠키나 마사토가 좀 떨떠름한 표정을 지었다. 타카히사가 본심을 너무 과하게 말했다고 할까, 센트스텔라 왕국에서의 생활상을 낮추는 형태로 가르아크 왕국의 생활을 치켜올린 것에 위화감을 느낀 것 같았다.

항의의 뜻을 담아 의도적으로 말한 것이 아니라 단순히 '돌아가고 싶지 않다'고 말하는 것처럼 들리니 더 질이 나빴다. 하물며 센트스텔라 왕국의 왕족인 리리아나가 있는 앞에서 그런 말을 해버리면 그녀의 체면에도 먹칠을 하는 것이나 다름없다.

"저도. 마사토 님이나 타카히사 님과 마찬가지로 만족하고 있습니다."

하지만 리리아나는 크게 개의치 않는다는 듯 미소를 지으며 말했다. 다만 그 눈동자가 조금 슬프게 흔들린 것은 기분 탓이었을까. 마사토는 그런 그녀를 힐끔 보고는 타카히사에게 무언가 말하고 싶다는 표정을 지었다. 하지만 역시 크리스티나도 있는 자리라 자중하려는지 그대로 입을 다물었다.

'죄송해요. 크리스티나 왕녀.'

사츠키가 크리스티나에게 무언으로 눈을 맞추고는 살며시 고개를 숙였다. 집안의 공기가 어수선하고 미묘해진 것을 미안하게 생각한 것이다.

'아니에요.'

크리스티나는 사츠키가 하는 말을 정확하게 간파하고는 신경 쓰지 말라는 듯 부드럽게 미소 지었다.

그리고 저녁 식사가 끝나고……

크리스티나와 플로라가 돌아간 후.

"타카히사 군, 잠깐……"

타카히사는 남아 있어 달라는 사츠키의 말에 저택 응접

실로 안내받았다. "나중에 갈 테니까 조금만 기다려줘"라는 말을 듣고 십여 분 정도 혼자 기다리고 있었다.

'……대체 무슨 이야기를 하려는 거지?'

기다림 속에서 이런저런 생각을 하면서 불안해진 것인지 소파에 앉은 타카히사의 표정은 굳어 있었다. 그때 갑자기 방문을 노크하는 소리가 들려왔다.

"네, 들어오세요."

"타카히사 군, 기다리게 했네."

사츠키가 응접실로 들어왔다. 그 뒤로 마사토도 따라 들어왔다. 다른 사람은 아무도 없다. 딱히 좋은 화제가 아니라고 생각했는지 타카히사의 표정에 경계심이 번졌다.

"그 얼굴을 보니 무슨 말을 할지 어렴풋이 짐작은 하고 있나 보네?"

"……모르겠어요."

타카히사는 한층 얼굴을 굳히며 고개를 저었다.

"뭐, 좋아. 마사토 군, 우리도 앉을까."

"응."

사츠키와 마사토가 타카히사 맞은편에 앉았다.

"그렇게 긴장할 필요 없는데."

"……이런 식으로 호출당하면 긴장할 수밖에 없죠."

"뭐, 그렇지. 하지만 말이야. 좀 기분 나쁘게 들릴 수도 있지만, 긴장해야 하는 이유가 있어서 그런 거 아닐까?"

"……그러니까 그렇게 빙빙 돌리면 알아들을 수가 없잖아요. 어떤 이야기를 하는 건지, 긴장하는 이유 같은 것도……."

"그래. 오늘 나나 마사토 군이 훈련에서 돌아오기 전에 아키와 말다툼이 있었지?"

사츠키는 보다 구체적인 질문을 던졌다.

"……아키가 그렇게 말하던가요?"

타카히사는 아키와 자신 사이에 말다툼이 있었는지에 대한 직접적인 진술을 피하고 아키의 진술을 확인하려고 했다.

"조사받고 있는 용의자 같은 말을 하네."

"그야 당연히 이렇게 심문하는 것처럼 말하면……."

"……아키는 말다툼 같은 건 하지 않았다고 했어."

사츠키는 어쩔 수 없이 아키의 진술을 타카히사에게 가르쳐 준다.

"그렇다면……!"

말다툼 같은 건 없었어요.

기세로 그렇게 말할 뻔한 타카히사. 하지만 사츠키가 말을 끊어버렸다.

"타카히사 군이 언성을 높였던 건 주위에 있던 애들이 다 들은 사실이야. 아키가 울 것 같은 얼굴을 하고 있던 것도 다들 보고 있었고."

"……."

아키와의 말다툼이 있었음을 뒷받침하는 증언을 들이밀자 타카히사는 불편한 얼굴로 꾹 입을 다물었다.

"그건 왜 그랬던 거야? 아키랑 무슨 얘기를 했는지 타카히사 군의 입으로도 듣고 싶어."

사츠키는 상냥하게 미소 지으며 타카히사의 진술을 요구했다. 최대한 이성적이고 냉정하게 이야기를 진행하려고 애썼다.

"……딱히. 그냥 미하루의 일로 조금, 상담할 게 있어서……."

"역시 미하루와 관련된 일이었구나."

타카히사는 체념한 듯 말했고 사츠키는 머리가 아픈지 오른손으로 이마를 눌렀다.

"말해두겠는데 이상한 얘기를 한 건 아니에요. 저는 미하루한테 제대로 용서를 받고 싶어서, 그런데 이렇게나 가까이 있는데 이야기를 할 기회조차 없으니까 아키에게 협력해 줄 수 없을까 하고, 그래서……."

"미하루한테 용서받고 싶다, 인가. 그래……. 거길 착각해서 타카히사 군은 현 상황에 불만을 품고 이상한 방향으로 달려갔던 거구나."

"착각했다니, 그런 말투는……."

"착각한 거 맞잖아."

그동안 말을 아끼고 있던 마사토가 입을 열어 타카히사를 나무랐다.

"뭐라고?"

타카히사가 얼굴을 찌푸렸다.

"미안, 형이랑 얘기하는 건 사츠키 누나한테 맡긴다고 했는데 괜찮을까?"

"……그래."

"형 말이야. 차라리 혼자 센트스텔라 왕국으로 돌아가는 게 낫지 않겠어?"

"무슨, 마사토가 그런 결정을 내릴 권리는 없잖아!"

갑자기 귀국 이야기가 나오자 저도 모르게 발끈한 타카히사가 반박했다.

"……아니, 있지 않나? 뭐, 마사토 군 혼자 결정할 권리는 없다고 해도 나도 마사토 군에게 찬성이야. 타카히사 군은 먼저 혼자 센트스텔라 왕국으로 돌아가는 편이 좋을 것 같아."

마사토의 발언으로 인해 상정했던 이야기의 흐름과는 좀 달라졌지만, 사츠키도 입을 열어 타카히사에게 귀국을 권유했다.

"어, 어째서요?! 저 딱히 잘못한 것도 없잖아요! 전처럼 미하루를 억지로 데려가자는 생각도 맹세컨대 절대로 한 적 없다고요!"

"그 부분의 일은 이번 일과는 아무런 상관이 없어. 그것보다 더 문제인 건 타카히사 군이 미하루에게 정신을 빼앗겨서 본인을 잃어버렸다는 거지."

"아뇨, 잃어버리지 않았어요!"

"잃어버렸어. 일상생활에 지장을 줄 정도로는 말야. 아까 저녁 식사 때도 꽤 문제가 많았다고 생각하는데…….”

“그냥 식사를 했을 뿐이잖아요!”

“……정말 본인과 미하루밖에 안 보이는구나.”

사츠키는 실망감과 기막힌 심정을 감추지 않고 말했다.

“안 그랬어요. 제대로 다른 애들도 보고 있었어요.”

“그렇다면 오늘 타카히사 군의 발언으로 아키가 슬픈 얼굴을 한 게 말이 안 되지 않아? 타카히사 군, 아키에게 무슨 말을 한 거야?”

사츠키는 철저하고 이성적으로, 차분한 어조로 물었다.

──아키는…… 좋겠네. **이미 미하루에게 용서를 받았으니까.**

타카히사가 아키를 울린, 결정타라고도 할 수 있는 한마디다. 자신이 말한 것은 제대로 기억하고 있는 것일까, 타카히사는 자책감이 서린 얼굴로 소리 높여 변명했다.

“그러니까 그건……! 그것도 모두를 잘 보고 있으니까 그런 거죠. 모두를 위해서 그런 거예요! 이런 불편한 관계는 다른 사람들도 싫잖아요? 그러니까 전 빨리 원래대로 되돌리고 싶어서, 미하루한테 제대로 용서받으려고……! 전과 똑같은 관계로 빨리 돌아가고 싶으니까…….”

“이제 됐어.”

“네?”

“가식은 이제 필요 없다고. 그게 본심인 건 아는데, 자기를 정당화하려는 말로밖에 안 들려.”

사츠키가 지겹다는 얼굴로 지적했다.

"웃, 아니에요!"

"아닌 게 아니지. 용서받고 싶은 건 타카히사 군이잖아? 그걸 우리들 모두의 뜻인 것처럼 얘기하면 곤란해."

"……그럼 모두들 괜찮은 건가요? 우리가 예전과 같은 관계로 돌아갈 수 없게 돼도? 이대로, 이렇게 비틀린 채로 있어도 괜찮다는 거예요?"

타카히사가 떼쓰는 아이 같은 말투로 물었다.

"'모두'라는 말로 상황을 흐리지 말라는 거야. 그런 질문이 이기적이고 비겁하다고. 그러면 형을 용서하지 않는 미하루 언니만 나쁜 사람이 되잖아. 우리까지 끌어들여서 미하루 누나를 나쁜 사람으로 만들지 마."

마사토가 짜증 난 기색을 감추지 않고 타카히사를 몰아세웠다.

"나쁜 사람이라니, 그런 적 없어! 오히려 반대야! 모두가 나를……!"

모두가 나를 나쁜 사람으로 만들려고 한다, 라는 말까지는 타카히사도 차마 할 수 없었다. 이유야 뻔했다.

"나쁜 사람은 타카히사 군이 맞지. 그런 짓을 했으니까."

사츠키는 담담하게 지적했다.

"그런 건 알고 있어요……. 나쁜 건 나야. 하지만……."

"하지만, 뭐?"

"……그만, 그만 해요. 그렇게 다 안다는 듯이 보지 말라고요."

"그럼 훤히 보이는 행동을 하지 마."

이쪽도 들여다보고 싶어서 들여다보는 것이 아니었다.

사츠키가 씁쓸하게 말했다.

"아니에요. 다들 날 오해하고 있어. 나를 제대로 봐주지 않으니까⋯⋯."

"보고 있었어. 타카히사 군이 정말 반성하고 마음을 바꿨는지 우리 모두 최대한 호의적으로 보려고 했어. 타카히사 군은 친구니까, 마사토 군과 아키의 오빠니까 그걸 위한 기회와 유예를 줬어."

"기회와 유예⋯⋯? 그런 걸, 언제?"

"이렇게 가르아크 왕국에서의 체류를 허용하고 저택 출입도 제한적으로 허용했지. 함께 있을 때는 타카히사 군의 태도나 언동도 유심히 보고 있었어, 우리는."

"보고 있었다니⋯⋯."

보고만 있는 게 아니라 다른 건 뭔가 없었나?

설마, 정말 보고만 있었던 것뿐인가?

그렇다면 왜 그런 짓을?

타카히사가 속이 빤히 보이는 얼굴로 물었다.

"말했잖아. 타카히사 군이 정말 반성하고 마음을 고쳤나. 그걸 가늠하기 위해서라고. 그런 게 평소의 언행이나 태도로 나올 거라 생각했으니까."

"⋯⋯그럼 아무 말도 안 해주고 관찰하고 있던 건가요?

저를?"

"관찰이라. 뭐, 그렇지. 그 결과 정식으로 판단을 내렸어. 타카히사 군은 아직 미하루의 앞에 모습을 드러내면 안 된다고."

"그런……. 어째서……."

어째서 남을 시험하는 듯한 짓을 하는 거지?

최악이잖아.

타카히사의 얼굴이 그렇게 호소하고 있었다.

아니, 그뿐이 아니다.

"……왜, 그렇게, 남을 의심하고, 시험하는 짓을."

속은 기분이라도 든 것일까. 비난 어린 말이 실제로 타카히사의 입 밖으로 튀어나왔다. 자신이 의심받고 시험을 받아도 어쩔 수 없는 처지였다는 것은 완전히 머릿속에서 날려버린 듯했다

'악취미 아냐? 달리 수단은 있었을 텐데…… 그래, 미하루랑 더 얘기할 기회를 줬어도 좋았잖아. 그렇다면 나도…….'

마음의 여유를 빼앗기지는 않았을 것이다. 타카히사는 자신이 비난받는 쪽임에도 상대방을 비난하는 듯한 감정을 품었다.

"그렇지. 말투는 좀 그렇지만 타카히사 군을 의심하고 시험하고 있었어. 하지만 그건 타카히사 군을 믿고 싶었기 때문이야."

"그거야말로 가식 아닌가요. 자신을 정당화하고 싶을 뿐

인 거겠죠."

완전히 감정적이 된 타카히사가 불만을 참지 못하고 사츠키에게 반박했다.

"잠깐, 형. 적당히 좀……."

마사토가 험악하게 얼굴을 찌푸리며 입을 열려고 했지만, 사츠키가 손을 뻗어 마사토의 말을 가로막고 대신 말을 이었다.

"처음부터 포기하고 갱생할 기회조차 주지 않는 것보다는 낫잖아?"

"윽……."

타카히사는 피가 배어 나오지 않을까 싶을 만큼 아랫입술을 꽉 깨물었다. 더 이상 무슨 말을 해도 소용이 없다고 생각했는지 그대로 입을 다물어 버렸다. 사츠키도 마사토도 그런 타카히사를 복잡한 표정으로 바라보았다.

이제 한 번 더 타카히사에게 귀국을 권유하면 이야기는 끝난다. 그렇게 할 수도 있었다. 하지만 거기서 끝나면 앞으로도 타카히사가 바뀌는 일은 없을 거라 생각한 걸까, 사츠키가 타이르는 듯한 어조로 타카히사에게 말을 꺼냈다.

"타카히사 군. 넌 애초에 용서 같은 건 못 받아도 되니까 어떻게든 사과하고 싶다는 마음으로 가르아크 왕국에 온 거 아니었어? 용서받는 게 목적이 아니었잖아. 그런데 용서받는 게 목적이 돼 버렸어. 아니야?"

"……그러면 안 되나요? 용서받고 싶다고 생각하는 건."

"……글쎄. 때와 경우에 따라 다르지 않을까?"

좋다, 나쁘다는 식의 이원론으로 말할 수 없는 일이었기에 사츠키는 보편적인 대답을 입에 담지 않았다.

"하지만 타카히사 군이 용서받고 싶어 하는 마음 때문에 이상해진 건 확실하지? 결국 무슨 말을 했는지는 모르겠지만, 아키를 슬프게 할 일도 했고."

"……."

"그렇게 된 이유는 알고 있잖아?"

"……."

"타카히사 군, 미하루를 아직 좋아하는 거지?"

"웃……."

계속 침묵하던 타카히사였지만, 근원에 있는 마음마저 사츠키에게 간파당해 몸을 부르르 떤다.

"침묵은 긍정으로 받아들이고, 조언 하나 할게. 우선 미하루를 포기하는 것부터 시작해보는 게 어떨까?"

"?! 그런 말을, 그렇게 쉽게……!"

북받치는 감정을 더는 참지 못했는지 타카히사가 결국 입을 열었다. 하지만 사츠키와 마사토 두 사람이 자신을 빤히 바라보고 있음을 깨닫고는 이내 목소리를 삼켰다.

"연회 후에, 미하루한테 한 번 제대로 거절당했지?"

그런데 어째서 포기하지 못하는 거야? 사츠키는 그것이 어렵다는 것을 알고 있었지만, 그럼에도 타카히사에게 물었다.

"그야, 좋아하니까 쉽게 포기할 수 없는 건 당연하잖아요……."

"……그 마음의 깊이는 솔직히 대단하다고 생각하지만, 일방통행이야. 그러니까 미하루는 포기해야 해. 그게 안 되면 타카히사 군은 언제까지나 나아갈 수 없어."

사츠키가 타카히사에게 현실을 들이대며 충고했다.

"……포기하라니……."

──이 세상에 온 이후로 절망하고, 많은 것을 포기했다. 참기도 했다. 고독을 계속 맛보았다. 그런데…….

──왜 나만 포기해야 해?

그런 억울함을 타카히사의 표정이 여실히 말해주고 있었다.

"뭐, 지금 당장 포기하기는 어렵겠지. 그러니까 타카히사 군, 넌 센트스텔라 왕국으로 혼자 돌아가. 다음에 만나러 오는 건 미하루에 대한 마음을 포기한 뒤에 해줘."

사츠키는 다시 한번 타카히사에게 귀국 이야기를 꺼냈다. 아니, 명령했다.

"말해두지만 이건 결정사항이야."

마사토도 못을 박았다.

"……왜, 둘이서 그런 걸 멋대로……."

"그래. 그 밖에 정할 권리가 있는 사람이 있다면 리리아나 왕녀와 미하루겠네."

"그렇다면……."

"두 사람의 입으로도 직접 돌아가 달라는 말을 듣고 싶어? 지금 이 자리에 미하루와 리리아나 왕녀를 데려오지 않은 건 너에 대한 최소한의 호의였어."

"읏……."

미하루에게 거절당할 것이 두려웠는지 타카히사가 겁먹은 표정을 지었다.

"그럼 그렇게 알고 있어. 늦어도 2, 3일 안에는 돌려보낼 생각이야. 약속도 했으니 그전에 백미하고 된장국 정도는 대접할게."

"……."

더는 사츠키에게 반박할 이치나 수단을 찾지 못했는지 타카히사가 분한 얼굴로 고개를 숙였다.

"그럼 마사토 군."

사츠키가 마사토에게 눈짓을 하며 무엇인가 지시했다.

"알았어."

마사토는 몸을 일으켜 응접실 출입문 쪽으로 향했다. 자세히 보면 응접실 문은 완전히 닫혀 있지 않았다. 그 증거로 마사토가 밀자 문은 아무런 저항 없이 열렸다.

"……."

그리고 문 건너편에는 미하루와 아키와 리리아나가 서 있었다. 문이 제대로 닫혀 있지 않았으니 실내의 대화가 전부 들렸으리라.

어쩌면 타카히사 이외의 다른 이들은 처음부터 그것을

노리고 있었는지도 모른다. 이를 뒷받침하듯 사츠키도 마사토도 문밖에 미하루 일행이 있는 것에 별달리 놀라는 기색이 없었다. 고개를 숙인 타카히사만이 방 밖에 미하루 일행이 있었다는 것을 깨닫지 못했다.

"……끝났어."

마사토는 실내를 돌아보며 고개 숙인 형을 한 번 쳐다보았다. 그리고 무어라 형용하기 어려운 얼굴로 한숨을 쉬더니 미하루 일행을 방으로 불러들였다. 다만 자신은 얼굴을 마주하면 안 된다고 생각했는지 미하루만은 사츠키에게 꾸벅 고개를 숙이고 그대로 통로로 떠났다.

"……."

아키는 미하루를 쫓지 않고, 무수한 감정이 교차하는 표정을 지었다. 그리고 실내에 있는 타카히사를 바라보았다.

"실례합니다. 타카히사 님, 모시러 왔습니다."

곧 리리아나가 그렇게 말하고 홀로 실내로 들어갔다. 아키는 방 밖에서 우뚝 서 있었다. 타카히사는 미동도 하지 않은 채 씁쓸한 얼굴로 여전히 고개를 숙이고 있다.

"성으로 돌아가죠, 타카히사 님."

"……."

타카히사는 움직이지 않았다.

"일어나, 타카히사 군. 어린애처럼 떼쓰지 말고."

사츠키가 냉정한 말로 타카히사에게 주의를 주었다.

"……!"

타카히사는 더더욱 분하다는 듯 얼굴을 구기더니 마지못해 몸을 일으켰다. 사츠키와 마사토와는 얼굴도 마주치지 않은 채 그대로 방 밖으로 걸어나갔다.

"오빠……." "……."

복도에서 아키와 스쳐 지나간 타카히사는 잠시 걸음을 멈췄다. 하지만 처참한 얼굴을 더 와락 일그러뜨리고는 저택 밖을 향해 다시 걷기 시작했다.

"저, 저기…… 저도 저택 밖까지 오빠를 배웅해줘도 될까요?"

"……네, 부탁드려요."

리리아나는 사츠키와 눈을 맞추고 양해를 구한 뒤 고개를 끄덕였다. 아키는 리리아나와 함께 타카히사의 뒤를 따라갔다.

그리고 실내에는 사츠키와 마사토만 남겨졌다.

"……미안해, 사츠키 누나."

마사토가 불쑥 사죄의 말을 뱉었다

"무슨 뜻이야?"

사츠키가 온화한 어조로 시치미를 뗐다.

"형 말이야. 우리 형제 문제인데……."

"괜찮아."

사츠키가 밝은 목소리로 고개를 좌우로 저었다.

"사츠키 씨, 마사토 군."

그때 열려 있는 문으로 미하루가 들어왔다. 그저 타카히사와 얼굴을 마주치는 것을 피하고 싶었던 것뿐인지 복도 구석에 숨어 있다가 타카히사가 떠난 것을 확인하고 온 듯 했다.

"어서 와, 미하루. 이미 들었겠지만 끝났어."

사츠키는 약간의 정신적인 피로를 내비치면서도 부드러운 미소를 지으며 미하루를 향해 말했다.

"……죄송합니다, 사츠키 씨."

"방금 마사토 군한테도 사과를 받았는데…… 왜 사과하는 거야?"

"그래도 제가 타카히사 군에게 전하는 게 맞지 않았을까 해서요. 사츠키 씨에게 불편한 역할을 떠넘기고 말았어요."

"……글쎄? 아까도 말했지만 나는 타카히사 군이 완전히 감정을 털어내기 전까지는 미하루와 얼굴을 마주하면 안 된다고 생각해."

"……."

강한 책임감을 느낀 것인지 미하루의 쓰디쓴 표정은 풀어질 생각을 안 했다.

"저기 말야. 애초에 타카히사 군이 미하루를 멋대로 좋아한 것뿐이니까 책임을 느낄 만한 일은 아무것도 없지 않아? 연회 때 제대로 거절도 했잖아. 그런데 타카히사 군이 혼자 포기하지 못하는 것뿐이야. 여기서 미하루가 또 마지못해 타카히사 군 앞에 나서면 그거야말로 타카히사 군의 뜻대로 되는 거야. 그러니까 역시 내가 상대하는 게 정답이었다고 생각해, 응."

사츠키는 미하루를 격려해주듯 힘을 실어 위로했다.

"……감사합니다."

그 말에 미하루는 어색하나마 미소를 지으며 꾸벅 고개를 숙였다.

"뭐, 확실히. 이건 모두의 문제일 수도 있어. 하지만 해결해야 하는 건 타카히사 군이야. 우리가 해결해 줄 수 없는 문제지. 그러니 타카히사 군이 문제를 해결하지 못해서 답답해하는 건 알지만, 기다리자. 다 같이. 응?"

"……네." "응……."

사츠키의 설득에 마음의 매듭이 지어진 것일까. 미하루도 마사토도 조용히 고개를 끄덕였다.

그 후 미하루의 시선이 자연스럽게 통로를 향했다. 타카히사…… 라기보단 타카히사를 배웅하기 위해 따라간 아키 쪽이 신경 쓰이는 듯했다

"이제 슬슬 타카히사 군도 저택을 나가지 않았을까? 아키 상태 좀 보러 가줄래?"

"……네."

사츠키가 제안했고, 그렇게 미하루 일행도 응접실을 떠났다.

사츠키가 예상한 대로 타카히사는 이미 저택 밖으로 나와 있었다. 이미 취침 시각이 가까워져 당연히 밖은 캄캄하다.

그런 어둠 속에서 타카히사는 저택에서 성으로 이어지는 길을 묵묵히 걷고 있었다. 바로 뒤에는 리리아나와 아키가 있고 심지어 호위기사인 힐다, 키아라, 앨리스 세 사람이 조명 마도구를 들고 리리아나 일행을 에워싸고 있었다. 시녀인 프릴도 동행했다.

"⋯⋯."

타카히사에게 풍기는 날 서린 분위기를 느낀 것인지 다들 아무 말도 하지 않은 채 저택의 부지 경계 부근까지 도착했다. 아키는 성까지 따라가지 않았기에 이제 그만 헤어질 시간이었다.

"⋯⋯오빠."

아키가 용기를 내서 타카히사의 등에 말을 걸었다.

"⋯⋯."

타카히사가 걸음을 멈췄다.

여전히 아무런 말 없이 침묵하고 있었지만⋯⋯ 자신의 말이 전해졌다는 것을 알고 아키는 남몰래 가슴을 쓸어내렸다.

"나도⋯⋯ 나도 나중에 꼭 센트스텔라 왕국으로 돌아갈 테니까 기다려줘."

저택에서의 삶에 익숙해지기 시작했고 미하루와의 관계

도 무사히 회복했다. 가능하다면 다시 함께 미하루 일행과 살고 싶을 것이다. 하지만 아키는 센트스텔라 왕국으로 돌아가겠다고, 자신이 돌아갈 곳은 타카히사가 있는 곳이라는 뜻을 타카히사 본인에게 전했다.

"……저기, 아키, 리리."

타카히사가 주저하듯 입을 열더니 아키와 리리아나를 돌아보았다.

"……왜?"

"무슨 일인가요?"

"다들…… 모두가 날 오해하고 있어."

타카히사가 호소했다. 그러나 오해는 아무것도 없다. 지금의 타카히사도 타카히사였다. 오히려 정신적으로 궁지에 몰린 상황인 만큼 자신의 일면이 더 짙게 드러난다고 볼 수 있었다. 그것을 부정할 수는 없다.

"……그러게. 그럴지도 몰라."

아키는 부정하지 않았다. 지금의 타카히사가 온전한 자신의 모습을 보여주는 것에 굶주려 있다는 것을 정확히 알고 있기 때문이었다. 지금의 타카히사조차 다정하게 받아들고자 했다.

"그렇지……?"

"……응. 알고 있어. 나는 오빠를 알고 있어."

아키는 상심한 타카히사에게 다가가 살며시 껴안았다. 울음을 그치지 않는 아이를 달래듯 토닥토닥 등을 두드려

준다.

"……나, 정말 혼자서 센트스텔라 왕국으로 돌아가야 하는 걸까?"

타카히사는 한없이 불안한 목소리로, 의미 없는 말이나 다름없는 의문을 뱉었다.

"……."

"다른 분들이 그렇게 말씀하시는 이상 어쩔 수 없습니다."

차마 말을 꺼내지 못하는 아키 대신 리리아나가 옆에서 대답했다.

"하지만! 리리와 아키가 모두를 설득해 주면 되잖아! ……두 사람이 사츠키 선배와 마사토한테 말 좀 해주면 안 될까? 내가 해도 소용없을 것 같아. 어떻게든, 제발 안 될까?"

이제 방법은 그것밖에 없다는 사실을 안 타카히사는 지푸라기라도 잡는 심정으로 간절하게 두 사람에게 부탁했다.

"그건……."

못 해──. 아키의 얼굴이 그렇게 말하고 있었다. 마도구의 희미한 불빛에 의지해야 하는 어둠 속에서도 알 수 있을 정도로.

"아키도 미하루랑 같이 있고 싶지? 그럼 이번에는 센트스텔라 왕국에 오는 것도 좋겠다. 다른 사람들도 오라고 해도 돼!"

타카히사는 아키가 거부의 말을 꺼내기 전에 황급히 말을 덧붙였다.

"……나도, 또 모두와 함께 있고 싶어. 오빠도 응원하고 싶고."

아키가 하는 말은 거짓 없는 진심이었다.

"그렇다면!"

"하지만 그래도. 난 이제 모두의 마음을 배신하고 싶지 않아."

이 역시 아키의 거짓 없는 진심이었다.

"……뭐?"

"……더는 모두를 배신할 수 없어. 그러니까 미안해. 다른 사람들은 설득할 수 없어. 아니, 오빠는 먼저 센트스텔라 왕국으로 돌아가는 게 좋겠어. 지금은 나도 그게 오빠를 위한 거라고 생각해."

아키는 고통을 눌러 참으며 자신의 결단을 타카히사에게 전했다.

"그게 무슨……."

타카히사는 잠시 말을 잃었다.

"거짓말, 이지?"

그가 떨리는 목소리로 물었다.

"……."

"응? 아키……."

"……거짓말 아니야. 어떻게 하면 좋았을지, 제대로 생각해줘. 미하루 언니가 없어도 오빠는 혼자가 아니야. 그러니까 다시 모두의 신뢰를 되찾을 수 있도록 노력하자.

내가 있으니까…… 그러니까…….”

아키는 정면으로 타카히사를 마주 보며 호소했다.

“……신뢰라니 뭐야……. 혼자가 아니라고…… 다들, 다들 혼자가 된 적이 없으니까 모르는 거야! 혼자가 되는 고독을 모르니까 쉽게 돌아가라고 말할 수 있는 거라고! 혼자가 되라고, 포기하라고!”

타카히사는 눌러 담아왔던 울분을 터뜨리듯 어둠 속에서 고성을 내질렀다. 그 자리는 쥐죽은 듯 조용해졌다.

“……오빠가 외롭다면 나도 나중이 아니라 당장이라도 같이 돌아갈게. 나는 오빠랑 같이 있을 거야.”

오빠는 혼자가 아니라며 아키가 끈질기게 타카히사에게 호소했다

“……아니, 아니야. 그런, 그런 걸 말하는 게 아니야.”

하지만 타카히사는 답답한 듯이 고개를 저었다.

그런 게 아니라면 대체 어떤 것인가.

“……나로는 안 되는 거야?”

나로는 오빠의 외로움을 메울 수 없는 거야? 아키가 더욱 쓸쓸한 얼굴로 물었다.

“그런, 게 아냐. 그게 아니라…… 아키도 모두와 같이 있고 싶지? 미하루랑 같이 있고 싶잖아? 그러니까 모두와 함께 있을 수 있도록 어떻게든 해보자는 거야. 이렇게 뿔뿔이 흩어지는 게 아니라……!”

‘모두’를 강조하는 타카히사의 주장은 시종일관 변함이

없었다.

"······오빠가 같이 있고 싶은 건······."

하지만 아키는 이미 알고 있었다. 타카히사의 논리가 궤변에 불과하다는 것을 깨달은 것이다. 아니, 처음부터 눈치챘을지도 모른다. 눈치챘지만 못 본 척하고 있었다. 하지만 더 이상 못 본 척할 수 없었다.

——오빠가 같이 있고 싶은 건 **모두**가 아니라 **미하루 언니**잖아.

그럼에도 아키는 그 한마디조차 입에 담을 수 없었다.

"······."

그래서 그녀는 차라리 입을 다물었다. "오빠의 바람에는 응할 수 없어"라고 무언으로 호소했다. 타카히사도 그것을 알아차린 것인지, 초조한 기색으로 이번에는 리리아나를 바라보았다.

"······부탁해, 리리!"

"······."

리리아나는 그 자리에 우뚝 선 채 아무 말도 하지 않았다.

"어떻게든, 어떻게든 안 될까? 부탁해, 이렇게 부탁할게. 이제 리리밖에 없어······."

타카히사는 필사적으로 매달리며 부탁했다.

"······솔직히 타카히사 님이 왜 그렇게까지 초조해하시는지 모르겠습니다."

리리아나는 한숨을 내쉬고는 천천히 무거운 입을 열었다.

"읏, 당장이라도 센트스텔라로 돌아가게 생겼다고! 초조
할 수밖에 없지!"

"그 이전의 이야기입니다. 가르아크 왕국에 막 오셨을
때의 타카히사 님은 매우 이성적이셨습니다. 과거의 행동
을 후회하고 진심으로 반성하는 것처럼 보였습니다. 하지
만 머무는 날이 늘어날수록 후회와 반성의 마음은 사라지
고 초조함만 더해졌습니다. 이렇게 이야기를 하는 지금도
자신의 일밖에 모르시고, 변명만 하시고…….."

대체 후회나 반성의 마음은 어디로 사라져 버린 거죠?
리리아나는 진심으로 의아하다는 심정을 담아 타카히사에
게 물었다.

"읏, 사라진 적, 없어……. 지금도 후회하고 있고 반성도
하고 있어. 그러니까 미하루를 강제로 센트스텔라로 데려
가려는 생각은 이제 절대로 안 해. 정말 후회하고 있다고,
난……. 그런 건 진짜 내가 아니었어. 그러니까 진짜 나를
알아줬으면 해서, 봐줬으면 해서……."

타카히사는 주먹을 꽉 쥐며 씁쓸하게 대답했다.

"그렇다면 왜 차분히 기다리시지 못했던 거죠? 진정한
자신을 봐 달라, 알아 달라 말씀하셨지만, 한 번 잃은 신뢰
는 그렇게 쉽게 되찾을 수 있는 것이 아닙니다. 지금은 거
리를 둔다 해도 어쩔 수 없어요. 신뢰라는 것은 어떤 대우
를 받든 반성하고 받아들였을 때야 비로소 조금씩 되찾을
수 있는 겁니다. 그런 생각은 못 하셨나요?"

리리아나는 담담하게 정론을 늘어놓았다.

"……그, 그런 건 궤변이야. 그걸로 신용을 되찾을 수 있다는 결과가 보장되는 건 아니잖아."

"어쨌든 타카히사 님이 이렇게까지 헛돌고 계시는 원인이 이 성에 있다면 타카히사 님을 성에서 떨어뜨리는 것은 적절한 대처법입니다. 저도 타카히사 님은 센트스텔라로 돌아가시는 편이 좋겠다고 생각합니다."

"웃, 어디에 있을지는 내 자유야! 날 속박할 권리가 왜 모두에게 있는 건데?! 그런 건, 내 감정을 무시하는 거잖아! 날 보려고도 하지 않는데, 그런 말을 들었다고 순순히 납득할 수 있을 리가 없잖아!

"애초에 타카히사 님이 미하루 님의 감정을 무시한 것이 현 상황의 발단입니다. 타카히사 님이 미하루 님과 함께 있을 수 없는 이유이기도 하고요. 민폐가 되니 돌아가 달라는 말을 들었는데, 그 부분은 이해하고 계신 건가요?"

타카히사가 무슨 말을 하든 더 이상 상관없다. 리리아나는 조금의 미동 없이 담담하게 날카로운 말을 던졌다.

"웃…… 그러니까 그건……."

민폐를 끼쳤다는 자각은 있는 것인지 타카히사가 상처받은 표정을 지었다. 그럼에도 무언가 더 하고 싶은 말이 있는 것일까.

"애초에 되고 싶어서 용사가 된 게 아니야. 용사 같은 게 돼 버려서 난 센트스텔라 왕국에 있게 된 거잖아. 나만 모두와 함께 있을 수 없게 돼서……."

그것은 센트스텔라 왕국이 자신이 속박하는 것 역시 잘 못이라고 에둘러 말하는 것이나 다름없었다.

"그렇게나……."

──타카히사 님은 센트스텔라 왕국에서의 삶이 그렇게 나 싫으셨나요?

그렇게 묻고 싶은 듯 리리아나의 표정에 망설임이 내비 쳤다. 하지만 공백은 길지 않았다. 그녀가 주저함을 끊어 내듯이 고개를 저었다.

"만일 용사를 포기했다고 해도 타카히사 님이 미하루 님 곁에 있을 수는 없을 겁니다."

리리아나는 타카히사에게 한 번 더 현실을 들이밀었다.

"그런 건! 그런 건……!"

모르는 일이잖아! 라는 말로 부정할 수 없었다. 타카히 사도 사실은 알고 있기 때문이었다. 리리아나의 말이 맞다 는 것을. 하지만 그럼에도 현실을 받아들이기 싫어서, 현 실을 바꾸고 싶어서 저항하려 했다.

"왜 그래, 리리. 그런, 그런 식으로 날 괴롭게 하지 말아 줘……."

타카히사는 기어이 마음이 부스러져 가는지 비굴하기 그지없는 얼굴로 그런 말을 했다.

"……저도 타카히사 님을 괴롭게 하고 싶지 않아요."

"그런데 왜 그렇게 심한 말을 해?"

"타카히사 님을 생각하니까요."

"나를 위해서라고……."

타카히사는 벌레라도 씹은 듯한 얼굴이 되었다

"……정말? 정말로, 나를 위해서야?"

도대체 무슨 생각을 한 것일까. 그가 의심스럽다는 듯 미심쩍은 시선으로 리리아나를 바라보았다.

"……무슨 뜻이죠?"

총명한 리리아나라도 타카히사가 무엇을 의심하는지까진 간파할 수 없었는지 고개를 기울이며 타카히사에게 되물었다.

"리리는 날 좋아하잖아? 센트스텔라 왕국을 위해서라도 나랑 미하루가 맺어지지 않았으면 해서 그런 심한 말을 하는 거 아냐?"

반격으로 상대의 아픈 곳이라도 찌르고 싶었던 것일까. 타카히사는 히죽거리는 비웃음을 입가에 내걸고 있었다.

"…………. 읏……."

그야말로 청천벽력이 아닐 수 없었다. 리리아나는 잠시 넋이 나가 할 말을 잃고 말았다. 애써 무슨 말을 하기 위해 입을 움직이려 했지만, 아무 말도 나오지 않았다. 슬픈 얼굴로, 더없이 슬픈 얼굴로 고개를 푹 떨궜다. 그녀의 눈물이 흘러내려 툭 하고 땅을 적셨다.

무리도 아니다. 타카히사가 뱉은 한마디는 치명적일 정도로 최악이었다. 아무리 초조했다 하더라도, 아무리 자신을 잃었다 하더라도 결코 용서받을 수 없는 말이었다.

"……야!"

그래서일까. 강한 분노를 담은 목소리가 저택 부지 일대에 울려 퍼졌다.

"……?!"

"마, 마사토?!"

타카히사는 몸을 떨며 목소리가 들린 쪽을 보았다. 어둠 속에 몸을 숨기고 있던 것은 동생인 마사토였다. 뒤에는 미하루와 사츠키도 있다.

"정도껏 해, 망할…… 아무리 그래도 그건 좀 아니지!"

마사토가 괘씸하다는 얼굴로 타카히사를 노려보았다. 금방이라도 한 대 때릴 듯이 분노한 모습으로 걸어온다. 하지만 뒤에서 어깨를 붙잡혀 제지당했다.

"잠깐……?"

말리지 마, 사츠키 누나──라고 말하기 위해 뒤를 돌아보는 마사토.

"미하루 누나?"

하지만 마사토를 뒤에서 제지한 것은 미하루였다.

"기다려, 마사토 군."

"아, 으응…….."

그 순간, 마사토는 타카히사가 미하루의 역린을 건드렸음을 직감하고 고개를 끄덕였다. 그도 그럴 것이, 이렇게 화가 난 미하루의 얼굴을 마사토는 본 적이 없었기 때문이었다.

"미하루……!"

순간적으로 미하루를 불러 세우려던 사츠키. 하지만 말릴 의지조차 사라진 것인지 뻗은 손을 다시 되돌려 머리를 긁적인다. 미하루는 말없이 걸어 타카히사에게 다가갔다.

타카히사는 무슨 변명이라도 하려는 듯이 황급히 입을 열었다.

"미, 미하웃?!"

하지만 미하루가 타카히사의 뺨을 손바닥으로 올려쳐 입을 막았다. 따귀를 때린 것이다.

짜악, 하는 메마른 소리가 울리며 타카히사의 말이 물리적으로 막혀버렸다. 타카히사는 미하루의 이름을 끝까지 입 밖에 내지도 못했다.

"어? 어……?"

"최악……."

극심하게 혼란스러워하는 타카히사를 향해 미하루가 강한 분노를 담아 말했다.

"……타카히사 군, 최악이야."

분노와 슬픔을 담아 그녀가 말을 이었다

"미, 미안! 미하루, 나는!"

타카히사가 반사적으로 사과했다.

"뭐가?"

"어?"

"뭐가 미안한데?"

미하루는 진심으로 궁금하다는 듯 타카히사에게 물었다.

"어, 아, 그러니까……. 내가, 이상한 소리만 해서."

타카히사가 힘없이 이유를 늘어놓았다.

"뭐를 잘못했는지도 모르면서 사과 좀 그만해. 타카히사 군의 사과는 믿을 수 없어."

미하루가 단호하게 타카히사에게 잘라 말했다.

"아, 미안, 미안해……."

타카히사는 어찌할 바를 모른 채 미하루에게 연신 사과했다.

"사과해야 할 건 내가 아니잖아? 리리아나 님이 굉장히 상처받으셨을 거야."

미하루의 목소리는 떨리고 있었다. 아니, 목소리만 그런 것이 아니었다. 남의 얼굴을 때린 경험 따위는 한 번도 없었으리라. 타카히사의 뺨을 때린 손은 아직도 부들부들 떨리고 있었다. 휘두른 팔도, 몸도, 온몸이 조금씩 떨리고 있었다. 금방이라도 무너져 내릴 것 같다. 하지만 그럼에도 입을 움직여 타카히사를 향한 비난을 멈추지 않았다.

"아, 저기……."

타카히사의 시선이 리리아나를 향했다.

"나 때문에 리리아나 님을 상처입힌 거야? 그런 심한 소릴 한 거야?"

그렇게 묻는 미하루의 얼굴은 자신 때문에 이렇게 되었

다는 강렬한 자책감에 사로잡혀 있었다.

"아, 아니, 아니야. 그런 게 아니라 난!"

"아니, 됐어. 타카히사 군은 늘 이야기를 피하기만 하니까. 이제 타카히사 군의 말은 아무것도 듣고 싶지 않아. 그러니까 이거 하나만 내 입으로 분명히 말할게. 역시 처음부터 내가 확실하게 말했어야 했어."

그런 서론을 꺼내며 미하루가 말을 이었다.

"타카히사 군이 싫어. 너무 싫어. 같이 있을 수 없어. 있고 싶지 않아. 그러니까 다시는 내 앞에 얼굴 보이지 말아줘."

그리고 확실한 단어만을 골라 온 힘을 다해 타카히사를 거절했다.

"안 돼……."

타카히사는 마치 이 세상이 끝난 것 같은 표정이었다.

"힐다 씨. 타카히사 군을, 아니, 이 사람을 성의 방까지 데려다주시겠어요? 리리아나 님은 저택에 다시 모실 테니 나중에 데리러 와주세요."

미하루는 리리아나의 호위기사 대장인 힐다를 보고 타카히사의 이송을 부탁했다.

"……알겠습니다. 왕녀님을 잘 부탁드립니다. 프릴, 넌 왕녀님 곁을 따르도록 해라."

힐다는 미하루에게 깊이 고개를 숙인 뒤 시녀 프릴에게 지시했다. 프릴이 고개를 끄덕였다.

"리리아나 님, 죄송합니다. 괜히 저 때문에 일이 이렇게 돼서……."

미하루는 리리아나에게 다가가 깊이 고개를 숙였다.

"아니요, 미하루 님의 잘못이 아닙니다……."

리리아나는 눈물을 닦더니 당황하며 고개를 저었다.

"……갑시다, 타카히사 님."

"저, 저기! 잠깐만! 미하루, 잠깐만……!"

타카히사는 힐다의 팔을 뿌리치고 미하루를 향해 소리쳤다.

"……."

미하루는 타카히사를 보려고 하지 않았다. 안 들릴 리가 없는데도 못 들은 척 시선을 외면했다.

"나, 외로웠어! 혼자는 싫었어! 이 세상에 온 뒤로 계속 혼자였으니까……. 또 혼자가 되는 게 끔찍하게 무섭고 싫었어! 미하루도 너무 좋아하니까, 그래서 점점, 점점 더 이상해져서……."

타카히사가 자신의 나약함을 토해냈다. 그 틈을 타 고백의 말까지 나와버렸다.

"이런 내가 스스로도 싫어! 그러니까 제발, 제발 부탁해. 미안해, 미안해. 정말로 죄송합니다. 용서해줘, 용서해주세요……. 이번에야말로, 제대로 반성할 테니까! 제발 부탁이야……."

금방이라도 죽을 것 같은 얼굴로, 그 자리에서 땅바닥에 무릎을 꿇고 필사적으로 고개를 숙인다.

"……."

그 모습에 정상참작의 여지가 있을지도 모른다고 생각한 것일까. 미하루가 갈등하는 얼굴로 표정을 흐렸다.

하지만 여기서 타카히사를 용서해 버리면 또 같은 일이 반복될 것이라는 예감이 들었다. **여기서 타카히사를 용서하는 것만큼은 절대로 아니라는 생각이 들었다.** 그러니까 제대로 거절해야 한다.

"가시죠, 미하루 님."

리리아나도 미하루와 같은 생각인지 그 등을 살짝 밀었다.

"……네. 아키도 와. 돌아가자."

미하루는 고개를 끄덕이며 걱정스럽게 타카히사를 바라보는 아키를 불렀다.

"……응."

아키도 미련을 끊으려는 듯 타카히사에게서 시선을 떼고 고개를 끄덕였다. 그러자 사츠키가 타카히사에게 다가왔다.

"타카히사 군, 귀국하는 그 순간까지 방 안에서 머리를 식히고 뭐가 잘못됐는지 잘 생각해봐. 난 널 배웅하러 갈 거니까 그때 네 말을 다시 들려줘."

그게 정말로, 마지막 기회야. 그렇게까지 말하지는 않았지만, 사츠키는 고개를 숙이는 타카히사에게 고했다.

"큭, 흑……."

타카히사는 대답하지 않고 바닥에 얼굴을 박은 채 오열

했다. 결국 미하루 일행은 저택으로 돌아가고 타카히사도 성의 방으로 끌려가게 되었다.

◇ ◇ ◇

그리고 이틀 뒤 아침.

타카히사가 다시 센트스텔라 왕국으로 귀국하는 날이 왔다. 타카히사에겐 오늘 아침 가르아크 왕국을 떠날 것이라고 어제 리리아나가 전해주었다.

"그럼 갔다 올게."

사츠키는 타카히사를 배웅하기 위해 저택 현관을 나서려 하고 있었다. 그 자리에는 따로 배웅하러 가지 않는 미하루와 아키, 마사토의 모습이 있었다.

"……사츠키 씨. 오빠를 잘 부탁해요."

아키가 사츠키에게 고개를 숙여 보였다.

"응……."

사츠키가 고개를 끄덕였다.

"……어? 리리아나 왕녀?"

마사토도 무어라 말하려고 하던 그때였다. 현관 밖을 내다본 그가 성에서 저택으로 이어지는 길을 지나는 리리아나의 모습을 발견했다.

어지간히도 급한 것인지 리리아나는 드레스 자락을 잡고 종종걸음으로 달려오고 있었다. 그런 모습을 보고 다들 눈을 휘둥그레 떴다.

"자, 잠깐, 무슨 일이에요?"

사츠키가 황급히 저택에서 나와 리리아나에게 달려갔다. 미하루와 아키와 마사토도 뒤를 쫓았다. 그렇게 저택 밖에서 합류하자마자, 리리아나가 거친 숨과 함께 사죄했다.

"죄송합니다."

"……뭐가요?"

대체 무엇을 사과하고 있는 것일까. 사츠키 일행이 의아한 얼굴로 고개를 갸우뚱했다.

"……타카히사 님의 모습이 어디에도 보이지 않습니다."

리리아나는 타카히사가 실종된 사실을 창백한 얼굴로 털어놓았다.

〖 제 7 장 〗 ✤ 성도 토넬리코

이야기는 크게 전환된다.

천 년 이상 전.

신마전쟁은 슈트랄 지방 서쪽에서 시작된 것으로 알려져 있다. 당시 마의 군세는 슈트랄 지방 서쪽에 출현하여 동쪽으로 진군하였다. 그로 인해 슈트랄 지방의 서쪽은 마의 군세에 지배되어 더는 사람이 살 수 없는 땅이 되었다.

사람이 살 수 있게 된 것은 신마전쟁이 끝난 뒤의 일이다. 과거 살던 주민의 후예가 서쪽 땅으로 돌아와 나라를 세웠다고 역사 문헌에는 적혀 있다.

또한 마의 군세가 최초로 출현한 곳이 슈트랄 지방의 최서단에 위치한 땅이라는 것도 역사상의 사실로서 널리 알려져 있다. 그러니까 엄밀히 말하면 **신마전쟁은 슈트랄 지방 최서단에서 시작된 것이다.**

덧붙여 슈트랄 지방 동쪽의 대국이라고 하면 동쪽의 가르아크 왕국과 남동쪽의 센트스텔라 왕국이 존재한다. 이어서 슈트랄 지방 중앙의 강대국이라고 하면 북쪽의 프로키시아 제국과 남쪽의 벨트람 왕국이 있다.

그리고 슈트랄 지방 서쪽의 대국이라고 하면…… 연상했을 때 반드시 이름이 거론되는 것이 슈트랄 지방의 최서단에 위치한 **아르마다 성왕국**이다.

"……도착했네."

성녀 에리카의 유해를 매장한 리오는 지금 바로 그 아르마다 성왕국의 최서단에 있는 도시를 방문한 상태였다. 성도 **토넬리코**. 이미 서술했듯이 신마전쟁 시대에 **세계 최초로 마의 군세가 모습을 드러내며 신마전쟁이 시작된 땅**이다.

"긴 여행하느라 수고하셨습니다, 용왕님."

소라는 부유한 채 리오에게 꾸벅 고개를 숙였다.

"소라도."

리오가 소라에게 빙긋 미소를 지어주고는 눈 밑의 성도로 다시 시선을 돌렸다. 도시 안에서 가장 눈길을 끄는 인공물은 도시를 다스리는 인물이 사는 궁전이었지만, 그보다 더 눈길을 사로잡는 것은 비인공물 쪽이었다.

'……저게 미궁인가.'

즉, 미궁. 바닷가의 탁 트인 평지에서 거대한 동굴 구멍이 뻥 뚫린 채 어둠을 뿜어내고 있었다. 신마전쟁 때 마의 군세는 이 미궁에서 모습을 드러냈다고 한다.

미궁 주위로는 도시를 감싼 성벽 이상으로 견고한 벽에 겹겹이 둘러싸여 있는데, 그곳을 도시의 일부라고 불러야 할지는 알 수 없다. 미궁 입구에서 도시까지는 땅도 나 있고 길도 이어져 있었지만 1킬로미터 정도 거리가 벌어져 있기 때문이었다.

도시와 동굴을 오가는 사람들의 모습은 보였다 하지만 완전한 비거주 구역이었다. 누가 봐도 동굴을 경계하며 격리하고 있다는 것을 알 수 있었다.

'무장하고 있는 건 도시의 병사들과…… 모험자인가? 미궁 이야기는 왕립학원에 다닐 때 들은 적이 있긴 한데, 아직도 마물이 출현한다는 이야기는 사실인 것 같네.'

삼엄한 경계를 하고 있고 모험자들도 미궁을 드나든다는 것은 그런 뜻이겠지. 우선 리오는 눈에 보이는 정보부터 파악했다.

'신마전쟁 시대에 무슨 일이 있었는지 단서가 있으면 좋겠는데…….'

칠현신이었던 리나는 이 시대에 무슨 일이 일어날 것을 예지했다고 한다. 그래서 용왕의 영혼을 환생시켜 리오의 육체에 깃들게 했다.

하지만 정작 무슨 일이 일어나는지, 리오에게 무엇을 시키고 싶은지조차 아직 불분명했다. 지금 리오는 모르는 것이 너무 많았다.

그래서 리오와 소라는 정보 수집을 위해 이 땅을 방문했다. 신마전쟁 시대에 첫 군세가 모습을 드러냈다고 알려진 곳이라면 뭔가 단서가 있을지 모른다. 그런 막연한 근거로 여기까지 온 것이다.

그렇다고는 해도 현재 리오가 성도나 미궁에 대해 아는 것은 매우 적었다. 리나에 관한 이야기를 듣기 전까지는 특별히 올 생각도 하지 않던 곳이었기에 왕립학원 시절 배운 교양 정도의 지식밖에 갖고 있지 않은 것이다.

"……일단 도시로 내려가서 미궁과 신마전쟁에 대해 알아볼까?"

"예!"

그러니 지금은 행동하는 것이 우선이었다.

리오와 소라는 곧바로 성도 토넬리코로 내려가 보기로 했다.

◇ ◇ ◇

리오와 소라는 성도 토넬리코에 들어서자마자 먼저 성왕국, 성도, 그리고 미궁에 대한 탐문을 통해 전체적인 정보를 모았다.

그 결과 여러 가지 것들을 알게 되었다.

우선 통치면에서 알게 된 것을 대충 정리하자면, 아르마다는 성왕국이라고 자처할 만큼 유난히 육현신 신앙이 강한 나라라는 것이다.

국가의 원수는 국왕이고 나라 전체를 통치하고 있는 것도 국왕이지만, 국왕과는 별도로 교황이라고 불리는 존재가 있으며 나라의 종교적 수장 자리에 올라 있다.

현 교황의 이름은 펜리스 토넬리코.

정치적 입장이나 권력은 국왕이 위지만 교황은 성왕국내 치외 법권을 가진 자치구를 갖고 있고 독자적인 통치를 국왕으로부터 인정받고 있었다. 그 자치구라는 것이 리오 일행이 지금 찾고 있는 성도 토넬리코라는 사실도 알았다. 국왕이 기거하는 왕도는 성도와는 또 다른 곳에 있다고 한다.

"정치적인 건 이 정도만 알면 충분할 것 같아."

그렇게 두세 시간 정도 성도를 돌아다니며 정보를 수집한 리오는 적당한 찻집에 들어가 수집한 정보를 소라와 정리했다.

"네. 뭔가가 있다고 한다면 미궁이겠죠."

"그렇지."

소라의 말대로 중요한 건 미궁일 것이다. 미궁에 대해서도 알게 된 것은 있었다. 성도에 들어가기 전 리오가 예상했던 대로 역시 미궁에서는 지금도 마물이 출현하는 모양이었다. 방치해 두면 마물이 늘어나 밖으로 나올 수도 있었기에 솎아내기 위해 많은 모험자들이 일상적으로 드나든다고 한다.

"용왕님과 저라면 맨 안쪽까지 갔다가 돌아오는 것도 식은 죽 먹기죠."

자신 있게 말하는 소라.

"뭐, 모처럼 여기까지 왔으니 들어가 보고 싶긴 하네. 하지만 천 년 동안 아무도 최심부에 도달하지 못했다면 마물 이외에도 조심해야 할 것들이 있을지도 몰라."

리오는 소라와 대조적으로 신중한 자세를 잃지 않았다. 미궁 속이 어떻게 되어 있는지는 모르지만 어쨌든 폐쇄된 미지의 영역이다.

그런 공간을 탐색해본 경험이 부족한 이상 어떤 위험이 있을지 예상하기도 어려웠고 안에서 헤맬 우려도 있었다. 그 밖에도 단순한 전투능력만으로는 해결할 수 없는 문제가 생길지도 모른다.

"마물과 싸우는 데도 초월자의 제약이 영향을 줘?"

리오는 문득 궁금한 것을 질문했다.

그랬다. 초월자가 된 지금의 리오는 신이 정한 규칙의 적용을 받고 있었다. 신은 초월자들이 인류의 일에 불공평하게 개입하는 것을 금하고 있었다.

즉, 초월자는 인류 전체를 위해 힘을 행사해야 하며 특정 개인이나 세력을 위해서 싸우는 것은 허용되지 않는다. 그에 반하면 초월자는 개입을 시도한 자들에 관한 기억을 잃는 패널티를 받게 된다.

"……경우에 따라 다릅니다. 외딴 곳에 있는 마물이라면 다소 쓰러뜨린다고 해도 규칙이 발동해 페널티를 받는 일은 없겠지만, 너무 쓰러뜨리는 것도 문제가 될 수 있죠. 근처에 누가 있어도 애매해져요. 미궁에 들어가려면 가면은 쓰시는 게 좋을 것 같습니다."

소라가 고민하더니 그렇게 답했다. 참고로 신의 규칙을 피하기 위한 가면은 현재 다섯 장 있다. 그중 한 장은 로다니아에서 세리아 일행을 탈출시키기 위해 싸우다가 부서졌고, 지금은 해석을 위해 세리아에게 맡긴 상태였다. 다른 한 장은 가르시아 왕국성에 남은 아이시아를 위해 남겨

두었다. 따라서 리오의 수중에 있는 가면은 3장이다.

"좋아. 부족한 물자가 있으면 미리 사서 시공의 장에 넣어두기로 하고, 가능하면 모험자 길드에서 미궁에 대해서도 물어보는 게 좋겠다."

미궁도 성도의 영역인 이상 그 관리권은 교황에게 있다. 그리고 모험자 길드는 교황의 의뢰를 받아 모험자들을 미궁에 보내고 있다고 했다. 그러니 미궁에 들어가려면 길드에서 모험자로 등록할 필요가 있었다.

그렇다면 미궁에 대해 가장 잘 아는 사람은 모험자를 미궁으로 보내는 모험자 길드일 것이다. 미지의 위험한 영역에 들어가려고 하는 이상 사전 조사는 해 두는 편이 좋았다.

"오래 기다리셨습니다."

그때, 점원 여성이 주문한 물건을 가져왔다. 리오에게는 차가운 차가, 소라에게는 주스와 과일 접시가 놓였다.

"흐아아……."

소라가 반짝반짝 눈을 빛내며 테이블에 놓인 음식들을 바라보았다.

"일단 눈앞에 있는 것들 먼저 정리할까?"

리오가 키득키득 웃으며 말했다.

"네!"

소라가 무척 행복해 보이는 얼굴로 과일을 입에 넣었다.

리오와 소라는 찻집을 뒤로하고 모험가 길드로 향했다.

"여기가 모험가 길드인가 보네."

참고로 모험자 길드란 국가에 위탁받아 설립되는 기관이다. 본래는 제대로 된 직업을 가지지 않은 부랑자들에게 마물 퇴치 등의 험한 일을 떠넘겨 국내 경비를 시킨다.

마물을 퇴치하기 위해 군을 배치하는 비용을 절감할 수 있으니 국가 측에는 큰 이득이었다. 그래서인지 모험자 길드의 운영 방식은 각국에서 공유되며 거의 반 국제기구로 바뀐 상태였다.

말하자면 모험자 길드란 마물이 존재하기 때문에 성립될 수 있는 조직인 셈이다. 미궁에서 마물이 솟아나는 이곳 성도 토넬리코에서는 특히 그것이 두드러졌다. 사실상 최초로 모험자 길드가 성립된 곳이 바로 이 성도 토넬리코라고 알려져 있다.

그러므로 성지 토넬리코는 모험자들의 성지임과 동시에 세계에서 가장 모험자들이 많이 모이는 거리이기도 했다. 이 땅에 지어진 모험자 길드도 모험자 길드의 총본부라는 직함을 달고 있었다.

가르아크 왕국이나 벨트람 왕국의 모험자 길드 본부 건물은 리오노 본 적이 있다. 하나같이 훌륭하고 호화로운 저택 같은 건물이었는데, 이곳 성도 토넬리코의 모험자 길드는 더욱 웅장했다. 체류 중인 모험자 대부분이 미궁에 드나드는 것을 생업으로 삼고 있기 때문이었다.

'여기는 관이라기보단 거의 요새네. 굉장하다.'

모험자 길드의 건물은 도시와 미궁을 가르는 벽과 일체화된 형태로 지어져 있었다.

그리고 만일 미궁에서 마물이 쏟아져 나올 경우를 대비해 이곳에서 막을 것을 상정하고 있는 듯했다. 그 외관은 견고한 요새 그 자체였다. 모험자들이 도시와 미궁을 오가기 위해서는 이 모험자 길드 안을 지나야 한다.

"가볼까."

리오는 열려 있는 현관을 통해 길드의 건물로 들어갔다.

외관은 돌로 만든 투박한 모습이었지만 내부 공간은 제법 잘 꾸며져 있었다. 곳곳에 넓고 무장한 모험가들의 모습이 보였다. 안쪽에는 원목으로 된 접수 카운터가 있고 직원으로 보이는 사람들이 여럿 있었다. 모험자를 상대하고 있는 직원도 있었다.

"등록은 저기서 할 수 있나 보네."

리오가 접수 카운터 한쪽을 가리켰다. 이 세계는 글을 아는 사람이 적었기에 읽지 못하는 사람도 많겠지만, 모험가 신규 등록 전용 창구라는 글자가 적혀 있었다. 마침 지금은 아무도 줄을 서지 않은 상태였다. 다른 누군가가 줄을 서기 전에 빠르게 다가갔다.

길드 프론트에는 다양한 체격과 옷차림을 한 자들이 있었지만, 이제 일곱, 여덟 살 난 어린 소녀로만 보이는 소라는 그 안에서도 유달리 돋보였다.

다만 초월자가 된 영향으로 지금의 리오는 존재감이 희미해졌다. 말을 거는 등 주의를 기울이게 하면 평범하게 인식할 수 있지만 다소 모양새가 눈에 띄는 정도로는 사람의 눈길을 끄는 일은 없었다. 소라도 리오와 함께 있을 때는 특히 강하게 규칙의 영향을 받았기에 두 사람을 주목하는 사람은 딱히 없었다.

"실례합니다."

"네? 아, 네."

접수대에 있던 여성도 눈앞에서 말을 걸기 전까지 리오를 인식하지 못한 듯 화들짝 놀라 대답했다.

"모험자 등록을 생각하고 있어서 이야기를 좀 듣고 싶은데요……."

리오는 모험자 등록을 가장해 정보 수집을 시도했다. 미궁에 들어가기 위해서는 모험자 길드에 등록해 등록증을 제시해야 하는데, 실제 등록 여부는 상황에 따라 판단할 생각이었다.

모험자 길드에 등록하면 도시에 대해 일정한 의무도 생기게 된다. 그렇게 되면 특정 단체나 세력에 개입하지 말아야 한다는 신의 규칙에 저촉될 수 있다고 본 것이다.

무엇보다 리오와 소라라면 굳이 모험자 길드에 등록하지 않고도 들어갈 수는 있었다. 설령 들어가지 못해서 소란이 일어난들 신의 규칙의 영향으로 리오와 소라는 사람들의 기억에 오래 남지 않는다.

그래서 일단 등록하는 행세를 하며 모험자 길드를 찾아 미궁에 대한 정보를 수집해 보자는 생각을 한 것이다.

실제로 모험자가 된 사람이 아니면 공개할 수 없는 정보가 있다고 하면 모험자 길드에 등록하는 것도 고려해보긴 해야겠지만, 신입 권유도 업무의 일환이라 그런지 접수처 여성은 선뜻 고개를 끄덕였다.

"아, 그렇군요……. 지금은 비어 있는 시간대니까 상관없습니다."

"감사합니다. 지금까지 모험자 길드와 관련된 적이 없어서 모르는 것투성이라……."

"그랬군요. 참고로 등록하는 건……."

"저랑 어쩌면 이 애도요."

그렇게 말하고 리오는 옆에 선 소라를 내려다보았다.

"네? 으음……."

접수처의 여성은 의자에서 일어나 카운터 맞은편에 서 있는 소라를 보았다. 아니, 정확히는 내려다보았다. 소라를 인식하지 못한 것이 아니라 단순히 소라가 작아서 카운터 너머로는 얼굴만 보였기 때문에 제대로 외모를 확인하고 싶었던 것이다.

마물 퇴치를 주된 생업으로 삼는 이상 모험자 길드에는 12세가 되어야 등록할 수 있다는 규정이 있다. 길드 측에 나이를 정확히 파악할 수단이 없으니 등록자가 속여도 그만이지만, 그렇다고 해서 나이를 확인하지 않는 것은 아니다.

"……이렇게 보여도 저보다 두 살 아래입니다."

리오는 살짝 내키지 않는 얼굴로 소라의 나이를 속여서 알려주었다. 실제 나이가 천 살을 훌쩍 넘었다고 한들 믿어줄 리가 없으니 어쩔 수 없었다.

"실례지만 당신의 나이는……."

"이제 곧 열일곱입니다."

"알겠습니다. 그렇다면 문제는…… 없겠죠, 아마."

아무리 봐도 소라가 어린아이로밖에 안 보이는지, 접수처 여성은 그녀를 내려다보며 자신 없이 말했다.

"소라는 어른입니다!"

소라의 불만스러운 목소리가 카운터에 울려 퍼졌다. 그렇게 잠시 소란은 있었지만, 이후 모험자 길드를 통한 탐문이 시작되었다.

어차피 신의 규칙에 의해 무엇을 물어도 상대방의 기억엔 남지 않을 것이다. 이참에 이런저런 이야기를 물어보기로 했다.

결과적으로 핵심에 접근할 만한 정보는 없었지만, 미궁에 관해 거리 주민들에게 얻지 못한 정보를 많이 얻을 수 있었던 것은 큰 수확이었다.

"감사합니다. 공부가 됐어요."

"아니요, 모르는 게 있으면 주저하지 말고 물어보세요."

그렇게 미궁으로 들어가기 전 최소한으로 알아두고 싶

었던 정보를 얻는 데엔 성공했다. 따라서 모험자 길드에 등록하지도 않고 리오와 소라는 카운터를 떠났다.

길드 건물 밖으로 나오자 하늘이 붉게 물들어 있었다.

아무래도 해질녘이 가까운 모양이었다.

"남은 시간엔 필요한 것 좀 사고 오늘은 바위집에 가서 푹 쉴까? 미궁에는 내일 아침에 들어가자."

미궁에 들어가려면 이런 물자들이 필요하다며 여성이 알려준 목록을 떠올리는 리오. 시공의 장에 있는 소지품으로도 충분했고 리오와 소라의 경우라면 정령술로 어떻게든 해결할 수 있을 것 같았지만, 혹시 모를 일을 대비한 것이다.

"네!"

두 사람은 쇼핑을 하고 해가 저물기 전에 도시에서의 활동을 마쳤다. 그 후 도시 밖으로 나와 바위집을 설치하고는 다음 날 미궁 탐색에 대비해 일찍 잠에 들었다.

신마 전쟁이 끝난 지 천 년.

그사이 수많은 모험자들이 미궁에 도전했다.

하지만 가장 안쪽에 도달한 사람은 아무도 없다.

이유는 다양하지만 간결하게 정리하면 답파의 난이도가 너무 높기 때문이었다. 미궁 내부는 광대하고 복잡하며 층이 이어져 있다. 안쪽으로 가면 마물의 수는 늘어나고 만만치 않은 개체도 나타나 그 위험은 더욱 커진다.

하지만 그래도 미궁의 깊숙한 곳을 향하는 모험가들은 끊이지 않는다.

모험가라면 누구나 직접 미궁을 공략해 보겠다는 꿈을 한 번쯤은 품는다. 그 이유는 그들이 일확천금과 명성을 추구하기 때문이었다.

마물을 쓰러뜨리면 마석을 손에 넣을 수 있다. 순도 높은 천연 마력 결정 외에도 슈트랄 지방에서는 마옥(魔玉)이라 불리는 정령석을 발굴할 수도 있었다. 어느 정도의 양을 가져가서 팔면 귀족 수준의 생활을 하는 것도 가능했다.

마석의 크기는 곧 넘어뜨린 마물이 얼마나 강한지를 증명한다. 마력 결정이나 마옥은 얕은 층에서는 구할 수 없기 때문에 그것들을 얻었다는 것은 곧 들어간 깊이를 증명한다. 다시 말해 그것들을 가지고 돌아온다는 것은 위업을 달성했다는 것을 쉽게 내보일 수 있는 증거였다. 동업자들에겐 부러움을 사고 그렇지 않은 일반인들에겐 칭찬을 받는다.

모험가로서 미궁만큼 알기 쉽게 출세할 수 있는 곳도 없을 것이다. 성도 토넬리코에 슈트랄 지방 전역에서 모험자들이 몰리는 이유이기도 했다. 그래서 도시에 있는 수많은 모험자들은 미궁에 도전하며 밤낮으로 목숨을 걸고 각축전을 벌이고 있었다.

그런 미궁을 지금, 리오와 소라는 단둘이서 도전하려고 하고 있었다.

시각은 이른 아침.

투명화된 정령술을 사용해 미궁 입구를 둘러싼 벽 안쪽으로 남몰래 침입했다. 벽 안으로만 들어가면 더는 다른 모험가들과 구분할 수 없기 때문에 정령술을 풀고 당당히 미궁의 입구에 다다랐다.

"이게 미궁의 입구……."

리오와 소라는 둘이 나란히 서서 바로 앞에 있는 미궁 입구를 올려다보았다.

가로는 수백 미터, 높이도 가볍게 백 미터는 되었다. 상공에서 내려다볼 때도 유난히 존재감을 드러냈지만 가까이서 올려다보니 거의 산에 가까웠다.

리오 일행 외에도 이제 막 미궁에 들어가려는 모험자들이 있었지만, 입구가 너무 넓어 누가 먼저 들어가느냐로 차례 싸움을 벌일 필요도 없었다.

"……들어가자." "네!"

리오와 소라도 다른 모험자들을 따라 미궁에 발을 들여놓았다. 하지만 안으로 들어가자마자 다시 걸음을 멈추고 말았다.

"대단하네……."

그도 그럴 것이 미궁 내부의 광경이 너무나 환상적이었기 때문이다. 미궁 입구의 높이가 곧 미궁 내부 천장의 높이였다.

인공적인 등불은 아무것도 없었지만 리오와 소라의 시야에는 100미터가 넘는 높이에 있는 천장이 확실하게 보였다.

비인공적인 등불은 존재했기 때문이다. 동굴 벽 전체가 희미하게 빛을 발하는 덕분에 시야는 무척 양호했다. 모험자 길드에 갔을 때 접수처 여성에게 이야기는 들었지만 실제로 보니 한층 더 놀라웠다.

미궁 내부의 벽에 무슨 특수한 광석이라도 포함되어 있는 것이 아닌가 하는 생각도 들었지만, 미궁의 벽을 채취하면 빛은 금세 사라진다고 한다.

그렇다면 도대체 어떤 구조인 걸까.

"벽 전체에 미량의 마력이 들어 있나 보네. 그래서 빛나고 있는 건가."

리오는 시험 삼아 시야를 좁혀 천장을 유심히 관찰했다. 그의 눈동자가 벽에 마력이 둘러쳐져 있는 것을 정확하게 잡아냈다.

"공기 중의 마력 농도도 상당히 짙습니다."

소라도 두리번거리며 흥미롭게 동굴 내부를 관찰했다.

"그러게. 미궁에서 마물이 계속 출현하는 이유와 뭔가 관계가 있을지도……."

리오는 그렇게 말하며 천장에서 시선을 떼더니 이번에는 앞쪽에 펼쳐진 광경을 바라보았다.

지금 두 사람이 있는 1계층엔 그저 광활한 공간이 펼쳐져 있었고 아래층으로 이어지는 길이 안쪽에 이어져 있었다. 거리로 따지면 거의 3킬로미터는 되었기에 가장 안쪽까지 내다볼 수는 없었다.

이 정도로 넓으면 붐벼서 싸우기 힘들 일도 없을 것 같았다. 멀찍이서 고블린과 싸우고 있는 모험자들의 모습이 보였지만 싸우는 게 힘들어 보이지는 않았다.

'……리나가 아이시아에게 심었던 기억이 확실하다면 육현신들은 천 년도 더 전에 이 동굴 안쪽에서 어떤 실험을 했을 가능성이 높아. 그 결과 신마전쟁이 일어났다.'

리오는 내부의 모습을 둘러보며 성녀 에리카와의 싸움 직후 기억을 되찾은 아이시아가 가르쳐 준 이야기를 떠올렸다. 육현신들은 일찍이 리나를 유폐한 뒤 이 세계의 차원에 구멍을 냈다고 한다. 그 결과 바깥세상에서 온 것이 마물들이다. 그리고 마물들은 지금도 이 미궁에서 출몰하고 있다.

그러니까 리나가 우려하는 어떤 일이 일어난다면 이 장소가 아닐까? 그렇게 생각하고 이 성도 토넬리코의 미궁을 방문한 것이었다.

'……역시 이 미궁에는 뭔가가 있을 것 같아.'

리오는 눈 앞에 펼쳐진 광경을 보고 새삼스레 그렇게 느꼈다.

"10계층을 지키는 강한 마물이 있대. 모험자 길드의 허가가 없으면 도전할 수 없다고 했지만…… 일단 그 앞을 목표로 갈 수 있는 곳까지 가볼까?"

"네, 용왕님과 저라면 일도 아니죠!"

소라는 그렇게 말했지만 인류의 최고 답파 계층이 그 10계층인 것이다. 10층을 지키는 문지기처럼 보이는 마물을 쓰러뜨리고 11층으로 나아간 모험자들도 있었다고 하는데, 모두 11층에 들어간 후 얼마 지나지 않아 되돌아왔다고 한다.

또한 10계층을 지키는 문지기 같은 마물도 한 마리가 아닌 것인지 다시 도전할 때엔 당연하다는 듯 똑같은 문지기가 기다리고 있다는 모양이다.

"일단은 방심하지 말자. 《디스차지》."

리오는 소라의 실력을 알고 있었다. 어지간한 상대로 밀릴 것 같지는 않았다. 리오는 시공의 장에서 가면을 꺼내 착용하고는 미궁 공략을 시작했다.

역시 인간이라고는 해도 초월자가 된 소년과 그 권속이라고 해야 할까. 리오와 소라의 미궁 공략은 순조로웠다.

1계층 안쪽을 향해 곧장 달려가 몇 분 만에 2층에 도달했다. 1층에서 출현한 마물은 고블린이 대부분으로 드물게 오크가 섞여 있는 정도였다.

2계층도 출현하는 마물은 역시 고블린과 오크뿐이었지만 1층보다 수가 늘어 있었다. 지리 조건에 관해 말하자면 1층과 마찬가지로 탁 트인 하나의 공간이었는데 장애물처럼 바위가 도처에 흩어져 있었다. 그 뒤편에 마물이 도사리고 있을 테니 평범한 모험가라면 신중하게 나아가야 하는 상황이었다.

하지만 리오와 소라는 평범한 모험가가 아니었다. 1층과 마찬가지로 가장 안쪽까지 나아가면 3층으로 통하는 길이 있다고 들었기 때문에 안쪽을 향해 계속 달려갔다. 진행 속도가 느려지는 일 없이 1층과 마찬가지로 몇 분 만에 2층을 답파해 버렸다.

그렇게 3계층에 들어서자 확연히 모험자의 수가 줄어들었다. 공략 난이도가 2층보다 올라갔기 때문이다. 지리 조건에 관해 말하자면 2층과 같지만 변화된 것은 출현하는 마물이다.

마물 중에는 변이종이라고 해서 일반 개체와는 피부색이 다른 개체가 드물게 있는데, 그것이 섞여 있었다. 변이종은 피부색이 칠흑에 가까울수록 강해지지만 그곳에 섞여 있던 것은 아직 옅은 흑색 피부를 가진 변이종이었다. 하지만 역시 리오와 소라의 적은 아니었으므로 두 사람은 최소한의 전투만으로 3층도 답파했다.

4계층. 이번에는 변이종 중에 칠흑 같은 피부를 가진 개체가 섞여 있었지만 역시 고블린이나 오크의 변이종 정도로는 리오와 소라의 위협이 될 수 없었다. 보이는 모험자의 수는 더 줄었지만 지리적 조건은 2층이나 3층과 같았기 때문에 역시 문제없이 답파했다.

그리고 5계층.

지리 조건이 변화했다. 4층까지는 광활한 홀 같은 하나의 공간이었는데, 이번에는 여러 갈래의 길이 사방에 뻗어 있었다. 천장 높이도 낮아졌다. 낮다고 해도 수십 미터는 가볍게 넘는 정도였다.

"모험자 길드에서 듣던 그대로네."

리오는 5계층으로 내려가자 멈춰 서서 전방에 나뉜 여러 갈래의 길을 바라보았다.

모험자 길드에서 정보를 수집했을 때 10층까지의 특징은 대략적으로 들은 상태였다. 역시 모험자 길드에서 정보를 모은 것이 정답이었다. 아무런 사전 조사도 없이 갑자기 미궁에 침입했다면 어느 길로 가야 할지 알 수 없었을 것이다.

"어느 길로 갈까요?"

소라의 물음에 리오가 적당히 길을 정했다.

"어느 길로 가도 다음 계층으로 이어진다고 했으니까······ 그럼 가운데 길로 갈까? 다만 5층부터는 길이 얽혀 있다고 하니까 시간은 좀 걸리더라도 걸어가자."

"네!"

그렇게 두 사람은 5층 공략을 시작했다.

2, 3분 정도 걸었을 때 앞쪽에서 우렁찬 포효가 들려왔다.

"음머어어어!"

"웃……."

소리치는 상대의 모습은 눈으로도 볼 수 있었다. 미노타우로스다. 걸으면서 바람의 정령술로 색적도 마친 상태였기에 전방에 서 있다는 사실도 미리 알고 있었다. 하지만 그 포효가 너무나도 시끄러운 나머지 리오도 소라도 얼굴을 찌푸리고 말았다.

"시끄럽네요……. 입 다무세요!"

소라는 검지를 내밀어 돌진해 오는 미노타우로스를 조준했다. 그러자 거센 마력 광탄이 날아갔다. 미노타우로스도 리오 일행을 포착하고는 소리를 지르며 임전 태세에 들어갔지만, 곧바로 소라가 쏜 광탄에 심장을 관통당했다.

"붉?! 므어……?"

소라의 손가락 끝이 빛난 것은 알아차린 듯했지만, 알아차린 시점에서 공격이 직격했기에 회피할 방법은 없었다. 미노타우로스는 날아가면서 티끌이 되어 소멸했다. 조금 늦게 딸그랑, 하고 미노타우로스의 마석이 소리를 내며 땅에 떨어졌다.

"이것도 듣던 대로네. 5층부터는 미노타우로스가 나온다."

"미노타우로스가 천 마리 나타나도 거뜬합니다."

소라가 코로 숨을 몰아쉬며 가슴을 폈다.

"하지만 이 상태로 마물이 강해진다면 확실히 10층 이하의 공략은 어려울지도 모르겠네. 마검이 아닌 이상 6, 7층 쯤에서 막힐 것 같아."

마법을 쓸 수 있는 전사나 마도사를 넣어 부대를 짜면 미노타우로스 한 마리나 두 마리 정도는 쓰러뜨릴 수도 있 겠지만, 그래도 방심할 수 없는 상대다. 지금처럼 정면에 서 당당히 달려들 것이라고 장담할 수도 없다.

6계층, 7계층으로 가면 미노타우로스 변이종이 섞이거 나 수도 늘어날 것이다. 미궁 탐색에서는 적절한 휴식 안 배는 물론 돌아오는 것도 생각해야 했기 때문에, 6계층이 나 7계층에서 싸울 수 있는 사람이라도 5계층 근처에서 싸 우는 것이 무난했다.

그 앞으로 나아가려면 고대의 강력한 마검을 갖춘 노련 한 전사나 실력 좋은 정령술사가 반드시 필요하다.

"뭐, 그 정도가 적당하겠죠. 앗, 용왕님, 마석이라면 소 라가 주울게요!"

리오가 미노타우로스의 마석을 회수하려고 걸어 나가는 것을 본 소라가 황급히 앞질렀다. 냉큼 마석을 줍더니 칭 찬해 달라는 듯 기대가 담긴 눈빛으로 리오를 바라본다.

"고마워, 소라."

리오가 소라의 머리를 부드럽게 쓰다듬었다.

"소라는 용왕님의 권속이니 당연하죠."

소라는 그러면서도 강아지처럼 행복하게 미소 지었다.

◇ ◇ ◇

시간은 조금 더 흘러서.

리오와 소라가 미궁 9층에 진입했을 무렵의 일이었다.

같은 미궁 안의 또 다른 깊숙한 곳. 드넓은 홀 같은 공간에 새하얀 후드를 눌러쓴 어린아이가 서 있었다. 얼굴은 후드로 가려져 있어 밖에서 보면 남자아이인지 여자아이인지도 알 수 없다.

"......."

아이는 희미하게 빛나는 미궁 천장을 멍하니 올려다보고 있었다.

"......9층에는 오랜만의 침입자군. 저 둘, 누구지? 엄청 강해 보이네."

도대체 무엇을 내다보고 있는 것인지 입가에 호기심을 내비치며 그런 말을 꺼낸다.

"어떻게 할까요."

바로 옆에서 섬뜩한 목소리가 울렸다.

얼핏 보면 그냥 바위처럼 보였지만, 아이 바로 옆에 시커먼 피부의 인간 같은 생물이 무릎을 꿇고 있었다. 만약 리오나 아이시아가 이 자리에 있었다면 그것이 레버넌트라는 것을 알아차렸을 것이다.

"이대로라면 10층까지 도착하겠네. 보내줄 테니까 상황을 보고와."

아이가 레버넌트에게 지시를 내렸다.

"예."

레버넌트는 자신보다 더 높은 존재라도 모시듯 정중하게 아이를 대했다. 실로 이지적인 모습으로 부복한 채 고개를 끄덕인다.

직후 칠흑의 레버넌트는 그 자리에서 사라졌다.

그리고 시간은 조금 더 흘러서.

리오와 소라는 9층과 10층을 연결하는 통로 앞까지 와 있었다.

"여기가 10층으로 이어지는 길인가 봐. 도전하려면 모험자 길드의 허가가 필요하다고 들었는데……."

리오는 그렇게 말하며 아래층으로 이어지는 동굴을 내려다보았다.

10계층에 도전하는데 모험자 길드의 허가가 필요한 이유는 9층까지 나아갈 수 있는 우수한 모험가를 쉽게 잃고 싶지 않기 때문이었다. 도전을 앞두고 모험가가 보다 신중한 결정을 내릴 수 있도록 길드의 허가를 한 번 더 거치는 것이다.

그렇다고 해서 이런 위험한 심층에 머물며 규정을 깨는 모험자가 있는지 없는지 망을 보는 모험자 길드 직원은 없다.

마지막으로 모험자를 본 것은 7층으로, 현시점에서 9층에 리오와 소라 이외의 모험자는 아무도 없는 것 같았다. 이대로 리오와 소라가 10층에 도전한다고 해도 모험자 길드 쪽에 들키는 일은 없으리라. 애초에 리오와 소라는 모험가도 아니다.

"가시죠, 용왕님."

소라는 망설임 없이 10층으로 나아가자며 리오를 재촉했다.

"⋯⋯뭐, 그걸 위해서 온 거니까."

규칙을 어긴다는 것에 약간 양심의 가책을 느낀 것 같았지만, 그런 리오도 결심을 굳힌 모양이었다. 두 사람은 10층으로 이어지는 길을 내려갔다.

"여기가 10층⋯⋯."

10계층으로 내려간 리오는 계층과 계층을 연결하는 통로 출입문에 멈춰 서서 우선 일대를 둘러보았다. 공간 안은 조용했다.

9층까지는 뒤엉킨 미로 같았는데, 10층은 1층과 같이 탁 트인 돔 같은 공간이었다.

다만 공간의 넓이가 1계층과는 크게 다르다. 지금까지의 각 계층은 모두 지름 수 킬로 정도의 공간이었지만, 10계층은 어림잡아 지름 7, 800미터 정도밖에 되지 않는다. 그에 비해서 천장은 기묘하리만큼 높았다.

'⋯⋯굉장하네. 꽤 지하 깊숙한 곳까지 와 있는데 천장

높이가 백 수십 미터는 될 것 같아.'

리오가 시각으로 대략적인 높이를 가늠해보고는 숨을 삼켰다. 이 정도 높이라면 어느 정도는 자유롭게 미궁 안을 날아다닐 수도 있을 것이다.

'이 미궁, 정말로 얼마나 깊은 거지?'

미궁 입구는 해안을 따라 나 있었다. 미궁에 들어선 뒤 바다를 향해 전방으로 비스듬히 내려가며 돌진해 왔으니 아마 현재 위치는 해저 아래일 것이다. 각 계층의 천장 높이 합계치가 그대로 미궁의 깊이가 되는 것은 아니겠지만, 그래도 지상보다는 한참 아래였다.

인류의 최고 도달 계층은 11층. 한층 더 낮았지만, 만약 그보다 더 아래가 있다면 도대체 어디까지 들어갈 수 있는 것일까. 지금까지 인공물은 보이지 않았다. 하지만 이 정도의 공간이 자연스럽게 만들어질 수 있는 것일까.

그런 의문이 리오의 뇌리에 피어올랐다. 하지만 리오의 고민은 오래 이어지지 못했다. 그가 앞쪽으로 시선을 돌리자 맨 안쪽에 11층으로 이어지는 통로가 있었다.

"오오오오오오오!"

10층의 문지기라 불리는 존재가 그곳에 자리한 채 우렁찬 외침을 내질렀다. 키 십여 미터 거구에 길이만 수 미터에 이르는 불길한 한손검. 나아가 방패와 온몸을 덮는 갑옷을 입은 스켈레톤 기사가 그곳에 있었다. 등에는 칠흑의 날개가 돋아나 마치 타락천사나 악마처럼 보였다. 통로 앞에서 양 무릎을 꿇고 잠이라도 자듯 고개를 숙이고 있던 그것이 갑자기 벌떡 일어나 소리를 지른 것이다.

문지기가 있다는 것은 미궁에 들어오기 전부터 조사를 통해 알고 있었고, 그 사이즈 덕분에 수백 미터 떨어진 거리에서도 똑똑히 볼 수 있었기에 리오도 소라도 놀란 기색은 없었다.

'이쪽의 존재를 깨달았어. 저건 전에 아이시아도 싸운 적이 있는 마물인가?'

드라우글. 과거 리오가 루시우스에게 복수하기 위해 파라디아 왕국으로 향하던 중 레이스의 사역으로 아이시아와 대치했던 괴물이다.

리오가 성녀 에리카에게 납치된 리제롯테를 구출하러 갔을 때 가르아크 왕국성에도 나타나 세리아나 고우키 일행에게 격퇴당한 적도 있다고 한다. 쓰러뜨려도 마석을 남기지 않고 소멸하기 때문에 마물인지 아닌지는 현재로서는 알 수 없다.

리오는 직접 대치하는 것은 처음이지만 아이시아나 세리아 일행에게 전해 들었던 특징과 맞아떨어지는 것을 보고 동일한 존재라고 판단한 것 같았다. 사실 그 추측은 맞았다.

"아아, 저 녀석이군요."

꽤 만만치 않은 상대라고 들었는데, 소라는 이미 알고 있는 상대라도 발견했다는 듯 입을 열었다. 실력도 알고 있는지 특별히 경계하는 기색도 없다.

"소라, 알고 있어?"

"신마전쟁 시대에 야구모 지방에서도 본 적 있어요. 다른 피라미보단 좀 강한 피라미예요."

"……그렇구나. 그럼 일단 내가 싸워볼게. 다른 마물은 없는 것 같지만 경계는 늦추지 말고."

리오는 그렇게 말하며 직접 나서서 싸우려 했다.

"아니요! 저런 피라미는 용왕님의 손을 거칠 필요도 없습니다. 권속인 이 소라에게 맡겨 주세요!"

소라가 가슴 위에 손을 얹더니 자신이 싸우겠노라 용감하게 제안했다.

"아니……, 응. 그래. 그럼 소라의 힘을 보여줄래?"

어린 소라의 모습을 보고 역시 내키지 않았는지 순간 거절의 말을 뱉으려 했지만, 결국 리오는 소라에게 전투를 맡겼다. 소라의 실력은 이전 아이시아와 합을 겨뤘을 때 이미 봐서 파악하고 있었다. 그렇다고는 해도 그 진가는 아직 파악하기 어려웠으므로 이번 기회에 확인해 둘 생각이었다.

"네, 충분히 봐주세요!"

권속으로서 역할을 부여받은 것이 기쁜지 소라가 뿌듯한 얼굴로 고개를 끄덕였다. 그리고 작은 발소리를 내며 빠르게 앞으로 나아갔다.

"오아아아아!"

준비 운동이라도 하듯이 빙글빙글 어깨를 돌리고 있자 드라우글이 날개를 펄럭이며 날아올랐다.

'저 거구가 날아다니기에 딱 좋은 넓이……. 이 공간은 저것과 싸우기 위해 만들어진 걸까. 마치 투기장 같아…….'

그 모습을 시야에 담은 리오는 이 상황에서도 냉정하게 실내를 관찰하며 그런 생각을 하고 있었다.

'그건 그렇고, 뭐지? 이 달라붙는 듯한 감각은…….'

동시에 형용하기 어려운 불쾌한 감각을 느낀 리오는 자신들과 드라우글 외에 아무도 없어야 할 공간 내부를 의아하게 둘러봤다.

역시 다른 마물의 모습은 찾아볼 수 없다. 그러는 동안에도 드라우글은 엄청난 속도로 비상하며 접근했다. 불안함 섞인 찝찝한 위화감이 남았지만, 리오는 눈앞에서 벌어지는 소라와 드라우글의 전투로 의식을 되돌렸다.

"갑니다!"

소라가 기합을 넣어 땅을 박찼다. 그 순간 소라가 100미터가 넘는 거리를 좁히더니 드라우글의 눈앞까지 단숨에 접근했다. 평소 영체화되어 있는 용체도 어느새 실체화하여 팔에 걸치고 있었다.

그렇게 소라와 드라우글이 미궁의 허공에서 대치했다.

"!"

드라우글은 몸통 앞에 놓인 방패를 순간적으로 밀쳐 소라를 밀어내려고 했다. 둘은 열 배 이상의 신장 차이가 났다. 체중 차이라면 그보다 더할 것이다.

덩치 큰 인간 남자가 방패를 사용해 손바닥 크기의 작은 동물을 있는 힘껏 후려치려는 것과도 같았다.

"거슬려요!"

하지만 후려치는 것은 체격에서 밀리는 소라 쪽이었다.

부분적으로 용체화시킨 오른팔을 거칠게 휘둘러 접근해 오는 방패를 되받아쳤다. 그 직후 요란한 굉음이 미궁 공간 안에 울려 퍼졌다.

소라의 일격은 불합리하다는 말로도 표현하기 어려울 정도로 파괴적인 힘을 가지고 있었다. 드라우글의 방패가 산산히 부서져 붕괴 직전이었다.

"윽?!"

드라우글이 앞으로 밀어냈던 방패는 그대로 가슴으로 돌아왔다. 방패를 쥔 자신의 손이 강하게 가슴에 부딪치면서 드라우글의 몸이 공중에서 크게 날아갔다.

"바로 끝내겠습니다!"

소라는 드라우글의 눈앞에 다가가 용체화시킨 거친 왼쪽 주먹으로 안면을 강타했다. 심지어 자주 쓰는 오른손도 아니었다.

"?!"

빠직 하는 둔탁한 소리가 요란하게 울려 퍼지며 드라우글의 목이 날아갔다. 안면의 뼈도 부서지면서 날아간 파편이 증발하듯 사라져간다.

"마지막입니다!"

이 시점에서 이미 절명한 상태였지만, 소라는 갑옷을 입은 드라우글의 심장을 향해 오른팔로 혼신의 일격을 날렸다. 그 결과, 역사상 수많은 영웅들의 공격에도 끄떡없었을 갑옷이 일격에 바스라졌다. 그대로 드라우글의 갈빗대도 꿰뚫렸다. 십여 미터나 되는 스켈레톤의 거구는 땅을 향해 세차게 날아갔다.

"……."

드라우글은 땅과 충돌하기도 전에 절명하고 말았다. 손에 쥐고 있던 검도, 몸에 두르고 있던 방패나 갑옷도 몸통과 함께 깨끗이 바스라지며 소멸해 갔다. 죽을 때의 그 모습은 마물이 절명할 때와 흡사했지만 마석을 떨구지는 않았다.

어찌되었든 소라는 단 세 번의 일격으로 드라우글을 쓰러뜨리고 말았다. 정확히는 두 방에 이미 절명 직전이었지만, 한 번이라고는 해도 방패를 들고 소라의 공격을 막아낸 드라우글의 내구력을 칭찬해주고 싶을 정도였다. 다만 그것을 뛰어넘어 일방적이고 압도적으로 승리한 소라의 싸움은 그야말로 훌륭하다는 말 외엔 표현할 길이 없었다.

"……굉장하네."

징찬의 말이 무심코 리오의 입에서 새어나왔다.

"끝났습니다, 용왕님!"

웃는 얼굴로 돌아보며 브이 사인을 지어 보이는 소라.

'……내 걱정은 기우였나 보네.'

그런 그녀의 모습을 보고 리오도 미소를 지었다. 싸움이
시작되기도 전에 품었던 달라붙는 듯한 불쾌감은 기분 탓
이었을 거라 생각하며 고개를 저었다.

이만큼이나 강한 마물을 쓰러뜨렸음에도 얼굴에 쓴 가
면에 부담이 가는 기색도 없다. 아마 계층 안에 리오 일행
말고는 다른 인간이 아무도 없기 때문이리라.

다만 11계층으로 이어지는 길에서 지금의 싸움을 관찰하
고 있던 자가 한 명, 아니 한 마리 있었다. 그것은 칠흑 같
은 피부를 가진 레버넌트였다.

"……읏!"

소라가 드라우글을 도살하는 모습을 보고 잠시 충격을
받는가 싶더니, 11층으로 황급히 후퇴했다.

"응?"

리오는 10층으로 이어지는 동굴 바로 옆에서 11층으로
이어지는 동굴을 보았다. 두 사람의 거리는 수백 미터나
떨어져 있었지만 묘한 기척이라도 느낀 것일까. 하지만 이
미 레버넌트는 떠난 뒤였고 동굴은 오싹하게 입을 벌리고
있을 뿐이었다.

11계층.

도전한 모험자는 과거에도 손꼽힐 정도였지만, 모두 절명했거나 곧바로 되돌아왔기에 인류에게는 미지의 영역이었다. 그 이유는 곧 밝혀졌다.

"음머어어어어!"

리오와 소라가 11층의 땅을 밟은 것과 거의 동시에 미노타우로스의 포효가 울려 퍼졌다. 겨우 미노타우로스라면서 우습게 볼 수는 없었다. 수가 너무 많았기 때문이다.

'몇 마리나 있는 거지?'

리오가 심상치 않은 표정으로 11계층을 바라보았다. 공간의 구조는 2계층과 거의 비슷했다. 지름 수 킬로미터 정도 되는 공간 바닥에는 무수한 바위가 산재해 사각지대가 형성돼 있었다. 다만 11계층 안에 있는 마물들이 입구 부근에 몰려 있는 탓에 안쪽을 파악할 수가 없었다.

과거 이 11계층에서 무슨 일이 일어났는지는 모험자 길드에서 들어 알고 있었다. 계층을 연결하는 동굴을 지나는 동안 11계층의 모습을 바람의 정령술로 탐색해 두었기에 마물들이 대량으로 도사리고 있다는 것도 파악하고 있었으나 상상을 초월하는 수였다.

고블린, 오크, 미노타우로스. 얼마 안 되지만 레버넌트도 섞여 있다. 리오가 과거에 본 적이 있는 마물들의 총집합이었다.

과거에 도전했던 모험가들이 절명했거나 되돌아온 것도 납득이 간다. 천 마리, 이천 마리, 삼천 마리라는 말로도 부족하다. 그만한 수의 마물들이 압도적인 물량을 자랑하며 11계층을 찾아온 모험자들을 죽이기 위해 덤벼들었다.

실력이 좋든 말든 상관없다. 일대일이라면 여유롭게 이길 수 있는 마물이 상대라도 상관없다. 소수로 정면을 향해 돌진하면 속수무책으로 삼켜지는 것은 당연한 결과였다. 발길을 돌린다 해도 마물들이 위층까지 쫓아오면 도망갈 수 있다는 보장도 없다.

과거 11계층에 도전했던 모험가들은 아마도 이 광경을 보는 순간 철수를 결심하지 않았을까. 경험이 많고 상식적인 판단 능력을 가진 모험가라면 누구나 그랬을 것이다.

하지만 리오도 소라도 상식으로 판단할 수 있는 존재는 아니었다. 인간의 몸이면서 초월자에 이른 소년과 그 권속이다.

"불결하게! 용왕님께 가까이 오지 마세요!"

소라가 몇 걸음 앞으로 나서더니 버럭 호통을 쳤다. 동시에 그녀의 입 앞으로 열기를 띤 빛이 모여들었다. 직후 소라는 전방에서 다가오는 마물들을 향해 입 앞에 응축시킨 열광을 단숨에 뿜어냈다. 용이 브레스라도 쏘아내듯 작열하는 빛이 날아갔다.

"음머어……."

확산된 빛의 브레스에 삼켜지며 무리 앞쪽에 있던 마물 천 마리 가까이가 속수무책으로 소멸되었다. 다만 미궁 내부에는 피해가 미치지 않도록 소라도 나름대로 힘을 조절한 것 같았다.

"용왕님, 수를 줄이고 오겠습니다! 잠시 기다려주세요!"

소라는 그런 말을 남기고 남은 마물들을 향해 나아가려 했다.

"아니, 여긴 나도 싸울게! 협력해서 같이 쓰러뜨리자! 소라에겐 오른편에 있는 마물을 부탁할 수 있을까?"

리오는 소라를 말리며 허리에 낀 단검 두 개를 뽑았다.

"용왕님과 함께…… 네!"

함께 싸울 수 있다는 게 기쁜 것인지 소라가 씩씩하게 답했다.

"그럼 시작하자!"

리오는 그렇게 말하자마자 왼쪽에 아직도 우글거리는 마물의 군세를 향해 돌격했다. 주위로는 정령술로 무수한 마력 에너지 공을 전개시켰다.

"크억?!"

광구는 일제히 광선이 되어 진행 방향에 솟아 있는 마물들을 베어냈다. 그와 함께 리오는 양손에 쥔 단검에도 마력을 감싸 거대한 에너지 검날을 형성했다. 그것을 단 한 번 휘두르는 것으로 몇 마리의 마물들이 한꺼번에 도살되었다.

"여, 역시 대단하세요, 용왕님……!"

그런 리오의 전투 모습을 바라보며 소라가 황홀한 표정을 지었다. 하지만 도중에 정신을 차리고 마물들의 군세를 향해 몸을 날렸다.

"헉?! 이, 이러고 있을 때가 아니에요! 소라도 용왕님께 도움이 되어야죠! 갑니다!"

평소에는 영체화시켜두는 양 팔 용체를 휘둘러 시야에 들어온 마물들을 닥치는 대로 날려버렸다.

이리하여 초월자와 그 권속 대 마물의 군세라는 다툼이 인류는 상관없는 미궁 깊은 곳에서 은밀히 시작된 것이었다.

11계층.

리오와 소라가 있는 계층 입구로부터 수백 미터 떨어진 곳. 리오와 소라의 전투 모습을 후방에서 바라보던 칠흑의 레버넌트는 충격으로 말을 잃은 상태였다.

"저게……."

두 사람이 한 번 공격을 할 때마다 마물들이 작은 솜인형처럼 힘없이 날아가는 모습이 보였다.

"무슨, 저런 괴물 같은……."

물량이 아무런 의미가 없었다. 이러다가 전의를 잃는 것은 도전자인 리오와 소라가 아니라 마물들이 되지 않을까 싶을 정도였다. 칠흑의 레버넌트가 몸을 떨었다.

"……."

자신들끼리 어떻게 해볼 수 있는 상대가 아니다. 수천

마리의 마물이 다 쓰러지는 것은 시간문제라고 확신했는지, 칠흑의 레버넌트의 얼굴에서 초조함이 묻어났다.

그때의 일이었다.

——아하하, 굉장하네.

레버넌트의 머릿속으로 아이의 웃음소리가 울려 퍼졌다.

'죄, 죄송합니다! 모처럼 하사해주신 마물들이.'

칠흑의 레버넌트는 반사적으로 사과의 말을 전했다.

——네가 책임을 느낄 일이 아니야. 마물이라면 아직 넘쳐날 만큼 있는 데다 아무리 마물을 준비한들 해결할 수 있는 상대가 아닌 것 같으니까. 특히 어린 여자아이. 틀림없어. 저건 초월자의 권속이야. 이치를 초월한 존재.

'……권, 속?'

말 자체를 모르는지 칠흑의 레버넌트의 머리 위에 물음표가 떠올랐다.

——다른 한쪽의 남자는 인간 같은데 이쪽도 강해. 어떻게 된 거지?

아이는 레버넌트의 의문에 답하지 않았다. 무언가 이치에 맞지 않은 일이라도 본 것처럼 흥미롭다는 목소리가 울려 퍼졌다.

——뭐, 됐어. 12계층으로 통하는 길은 봉해뒀어. 찾을 수 없을 테니까 이제 돌아와도 돼.

아이는 즉시 생각을 멈추고는 레버넌트에게 귀환 지시를 내렸다.

'알겠습니다.'

고개를 끄덕임과 동시에 칠흑의 레버넌트는 그 자리에서 사라졌다.

그리고 리오도 참전하며 마물들의 섬멸 속도는 단숨에 가속했다. 이윽고 그들에게 덤벼드는 마물이 모두 사라졌을 때, 리오와 소라가 합류했다.

"정리된 것 같네."

"죄송합니다. 용왕님께 수고를 끼쳤습니다."

조금 전에는 리오와 함께 싸울 수 있다는 사실에 잠시 들떴던 것인지, 뒤늦게 소라가 축 늘어진 채 사과했다.

"괜찮아, 소라만 싸우게 할 수는 없는걸. 나도 싸우게 해줘."

오히려 자신이 미안할 정도라며 리오는 소라가 신경 쓰지 않도록 밝게 말했다. 그리고 조용해진 층을 바라보고는 소라에게 지시했다.

"그럼 12계층으로 이어지는 길을 찾아볼까? 아까우니까 마석은 주울 수 있을 만큼 주워두자."

당연하지만 도처에 마석이 널려 있었다. 미노타우로스의 마석은 비싸게 팔릴 테니 전부 가져가서 팔면 평생 놀고먹으며 살 수도 있을 것이다.

"알겠습니다."

리오와 소라는 아무도 가보지 못한 12계층으로 이어지는 통로를 찾기 시작했다. 흩어져서 마물의 마석을 줍는 것이 효율적이었기에 층 탐색도 분담해 진행하기로 했다. 하지만 이상했다.

'……이상하네. 아래층으로 이어지는 구멍이 안 보여.'

다른 계층에서는 모두 입구 맞은편에 다음 계층으로 이어지는 길이 있었는데, 이 11계층에서는 그 위치에 길이 없었다. 그래서 벽 가장자리를 따라 걸어보았지만 역시 통로는 보이지 않았다. 리오가 벽 쪽을 따라 찾아본 것은 반쪽뿐이었기에 혹시 저편에 통로가 있나 싶었지만 그것도 아니었다.

"용왕님. 다음 계층으로 이어지는 구멍을 못 찾겠어요."

반대쪽은 소라가 찾고 있었던 것인지, 통로가 보이지 않자 곧바로 보고를 해온다.

"나도 못 찾았어."

"여기가 미궁의 최심부일까요?"

소라가 의아한 얼굴로 고개를 갸우뚱했다.

"그럴지도 몰라…… 그래도 좀 더 찾아볼까? 나는 안을 날아서 찾아볼 테니까 소라는 벽쪽을 한 바퀴 더 돌아봐 줄래?"

그렇게 리오와 소라는 더욱 꼼꼼하게 계층을 탐색해 보았다. 하지만 어디를 봐도 12계층으로 이어지는 길은 보이지 않았고…….

　파죽지세로 나아갔던 리오와 소라의 미궁 공략은 결국 11계층에서 중단되었다.

　한편.

　미궁 어딘가의 깊은 곳.

　"아직도 찾고 있네, 소용없는데."

　한 아이가 미궁 천장을 올려다보며 유쾌한 미소를 짓고 있었고, 그 한쪽에서는 칠흑의 레버넌트가 땅에 무릎을 꿇고 있었다.

　"근데 어쩌지. 12계층으로 불러들여 보는 것도 재미있을 것 같아. 아니, 아니면 내가 먼저 인사하러 갈까?"

　아이가 그런 고민을 하고 있는데, 다른 누군가의 목소리가 울려 퍼졌다.

　"안녕하세요."

　어른 남자의 목소리였다.

　"아, 너구나. 오랜만이야."

　아이는 대답을 했지만 나타난 인물에 흥미가 없는지 여전히 천장을 올려다보고 있다.

　"골렘이 필요해서 회수하러 왔는데…… 뭘 보고 있는 거죠?"

남자는 자신의 용건을 전하면서 아이에게 물었다.

"좀, 아니 아주 재미있는 존재가 있어서. 요즘 바깥세상은 어때?"

아이는 여전히 천장을 올려다본 채 남자에게 질문을 되돌렸다.

"……별일이군요. 당신이 바깥세상에 흥미를 가지다니."

남자가 상당히 의외라는 듯이 말했다.

"아아, 갑자기 흥미가 생겼어. 혹시 네가 골렘을 회수하러 온 이유와도 이어져 있지 않을까 싶은데……. 안 그래, **펜리스** 형?"

아이는 그제서야 천장에서 시선을 떼고는 장난스럽게 웃으며 남자를 바라보았다.

그리고 시간은 약 1시간 정도 나아가서.

장소도 미궁 밖 성도 토넬리코로 옮겨간다.

교황 펜리스 토넬리코가 기거한다고 알려진 궁전.

교황 집무실에 놓인 의자 위.

"휴우……."

한 남성이 나른한 얼굴로 한숨을 내쉬며 자리에 앉았다. 순백색 로브로 몸을 감싼 그 모습은 해당 인물이 교황임을 여실히 알려주고 있었다. 애초에 교황이 아니면 이 의자에 앉는 것조차 허용되지 않는다.

"예하, 잠시 괜찮을까요?"

"들어오세요."

교황의 허락을 받고 고위 신관으로 보이는 젊은 여성이 집무실로 들어왔다.

"몇 달에 걸친 봉인 의식, 정말로 고생 많으셨습니다."

신관 여인은 그렇게 말하며 공손히 교황에게 고개를 숙였다.

"예, 너무 피곤하군요. 이제 곧 다시 봉인 의식으로 돌아가야 하니 잠시 쉬고 싶습니다만."

"안 됩니다. 예하께서 부재중이신 동안 봐주셨으면 하는 안건이 쌓여있어요. 다 확인해주셔야 합니다."

그렇게 말하며 고개를 젓는 여자의 팔에는 서류뭉치가 안겨 있었다.

"이래서 돌아오고 싶지 않았는데 말이죠. 알기 쉽게 설명해 주시겠어요? 사제 안나."

교황이 우아하게 한숨을 내쉬고는 안나라고 부른 여성에게 미소를 지어 보였다. 교황과 고위 여성 신관. 나름대로 마음을 터놓을 수 있는 사이였다.

"그러지요, 예하."

안나는 어쩔 수 없다는 듯 탄식하며 고개를 끄덕이고는 성도 토넬리코의 주인인 교황에게 미소를 지었다.

교황 펜리스 토넬리코.

실로 기묘하게도……

교황의 용모는 조금 전 미궁의 심부에 등장했던, 프로키시아 제국의 외교관을 맡고 있는 레이스 볼프와 비슷했다.

정령환상기

〖 에필로그 〗 ❈ 죄인

그리고 장소는 가르아크 왕국으로 돌아간다.

왕도 가르투크.

해 질 녘이 되어가는 시간대.

빈민가나 창관에서 그리 멀지 않은 인기척 없는 골목에서…….

뚝. 뚜욱.

물방울 떨어지는 소리가 울려 퍼졌다.

"아, 아……."

신장인 검을 쥔 센도 타카히사가 부르르 몸을 떨었다.

"이 자식……."

불량배로 보이는 험악한 인상의 사내가 원망스러운 눈빛으로 타카히사를 노려보고 있었다.

"……."

타카히사와 불량배 바로 옆에는 누더기를 두른 소녀가 멍한 얼굴로 주저앉아 있었다.

뚝, 뚝 물방울 떨어지는 소리가 멈추지 않는다. 골목 안에는 붉은 웅덩이가 생겨 있었다. 그 모든 것이 대량의 혈액이었다.

"아, 아, 아……."

타카히사는 자신의 손과 붉은 핏덩이와 신장인 검이 꽂

힌 불량배의 가슴팍을 몇 번이나 번갈아 바라보았다. 이 상황을 어떻게 해야 하나 고민하는지 몇 번이고 시선이 허공을 맴돌았다. 하지만 타카히사의 신장은 무자비하게 심장을 관통한 채였다.

"아, 안 돼……."

그래, 안 된다.

안 되는데…….

사람을 죽이면…….

살인만은…….

절대로 안 되는데…….

"큭, 쿨럭……."

불량배의 입에서 대량의 피가 뿜어져 나왔다.

"힉……."

치밀어 오른 비명이 타카히사의 잇새로 새어 나왔다.

그와 동시에 도망치듯 반사적으로 몸을 빼자 불량배의 심장을 관통하던 타카히사의 검이 그대로 빠져나왔다. 뒤늦게 대량의 피가 가슴팍에서 쏟아져 나왔다.

"아……."

불량배는 쿵 하는 소리와 함께 땅바닥에 쓰러졌다.

"……."

그리고 말 없는 시체가 되었다.

늦었다.

모든 것이 늦었다.

더는 되돌릴 수 없다.

"아, 아아……."

이날, 센도 타카히사는 태어나서 처음으로 사람을 죽였다.

Ⓚ 후기 Ⓚ ✦

　여러분, 안녕하세요. 키타야마 유리입니다. 『정령환상기 23. 봄의 희곡』을 읽어주셔서 정말 감사합니다.

　제가 여러분께 드리는 2023년 첫 번째 책입니다! 독자와 관계자 여러분의 도움으로 23권도 무사히 발매할 수 있었습니다. 이 자리를 빌려 진심으로 감사드립니다. 쓰고 싶은 건 전부 본편에 적었는데, 이번 권도 읽으신 뒤 "다음 이야기를 빨리 읽고 싶다!"라고 생각해 주셨다면 무척 기쁘겠습니다. "결국 사고쳤구나"라든가 "너 대체 누구야?" 등등, 여러분의 다양한 후기를 기다리고 있겠습니다!

　그리고 권말 예고를 보신 분들은 아시겠지만 드라마CD 5탄 제작이 결정되었습니다! 24권 특장판에 수록될 예정이니 함께 체크해 주시면 감사하겠습니다. 그럼 이번에는 이쯤에서. 24권에서도 다시 여러분과 만나길 바라며!

2023년 1월 초 키타야마 유리

정령환상기
24. 어둠의 성화

그날, 그녀는 선택을 했다.
그것은 옳은 선택이었다. 그랬을 터였다.

어찌 되었든, 그녀의 선택에 의해 운명은 움직인다.
그리하여 용사의 검은 선혈에 젖어 들고,
소년의 마음은 산산이 부서지며 비명을 지른다.

기다리는 것은 파멸인가, 아니면——.

그 이민 온 애송이는
찾아서 죽인다, 반드시.

SEIREI GENSOUKI Vol.23

정령환상기 23 —봄의 희곡—

2023년 5월 15일 1판 1쇄 발행

저   자 키타야마 유리
일러스트 Riv
옮 긴 이 이소정
발 행 인 유재옥
본 부 장 조병권
담당편집 정영길
편집 1 팀 김준균 김혜연
편집 2 팀 정영길 조찬희 박치우 정지원
편집 3 팀 오준영 이해빈 이소의
편집 4 팀 전태영 박소연
디 자 인 김보라 박민솔
라이츠담당 김정미 맹미영 이윤서
디 지 털 박상섭 김지연
발 행 처 ㈜소미미디어
제 작 처 코리아피앤피
등   록 제2015-000008호
주   소 서울시 마포구 토정로 222, 403호 (신수동, 한국출판콘텐츠센터)
판   매 ㈜소미미디어
마 케 팅 한민지 최정연 박종욱 최원석
물   류 허석용
전   화 편집부 (070)4164-3962, 3963 기획실 (02)567-3388
           판매 및 마케팅 (070)4165-6888 Fax (02)322-7665

ISBN 979-11-384-1791-4 (04830)
ISBN 979-11-6611-646-9 (세트)